飛鳥から遥かなる未来のために（白虎・前編）

聖徳太子たちの生きた時代

朝皇龍古

目次

【主な登場人物】

上宮太子《うえのみやたいし》……幼いころから周りの人々の幸せを心から願いながら生きる。呼名は豊人《とよひと》。後世、聖徳太子と呼ばれている。

炊屋姫《かしきやひめ》……上宮太子の父（用明大王）の同母妹であり、敏達大王の皇后。次の大王に自らの嫡子竹田皇子をと思ったが、竹田の死によって失意のどん底に。しかし、王族の束ねの大后として、上宮太子に政事の全権を委ねた。

蘇我馬子《そがのうまこ》……臣下の筆頭で大臣。上宮太子には大いに期待しながらも警戒心を持ち、密かに大いなる野望を抱く。豪族の筆頭として、上宮太子と共に新しい国造りに取り組む。

上宮太子関係

用明大王……上宮太子の父、炊屋姫の同母兄。父は欽明大王、母は蘇我堅塩媛《そがのきたしひめ》。

穴穂部皇后《あなほべこうごう》……上宮太子の母、炊屋姫の異母妹。父は欽明大王、母は小姉君《おあねのきみ》。

来目皇子《くめのみこ》……上宮太子の同母弟。上宮太子と共に大和政権の中枢を担おうと幼い頃から武将としての薫陶を久米直から受けている。

豊浦大王……上宮太子の異母兄で、田目皇子。母は蘇我石寸女《そがのいしきな》。父の用明大王亡き後、苦渋の決断で穴穂部皇后と結婚。

上宮太子の側近達

葛城鮠兎《かつらぎはやと》……葛城氏と縁を結び、名が千風鮠兎《せんかはやと》から葛城鮠兎《かつらぎはやと》に変わった。いつも上宮太子の側にいて、あらゆる危険から守っている。幼い頃から、常に何事をする時も一緒にいるため学識も深く広い。太子から厚い信頼を得ている。太子の縁者だということは、公表されていない。

秦河勝《はたのかわかつ》……上宮太子の里親である秦岩勝《はたのいわかつ》の二男。長男忠勝《ただかつ》と共に生涯、上宮太子の精神的、経済的な後ろ盾となる。また、上宮太子の長男山背王子の後ろ盾となる。

摩須羅《ますら》……上宮太子と鮠兎の側に居て、いつも二人を見守る側近の中心的な存在。上宮太子の館の管理と運営を全て任されている。

香華瑠《かける》……薬師で薬草の知識が豊富。あらゆる香りや臭いを嗅ぎ分ける能力を持つ。国の薬師の長となる。

紫鬼螺《しきら》……大陸からの帰化人。あらゆる国の言葉を操り、周辺諸国の政治経済、文化にも詳しい。上宮太子の下で、主に海外での諜報活動を担当。

阿耀未《あようみ》……何事も冷静に判断する。予知、予言能力がある。国内外の情報を収集分析し、正しく上宮太子に伝える役目を担っている。

肱角雄岳《ひじかどおだけ》……倭国の血を引く百済の武将・刑部靫部日羅《おさかべゆぎべにちら》の息子で、元の名は靫部伊那斯果《ゆぎべいなしか》。父の日羅は倭国に召喚されて何者かに殺された。上宮太子に命を助けられた伊那斯果は、久米直の直属配下である肱角雄葛《ひじかどおふじ》の養子となった。上宮太子の部下として主に海外の情報収集にあたる。

斎祷昂弦《さいとうこうげん》……葛城鮠兎《かつらぎはやと》の父。訳あって若い頃に王族籍を離れ、長い間、越の国で過ごした。用明大王存命中に大和へ呼び戻され、現在も引き続き上之宮の全てを任されている。上宮太子の相談役も引き受けた重要人物。

三輪阿多玖《みわあたく》……三輪高麻磋の弟。高麻磋を支える仲の良い弟で、上宮太子の側近。

境部摩理勢《さかいべのまりせ》……蘇我馬子の異母弟。馬子の推薦により豊浦大王の側近となったが、現在は上宮太子の側近。

その他の登場人物

菟道貝蛸皇女《うじのかいだこのひめみこ》…父は敏達大王、母は炊屋姫。心清く優しい。竹田皇子の姉。上宮太子に嫁いだ。

敏達大王《びだつおおきみ》……炊屋姫の夫。父は欽明大王、母は石姫皇女。皇后炊屋姫との間に、菟道貝蛸皇女、竹田皇子、小墾田皇女《おわりだのひめみこ》、尾張皇子達をもうけた。

刀自古郎女《とじこのいらつめ》……蘇我馬子の娘で上宮太子と幼馴染。上宮太子に嫁ぎ、山背王子と二王子・一女
王をもうけた。
山背王子《やましろのおうじ》……上宮太子と刀自古郎女《とじこのいらつめ》の嫡男。
膳《かしわでの》 加多夫古《かたぶこ》…大和政権の豪族の一人。元、蘇我馬子の配下だったが、蘇我氏から王家の食膳
関係の職を阿倍氏と共に引き継いだ。
橘姫……………敏達大王と炊屋姫の子である尾張皇子の娘。尾張皇子の要望で炊屋姫が預かっ
ていたが、現在は上宮太子と菟道貝蛸皇女《うじのかいだこのひめみこ》に引き取られて育っている。
三輪高麻磋《みわたかまさ》……大神《おおみわ》（三輪大社のこと）に仕える三輪家の頭領。
押坂彦人皇子《おしさかひこひとのみこ》…父は敏達大王、母は息長広姫《おきながひろひめ》。高い確率で大王になりえる位置にいたが、母の
出自が皇女ではないためと、蘇我氏の策謀により、近江に引き籠もり、亡くな
った。田村王子の父。
砥部石納利《とべいしなり》……押坂彦人皇子の側近だった砥部石火実《とべいしかみ》の長男で、石火実の遺志を継いでいる。
阿佐太子《あさたいし》………百済の太子。上宮太子を通じて倭国との友好関係を確かなものにした。
慧慈《えじ》…………高句麗の僧。倭国の願いで来日。上宮太子の仏教の師となる。
慧総《えそう》…………百済の僧。倭国の招聘で来日。飛鳥寺で仏教の流布に貢献する。
蘇我恵彌史《そがのえみし》……蘇我馬子の嫡男。

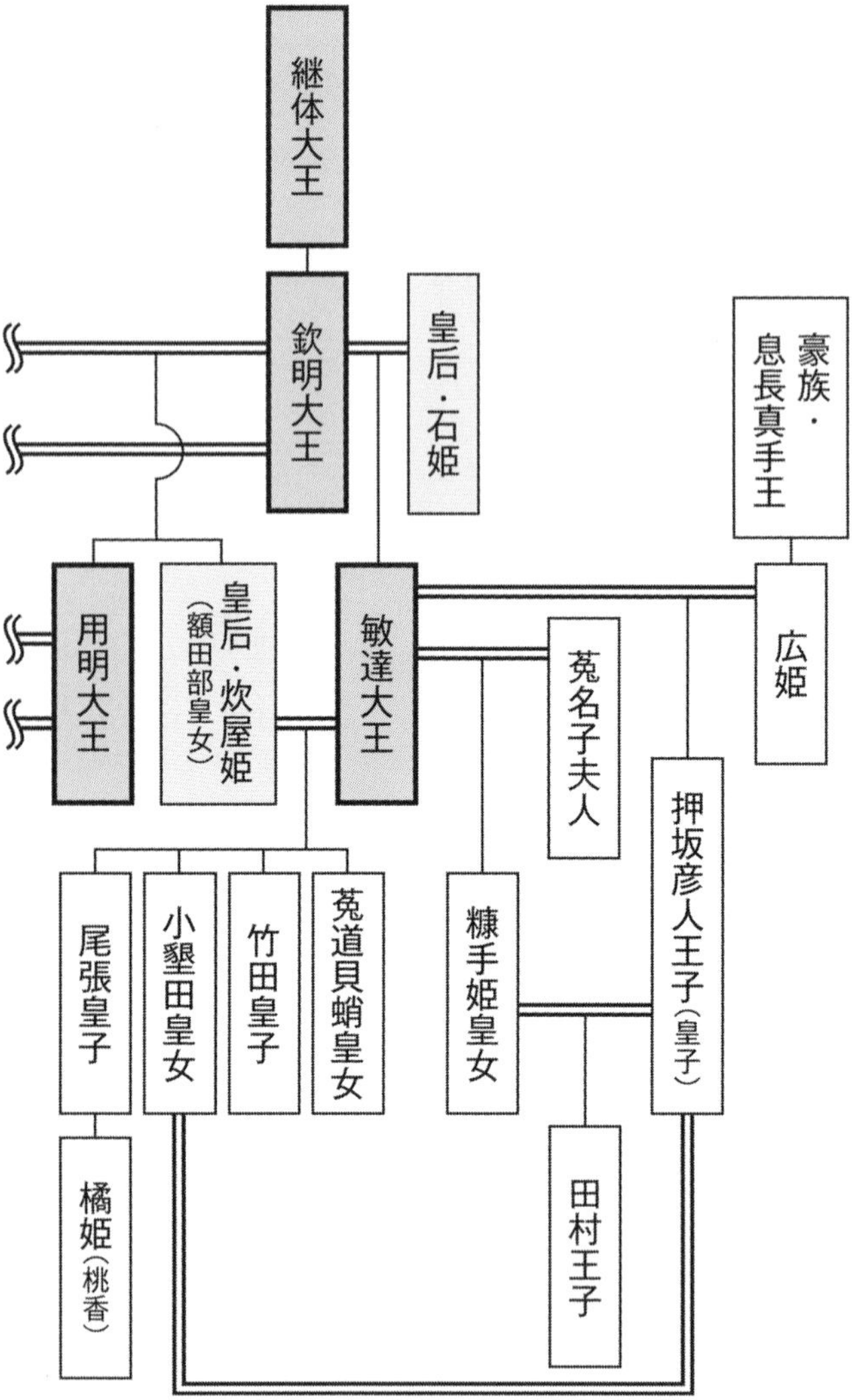

継体大王
欽明大王
皇后・石姫
豪族・息長真手王
用明大王
皇后・炊屋姫（額田部皇女）
敏達大王
菟名子夫人
広姫
押坂彦人王子（皇子）
尾張皇子
小墾田皇女
竹田皇子
菟道貝蛸皇女
糠手姫皇女
田村王子
橘姫（桃香）

【主な登場人物の系図（朱雀・後編まで）】

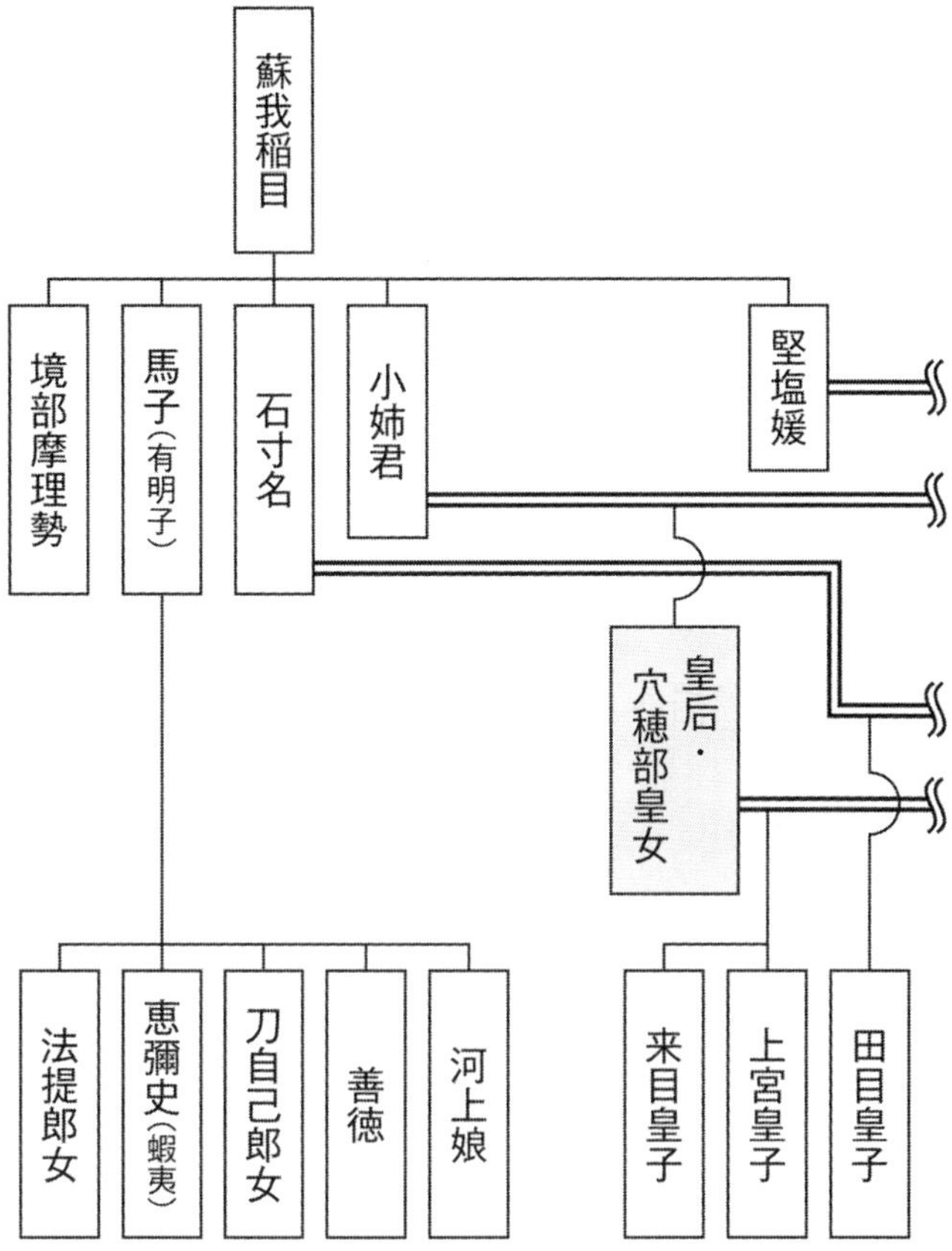

※この物語での系図である

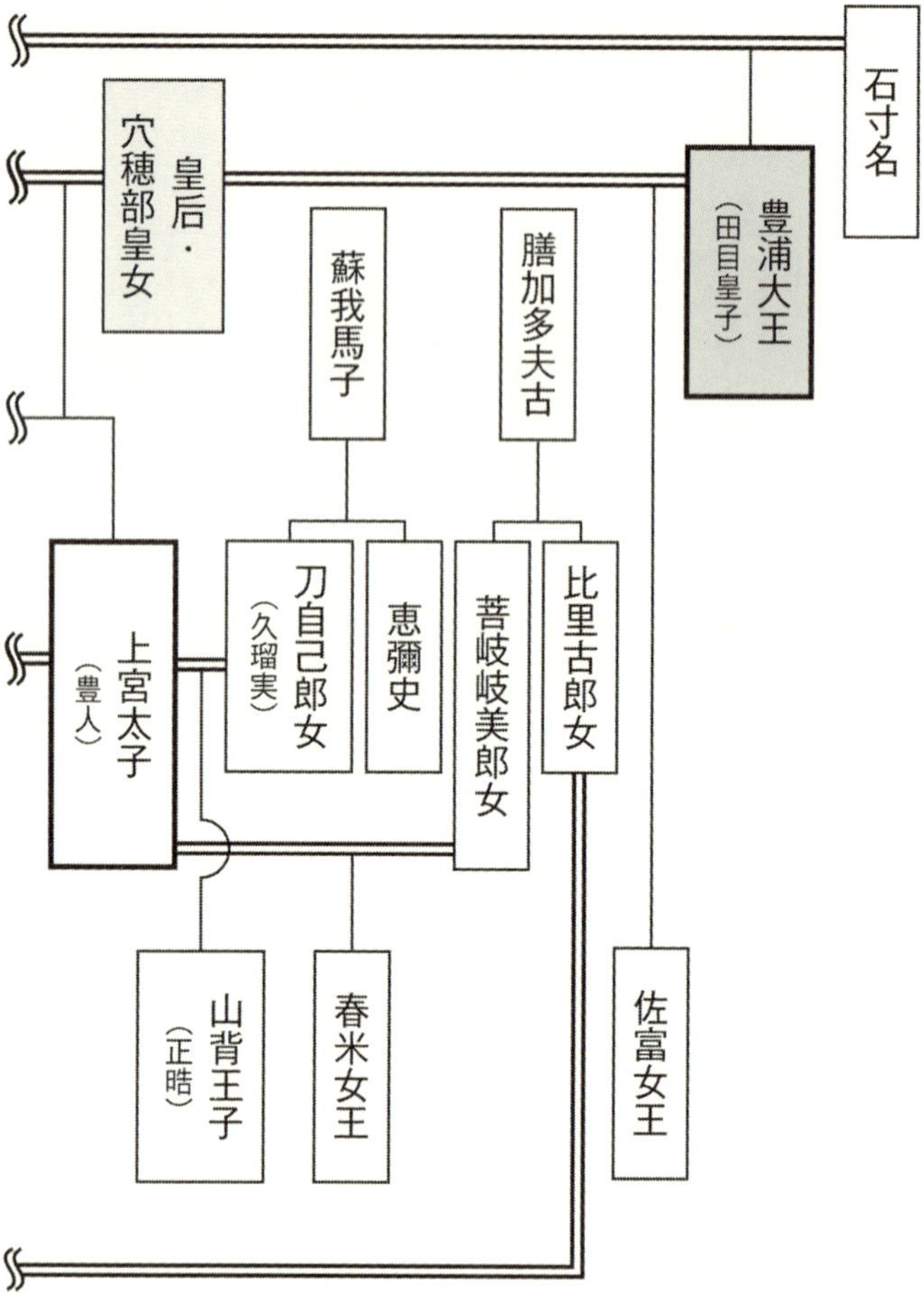
石寸名
豊浦大王
（田目皇子）
皇后・
穴穂部皇女
膳加多夫古
蘇我馬子
比里古郎女
菩岐岐美郎女
恵彌史
刀自己郎女
（久瑠実）
上宮太子
（豊人）
佐富女王
春米女王
山背王子
（正晧）

【主な登場人物の系図（白虎・前編）】

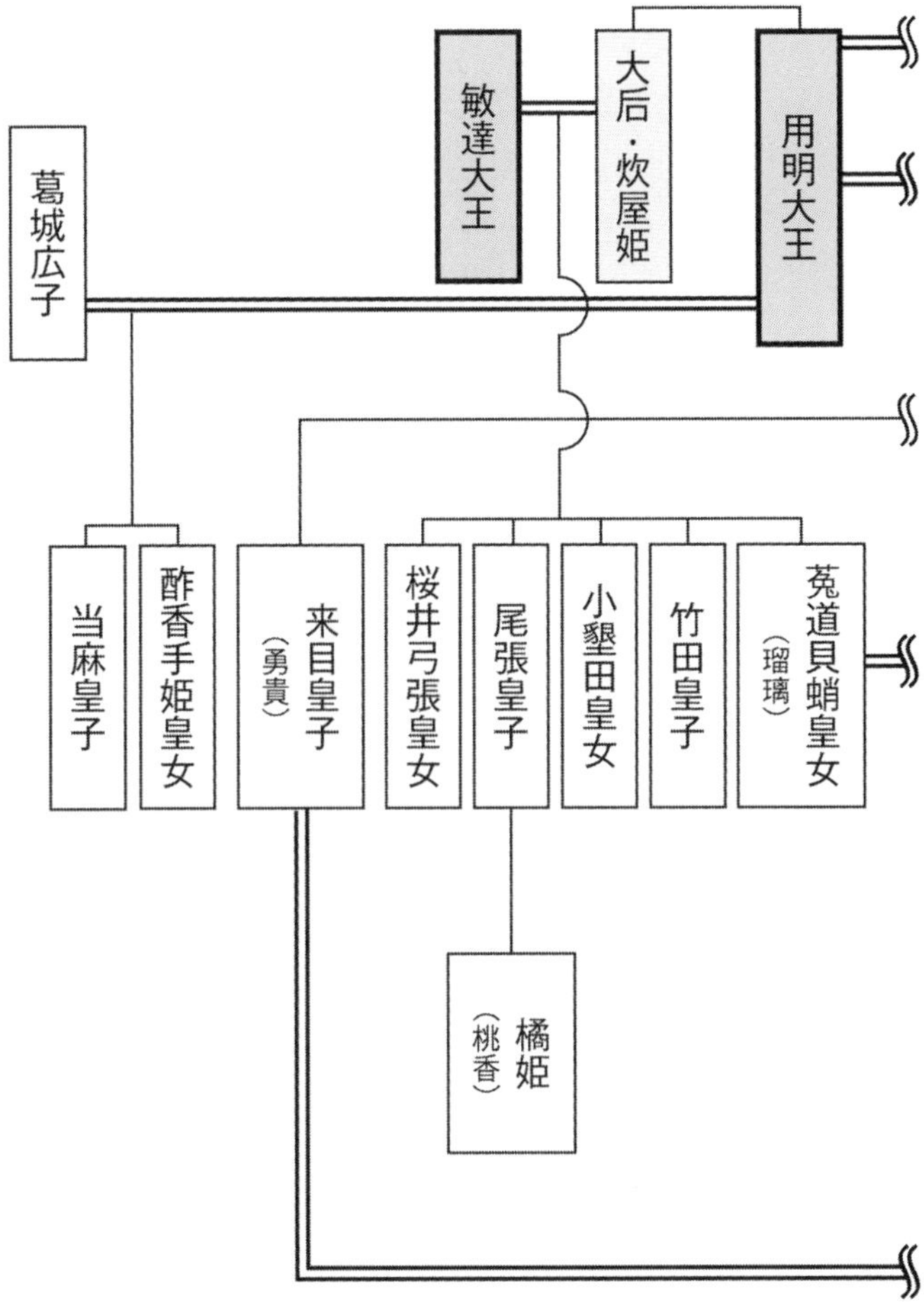

※この物語での系図である

【百済の王統図（系図)】

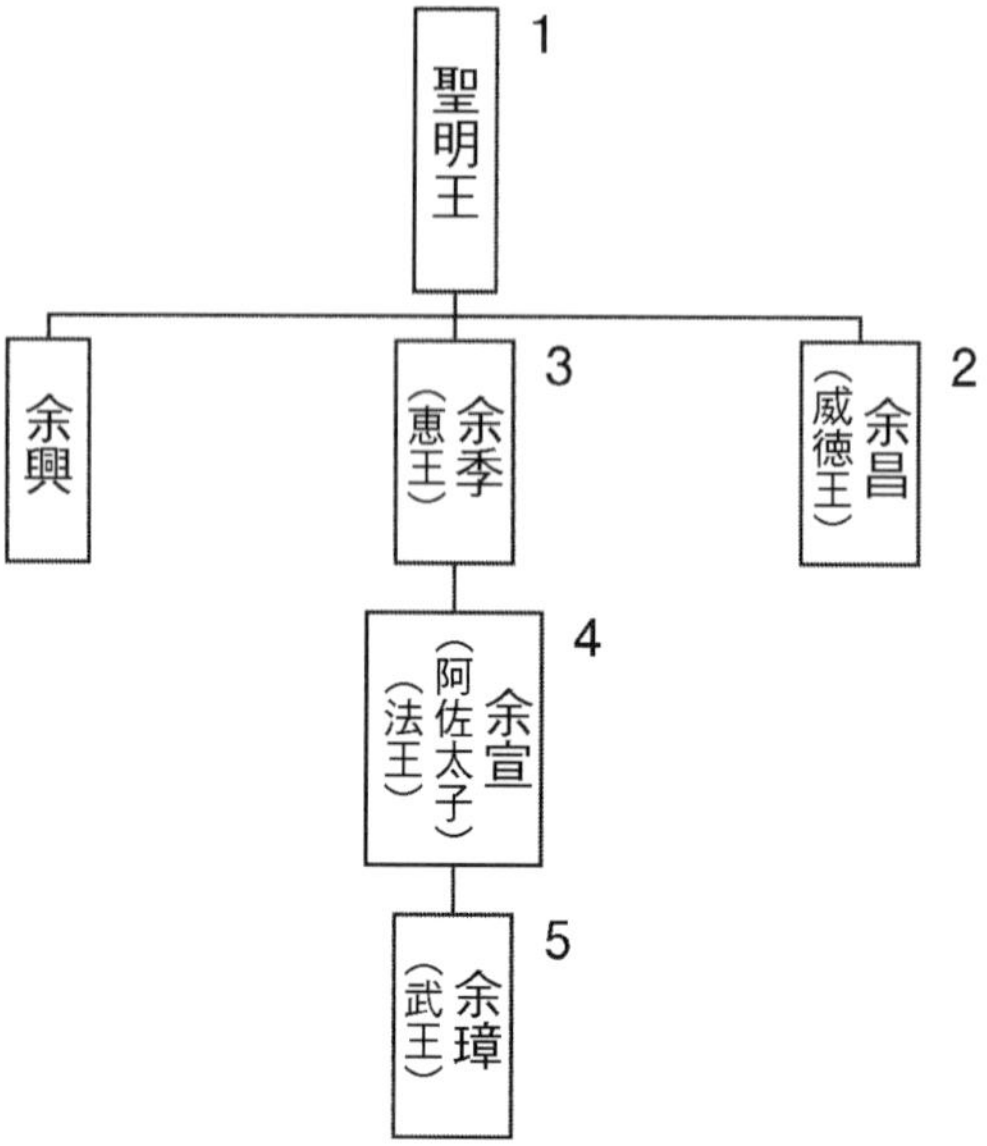

※この物語での系図である

【隋の王統図（系図）】

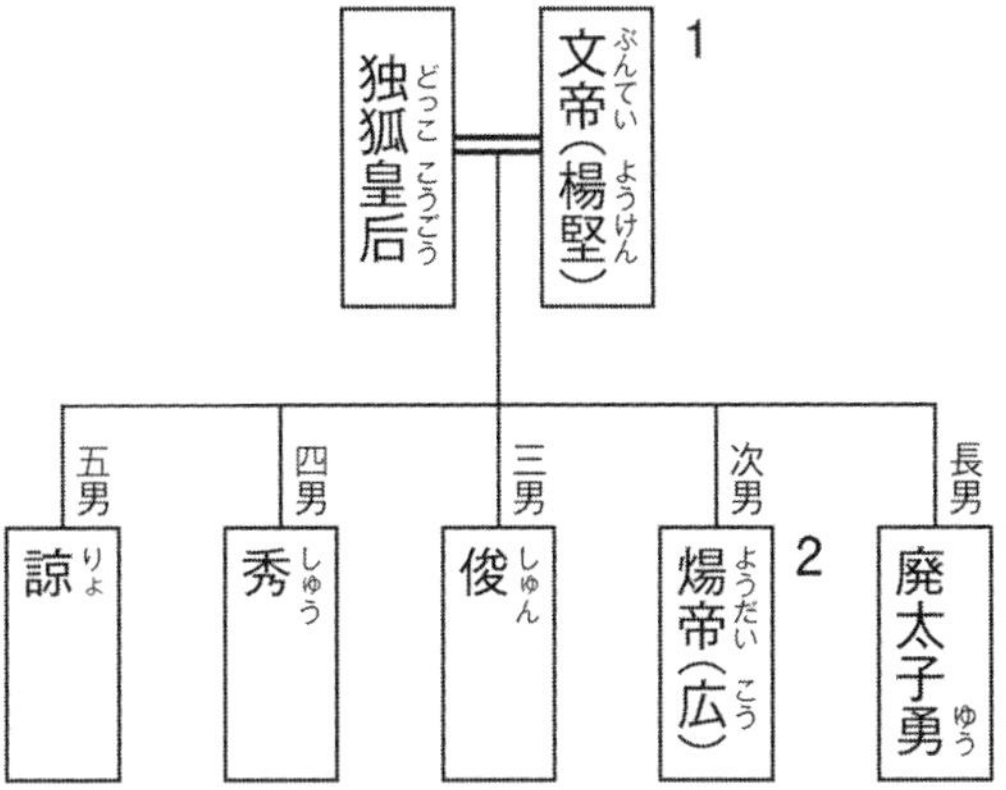

※この物語での系図である

【飛鳥時代の飛鳥・河内の概略図】

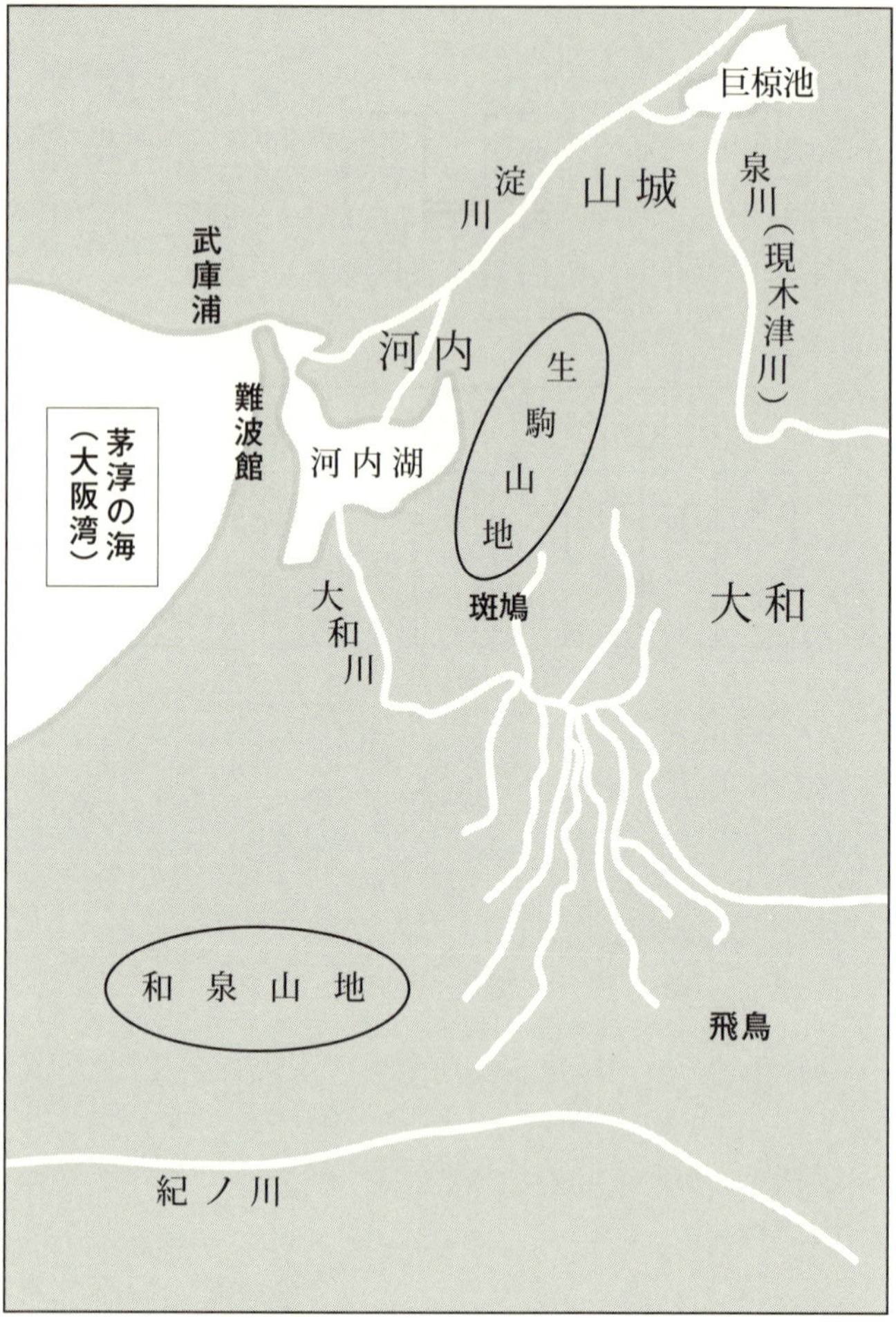

近江昌司他著『河内王権の謎』1993年の図を参考にして作成

【七世紀初期の倭の西部概略図】

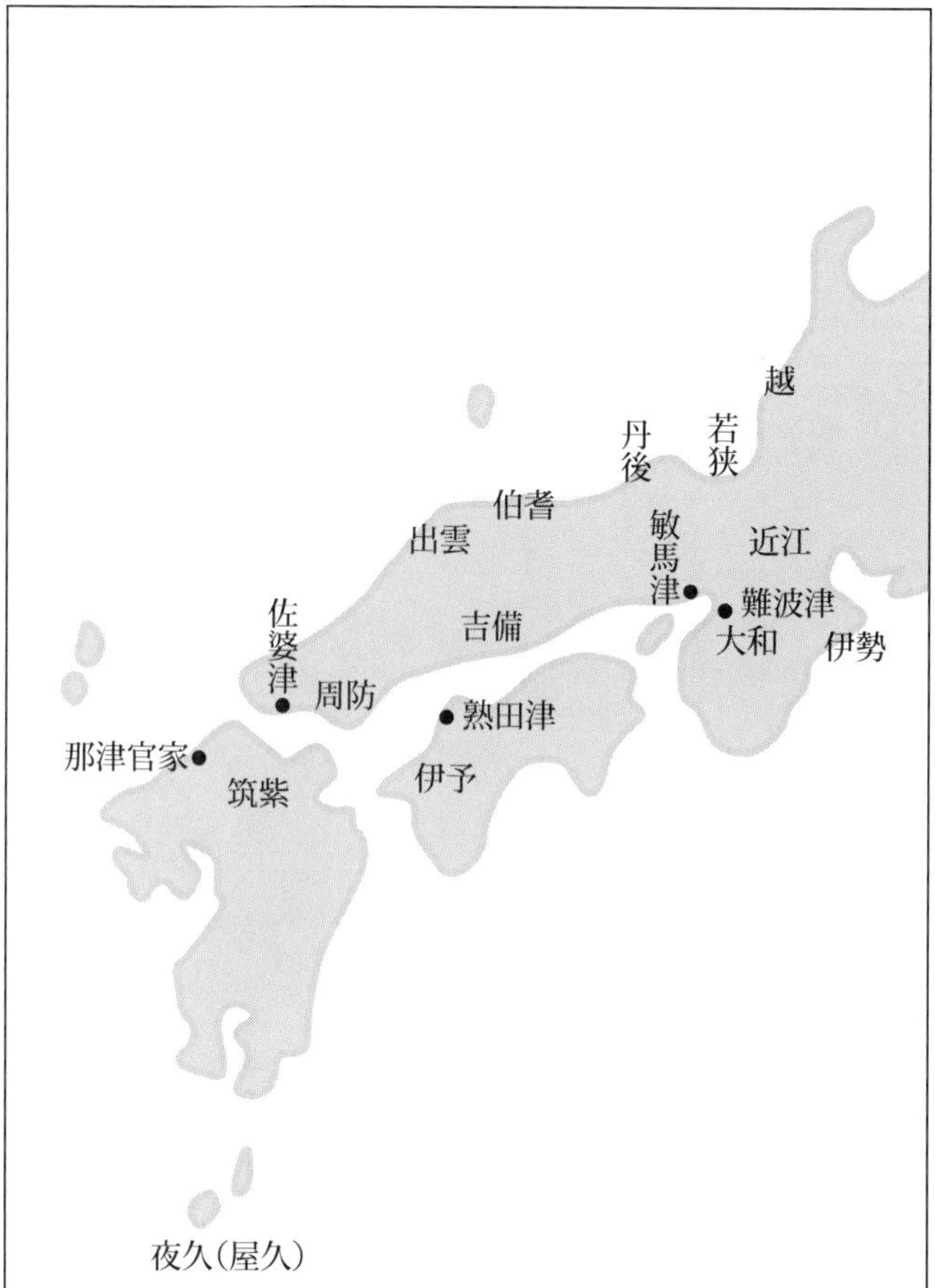

帝国書院編集部著『地図で訪ねる歴史の舞台　日本』2003年を参考にして作成追記

【七世紀初期の朝鮮半島・大陸の概略勢力図】

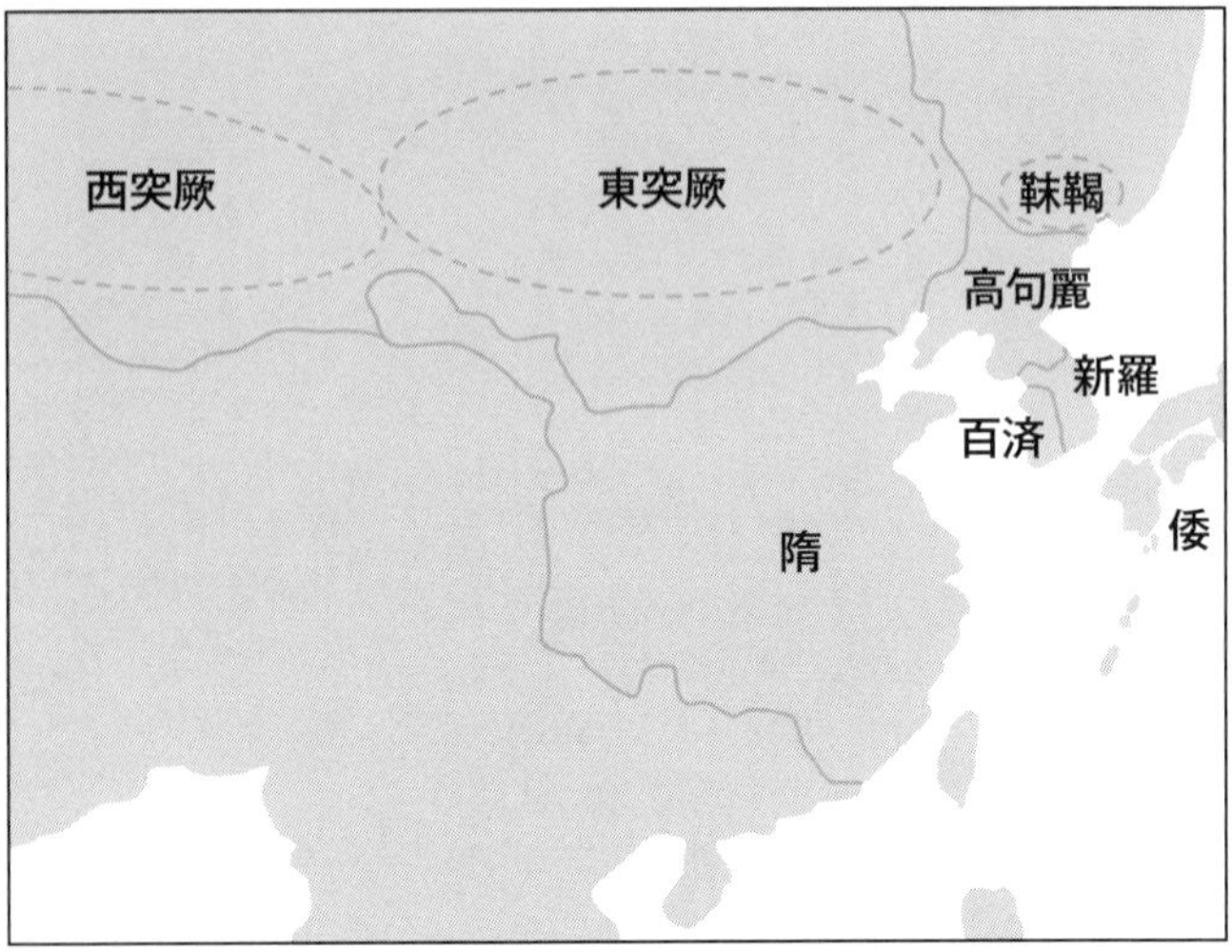

飛鳥から遥かなる未来のために（白虎・前編）

聖徳太子たちの生きた時代

一、新しい宮・斑鳩

上宮は、隋への使節団を難波津まで送った後に、長い間訪問できなかった平群の地に立ち寄った。平群の郷にも飛鳥の様な学舎《まなびや》を作ろうと考えていることを、母の穴穂部前皇后に話すためでもあった。

「ここにも飛鳥の様な寺院や学舎を建てようとしているのですか。それは大和の発展にも大変良いことです。それでは母からも一つお願いがあります。忙しいそなたをもっと忙しくさせてしまうと今まで言えなかったのですが、聞いてもらえますか」

「母様からのお願いとは何でしょうか」

「飛鳥には大寺が建ち、慧慈師や慧総師が御仏の教えを説いておいでのようですね。この地でもその様なお話が聞けたら良いと以前から思っていたのです。時折は、善信尼様も来て下さって話して下さいますが、後進の御指導もあってか、こちらへは中々お越し頂けないのです。慧慈師に月に一度でも良いですから、こちらで御話をしてほしいのです。そなたから頼んでみてもらえないでしょうか」

「分かりました。必ず月に一度というお約束はできないかもしれませんが、お願いしてみましょう。この頃、慧慈師も随分大和の言葉がお解りになるようになられました」

「ありがとう、お願いします。忙しくて長い間、正晧《まさひろ》（山背王子の呼び名）達にも会っていないのでしょう。さあ刀自己《とじこ》や菩岐岐美《ほききみ》の処へ早く行ってあげなさい。子供達と過ごせる時間は、あっという間に過ぎてしまいます。

それから刀自己《とじこ》の所ばかりではなく、菩岐岐美《ほききみ》にも必ず会いに行くのですよ。この間生まれたばかりの王女（後の春米《つきしね》）は美しい子です」

「未だ赤子ですから、どの様な子に育つか分かりません。でも美しい娘になると良いですね。吾にとって大切な人々です。どちらにも必ず行きますから、心配なさらないで下さい」

平群の郷に来ると、どちらへも行く積《つも》りでいても、疲れている時は幼い頃から共に学び、気心が知れた刀自己の所へ行きがちな上宮だった。菩岐岐美郎女の父の膳加多夫古《かしわでのかたぶこ》は蘇我大臣への遠慮もあって、そんな上宮に直接何も言わなかった。

しかし菩岐岐美郎女の母は、夫の加多夫古に上宮への不満を漏らしていた。同じ郷に住む穴穂部前皇后には、菩岐岐美郎女の母が不満を漏らしていると、どこからとなく聞こえてきた。

上宮は菟道貝蛸皇女《うぢのかいたこのひめみこ》と橘姫《たちばなひめ》を伴ってここに移り住むことになると、母にもっと気を使わせてしまうかもしれない、女人の扱いも外交問題と同じように中々難しいものだ、と母の元を去ってから独《ひと》り言《ごと》が自然に口を突いて出た。それでも上宮の足は、今し方母に釘を刺されたばかりなのにも拘らず、やはり身も心も休まる岡本の館へと足が自然に向かっていた。

隋から使者達が戻れば、今度は新羅への派兵を実行に移す時となり忙しくなるのだ。刀自己と話したいことが山の様にある。そして子供達との時間が持てる貴重な機会でもあった。

法興十年（六〇〇年）一月、上宮太子は二十六歳になった。菟道貝蛸皇女と橘姫（桃香）が住む橘の宮は、上宮にとって、この頃とても居心地の良い場所になっていた。貝蛸皇女が運ばせた香華瑠から教わった心が落ち着く薬湯を飲みながら、橘姫の他愛もない話を聞き、穏やかに過ぎる時の流れをお互いに共有していることそれだけで心が満たされていた。残り少ない穏やかなこの時を大切に思う上宮だった。その一方で、要衝の地の平群に移り住む準備は着々と進んでいた。

明日には新羅への派兵のことで来目皇子達が来る予定だったが、意外にも一日早く来目皇子が来た事を維摩須羅《ゆいますら》が告げた。

「さあ、それでは桃香、少し下がっていましょうね」

貝蛸皇女が優しく言うと、橘姫（桃香）は残念そうな顔をしたが直ぐに聞き分けて、

「上宮様、また後で。今度は仏様のお話をして下さい」

そう言って何度も振り返りながら、貝蛸皇女に手を取られて奥の部屋に戻って行った。上宮は桃香を自分の子供達と同じように可愛く思っていた。

来目皇子が入って来ると、貝蛸皇女と橘姫の香りが未だ漂う部屋があっという間に、若い男の匂いと熱気に変わった。

「兄様、今度の新羅征伐軍の将軍が境部臣雄摩侶《さかいべのおみおまろ》に決定したというのは、本当ですか」

「勇貴、いきなり何だ。未だ決定などしていない。飽く迄も候補として、境部臣雄摩侶も良いか

も知れないと考えていた段階だ。その何人かの候補の中からそなたに相談しようと思っていたのだ。まだ誰にも漏らしていない。何処からその様な話が出て来たのだろうか。その話の出所はどこだ」

「軍事に携わるわれの情報網を明らかにするのはお許しください。まだ決まっていないならそれで良かったのです。ですが、これからは候補者を選ぶ段階から、われに御相談下さい」

「勿論だ。我国軍の総指揮官はそなただ。軍のことを一番に相談するのはそなたを措いてほかにない。しかし新羅への派兵については、そなたの情報網がいかに優れていたとしても、吾の頭の中で考えている段階で、情報となって運ばれること自体が不思議というか、有り得ないと思う。もしかしたら、吾とそなたの中を揉めさせようとしている誰かに謀られたのかも知れぬ。

勇貴、今回だけは情報の出所を教えてほしい」

来目の顔から厳しかった表情が消えていた。少し怒りが収まったようだ。来目は上宮に再度聞かれて今度は素直に、

「この話は、紀氏から紹介された大船を操る船主達が話していたのを、われの従者が聞いたものです」

「そうだったのか。その者達の話は、意図的に流されたに違いない。確かに半島へ向かうには船も船頭も必要だ。そなたが近い将来の為に、海運に強い紀氏を頼りにした事は間違いではない。ただ今回の真《まこと》しやかに流された噂話は、紀氏によって流されたものかも知れない。紀氏を起用することに関しては、蘇我大臣に相談した後にしたことなのか」

来目皇子は大臣の名が出るとまた少しむっとした顔をした。

「何故、何事も初めに蘇我大臣に相談せねばならぬのでしょうか。国の軍を預かるわれには、しても良い範囲のことだと思っています。それに相談するならまずは直接兄様に、いえ太子に相談いたします。われが太子に断りも無く、紀氏から紹介された者に外海に出るような大船を操る話などを聞いたのは軽率でした。

われが先走って動いた事で、今度新羅へ派兵する将軍の候補は境部臣雄摩侶などという、噂話が真しやかな話と成って、世間でその話が人の口に上っていることは確かです。

昨年には何度も南加羅《ありしひのから》から使者が来ておりましたが、我国と新羅国との交渉が中々進まない状況に痺れを切らした南加羅地方の誰かが、もう倭国から攻め入る際の将軍は決まっているのだと、既成事実を作る為に噂を流したと、そう取れなくも有りません。

今になってみれば心当たりがあります。常に噂などに惑わされぬように、気を付けていた心算でした。そしてその話の元となったのがわれの軽率な行動だったとすれば、ご迷惑をお掛けしたのはこのわれです。申し訳ありませんでした」

来目は上宮に直接話したことで心に整理が付いたのか冷静になり、先程の怒りを完全に収めて反省の弁を述べ謝った。上宮も自分にも改めるべき点があったと反省した。

「近頃、そなたと会うのは群臣が集まった場所や公式な場所が殆どになった。以前のように、直接そなたと色々な話をする時間が持てていない。いくら気心が知れた仲とはいっても、共に暮らしていた子供の頃とは違って、立場や環境が違うようになれば、意思の疎通に支障をきたす場合もあるということを今回思い知った。

国軍の先頭に立って直接指揮するそなたと吾が、この様な状態ではいけない。吾等はお互いに常に心底理解し合い、お互いの思うところが一致していなければ、倭国の新しい国体構築など出来る訳がないのだ。

勇貴、これからは聞きたいことや言いたいことがあったら、いつでも直ぐに来て言ってほしい。吾もそなたに相談したい時は直ぐに相談しよう」

「よく分かりました。これからはそう致します」

来目皇子はさっきとは違った顔つきになって切り出した。

「それでは早速ですが、これからのことをご相談しても宜しいでしょうか」

「分かった。何でも言ってくれ」

「では、先程問題になった、海外へ派兵する際の将軍を、以前していたように大伴氏や紀氏から出すお心算はないのですか。大伴氏や紀氏は海外に遠征した実績もあり、それなりに成果も残しております。現在も河内の南和泉以南の海岸線を守り、独自で大船も用意できる紀氏は、大和政権としても頼りになる氏族かと存じます。われとしましてはあらゆる方面から考え、今回の新羅への派兵には紀氏を推薦したいと考えておりました」

「そなたの考え、よく分かった。確かにそなたの言う通り、大伴氏や紀氏は半島に何度も遠征していて、軍として今までもこれからも頼りになる氏族には違いない。しかし吾等の後ろ盾は蘇我氏であることをそなたも知っている筈だ。そなたが個人的に蘇我大臣にあまり良い感情を抱いていないことは知っている。しかしその気持ちは大王軍の大将軍となるそなたには、胸の奥に仕舞っていてほしいのだ。蘇我大臣とそなたの意見が違った時は、この吾にその判断を任せて貰いたい」

来目皇子は黙って聞いていた。上宮は続けた。

「以前のように軍事の専門分野で大伴氏や紀氏が極端に活躍するようになれば、第二、第三の物部氏を作ってしまうのではないかと大臣は恐れているのだろう。かつての物部氏のように彼らが大きな軍事勢力になってからでは遅いとな。国の体制の中で軍をしっかり支配下に置いておかない限り、安定した政権の維持は出来ないと吾も思う。

大和政権としてそなたを中心に大王軍を作り上げるには、吾等を支持して共に政権を担当している蘇我氏とその傍系である境部氏、額田部氏、葛城氏等、また直接ではないが繋がりのある穂積氏等を主軸に、大王軍を作りあげねばならないと思うのだ。そしてその大王軍には、大伴氏や紀氏も多少は含める。

しかし大王軍の主力は飽く迄も蘇我と繋がりの深い氏族で固め、軍に大伴氏や紀氏などを従わせるような力量と資質を兼ね備えさせることが必要だ。その為には大王軍を少しでも早く実戦の場に行かせ、実績も積ませねばならない。吾等は協力して大王軍を強化せねばならないのだ」

「太子のお心の内を、理解いたしました。この様な大和政権の蘇我系の軍事力強化に、紀氏等は氏族としての危機感を感じたのではないでしょうか。それではこれ以後、大伴氏や紀氏、巨勢氏などの軍事に深く関わってきた氏族を、どの様に扱っていけば良いとお考えでしょうか」

上宮は侍女に先程運ばせたが冷めてしまった柿の葉茶をごくりと飲み込んでから、

「大伴氏、紀氏や巨勢氏など今まで軍事にかかわってきた豪氏族の軍を全国に分散させる。その一方で大王軍を全国から募り、その者達を訓練し大王軍の強化を図る。それから国内を常に警備出来る兵力も、今まで任せていた東漢氏だけでは足りないから、増強していく準備に掛かりたいのだ。そうするには大王軍が、配下とする氏族の中から優れた隊長や兵達を数多く育成しておく必要がある。これらは全て、勇貴、そなたの采配に任せようと思っている。

そしてこの地の都の建設と共に、筑紫での都の建設も急がねばならない。その為には、やはり筑紫の地へ吾等の身内で信頼できる氏族を派遣せねばならない。そこで先程の境部臣雄摩呂が適任ではないかとの話になる」

「われも、先程太子が言っておられた境部氏や葛城氏等の軍につきましては、兵力の増強と訓練を致しますれば、大伴氏や紀氏などの氏族が率いる軍に匹敵するように何れは成れると思っています。しかし筑紫での都の建設は費用面も人員も足りないのではないでしょうか。この地での都の建設にも多大な費用が掛かり、飛鳥と斑鳩において働く人々も不足なのではありませんか。われが申すまでもないことでしょうが、筑紫での都の建設の費用は、どう捻出されるお心算ですか」

「その事についてだが、材料は現地で調達する。筑紫の都の建設に関わる人々も、大和からある程度の指導者を派遣し、現地の民を指導し働いて貰うのだ。勿論、今までどおり現地での開墾も指導し、兵の訓練もする。筑紫を守る為の都建設だから、筑紫の国々がそれなりの費用を負担するのは当然だろう。現在、筑紫で志ある氏族を探させている最中で、何処の誰と決まれば、いずれそなたにも知らせる時が来ると思う。

又、筑紫に迎賓の館や役所を作ることは、筑紫の為だけではなく新しい倭国の発展に繋がるだろう。そしてそれは倭国が半島の国々を牽制《けんせい》しながら、その情勢を筑紫から監視することができる。半島で何か事が起これば直ぐに対応することができるようにもなる。筑紫の都に倭国から直接派遣された者が目を光らせておれば、筑紫の豪族達が半島の国々と組んでしまわぬようにすることも可能になる。もうそろそろ我国も国の隅々に目を行き届かせて、小さな不満の火を大きくなる前に見つけ、解決していかなければいけない」

上宮太子は来目皇子に、将来の大和政権の構想を熱く語った。

「その様に深く国のあり方をお考えでしたか。分かりました。われも考え、戦々恐々としている旧来の軍事を主に担当してきた豪氏族に対抗する、あるいは取り込む策を考えます。しかし先程も言いましたが、現在太子がお考えになっていることは、以前から軍事に与《あずか》ってきた氏族にとっては大きな不安の種となりましょう。そこで、旧来の豪氏族は勢力を三分割し、一つは大和政権内に取り込む、二つは地方への派遣、三つはわれが筑紫へ連れて行くということではいかがでしょうか。

そして地方豪族の中にも優れた者もまだ多く居りますので、その者達を招集させて下さい。その招集する任に久米氏を当たらせたいと思います。また何処へ向かうかは、全国の事情に詳しい三輪阿多玖と秦河勝達が知る全国の情報を聞いて決めたい。できますれば、われも自分のこの目で、全国の重要な地点だけでも見ておきたいのですが」

「勇貴が直接全国の事情を目の当たりにするのは良いことだ。今言ったそなたの提案についてだが、地方豪族から優れた兵を中央に出してもらうようにすれば、一挙に多くの問題が解決するだろう。

勇貴、では明日、蘇我大臣を呼んで大王軍の臨時の費用の捻出を頼むとしよう。

摩須羅、大臣に明日の昼までに来るように伝えてくれ」

「承知いたしました」

摩須羅は島の庄の蘇我大臣の館へ向かった。


前年の十一月に高句麗の先導で隋国へ遣わせた使節団は、隋暦・開皇二十年（法興十年、六〇〇年）春正月、長安の西北の岐州にある仁寿宮《じんじゅきゅう》で隋国王・楊堅（文帝）に、高句麗、突厥《とっけつ》、契丹《きったん》等の国と共に謁見した。

そして正月の終わる頃、倭国からの使者達は、隋国から滞在許可が出た人々を隋国にある高句麗の館に残し、帰途についた。使者達が高句麗の使節団に伴われて、国境を越えて無事高句麗国内に入ったとの知らせが大和の上宮のもとに届いた。

その知らせを聞いて、予ての計画どおり南加羅地方救済の為の新羅征伐軍の派遣が行なわれる事となった。それまで大和政権として何度も、南加羅地方からの新羅軍の撤退に関して、新羅との交渉をしていたが、新羅国は一切の返答を拒否し続けていた。そして南加羅地方の首長達から、これ以上新羅国の過酷な要求には耐えきれないので新羅軍を南加羅から追い出してほしいとの強い要請が再び届いた。

二月、大和政権は境部臣雄摩侶《さかいべのおみおまろ》を将軍、穂積臣真手利《ほづみのおみまてり》を副将軍として新羅征伐軍を派遣した。今回新羅に送る兵の内訳は、大王軍としての境部臣雄摩侶率いる七千と穂積臣真手利の三千五百余であった。

上宮は新羅への兵達を来目皇子や葛城鮠兎達と見送りながら、以前豊浦大王と新羅国のことについてどう考えるか話し合ったことを思い出した。もし兄の豊浦大王が生きていたら、今回の新羅の行いをどの様に分析しただろうかと思った。国と国とが取り交わした約条を破りながら、その一方でその約条など無かった事かのように強く親交を要求してくる新羅という国が、今後どの様に行動するかしっかり見極めねばならない。上宮は遠く消えゆく船影を長い間睨《にら》むようにじっと見ていた。

南加羅へ勢いを付けて乗り込んだ倭国の兵達は、本格的な戦いもせず、あまりにも簡単に撤退していく新羅の兵に驚いていた。そしてあっという間に、南加羅から新羅の兵は居なくなってしまった。大和政権の大将軍の来目皇子から、絶対新羅軍を深追いするなと言明されていた新羅征伐軍の将軍境部臣雄摩侶《さかいべおみおまろ》は大将軍来目皇子の立てた作戦を正確に守った。近年新羅が主張している新羅国国境で止まり、そこに倭軍の陣を張った。

倭軍がそれ以上攻めて来ないことを確認した新羅国からは倭軍の将軍に、
『倭国との友好には変わりない。今回の任那加羅地方への介入は、新羅国がした事ではなく、新羅国から離脱した貴族のなれの果ての一族が勝手にしたことだ』
との訳のわからない言い訳と詫びを告げる使者を寄こした。

来目皇子は常に相手国の特徴や、戦い方、攻め方を研究していた。百済と新羅の戦いに於いて、先の百済国の聖明王が、迂闊にも深追いし窮地に陥った王子の余昌を救おうとして王自身が新羅軍の矢を受け絶命した事を、来目皇子は新羅征伐軍の境部臣雄摩侶に話していた。雄摩侶も大陸の軍記等を学んでおり、他国での戦いで地理や国状を詳しく知らぬ軍が、深追いした時の危険性を理解していた。

兵を引いた新羅軍から、使者が倭国軍の司令部まで遣わされた。新羅の使者は、大伽耶《かや》の金氏が百済国から侵攻され、新羅国に助けを求めて来たので、伽耶とその周辺地域の金官（元任那府があった辺りの地）を新羅は好意で救済しただけだと話した。そして倭国との関係は今まで通りのため、倭国が伽耶と金官を救いに来たのを知って抵抗もせずに、速やかに自国へ兵を引いたのだと説明した。倭国の大将軍境部臣雄摩侶は、新羅の使者の話をとり急ぎ大和政権に伝え、後に取るべき行動の指示を仰いだ。

大和政権の意見は二つに分かれた。一方は、新羅の言い訳は巧妙で、今直ぐにでも新羅を完全に打ち負かすべきと、国中から兵を集め新羅へ送ろうとする強硬派の意見だった。もう一方は、今後の為にも新羅国との交渉の窓口を広げるための話し合いをするべきという外交交渉の再開を求める柔軟派の意見だった。

戦うか、交渉かで何日も議論し合った末に、もう一度交渉をおこなうとの決定が下された。大和政権は交渉の為に難波吉士神《なにわのきしみわ》を新羅国へ、難波吉士木蓮子《なにわのきしいたび》を伽耶・金官へ送り詳しい事情を調べさせた。上宮はその他に新羅国内と南加羅《ありしひのから》に間諜《かんちょう》（諜報員）を放った。

大和政権と新羅との交渉が本格的になされようとしていた二月末に、隋国へ派遣していた使者達が帰還した。隋から帰還した使者達は、大陸の言葉をよく理解する高句麗の人々を高句麗王の了解を得て連れ帰った。それは、正月に隋国王謁見の場で、倭国側からの通事の言葉が通じなかった事や、隋国の風俗習慣等をもっと詳しく知らなければ、正確な意思の疎通が困難であった事実があったからだった。

隋への正使だった阿倍和泉《あべいずみ》は、隋国王楊堅《ようけん》に謁見《えっけん》した際の詳細を上宮太子や蘇我大臣に報告した。上宮や馬子は改めて、倭国が長い間大陸と直接の交流をしていなかったことの弊害の大きさに驚いた。大和政権は今後の隋への使節派遣の為にも、今回の隋国での出来事を記録に残すことにした。阿倍和泉等は、国の記録を担当している斎祷昂弦の処で事細かに聞き取り調査を受けた。上宮は大陸との交流を確かなものにするためにも、人材育成の学舎《まなびや》の充実と志ある若者達を全国に今よりもっと求めようとした。そして今までの教育と共に、確かな語学力を付ける為の教育に一段と力を入れることとした。阿倍和泉等が隋国から連れてきた隋国の言葉を話せる人々を師として、飛鳥の学舎で将来隋国への使者として送られる候補者達が、日々真剣に語学力等の研鑽を積み重ねた。

難波吉士木蓮子《なにわのきしいたび》が南加羅から帰国し、上宮皇子と来目皇子、蘇我大臣に報告した。あれ程切に救援を願っていた夫々の邑《むら》長達だったが、手のひらを返したように、倭国兵の帰還を願ってきた。まるで新羅に思い通りにされているようだったが、放った間諜からの報告も意外な事に、木蓮子《いたび》からの報告と南加羅の報告を否定するものではなかった。

朝議において群臣と諮り、大臣の意見も聞いたが、これ程までに報告が一緒だと何か違和感が生じた。しかしその報告を翻す材料を見つけられないまま、時が過ぎ新羅国の言い分を聞く事になった。新羅征討軍の将軍境部臣雄摩侶《さかいべのおみおまろ》と副将軍穂積臣真手利《ほづみのおみまてり》達は帰還の命令にほっとしていた。

新羅は約束通り、今までの新羅の貢ぎと南加羅の貢ぎを、倭国軍の帰還に合わせて送る約束を実行した。

馬子はいつものように月初めの大后への挨拶に出掛けた。月の初めには前の月にあったことを報告に行くのを常としていた。大后は少し前から身体の不調を訴えていた。

「お加減はいかがでしょうか」

床に伏していた大后は起きようとした。しかし自分で起きられずに、側に居る侍女に手を借りなければならなかった。滅多にないことだったので、大臣は早口で、

「そのまま、そのまま、どうぞお休み下さい」

「いいえ、話があるから来て貰ったのです。大臣に話しておきたい事があるのです。そこに掛けて」

「畏まりました。お話をお伺いいたします」

「この頃、夢をよく見ます。そこには敏達大王《びだつおおきみ》が御元気で、箔杜《はくと》（竹田皇子）と幼子を抱いた河上（馬子の長女）。時には豊日《とよひ》兄様（用明大王《ようめいおおきみ》）も出ておいでになります。考えてみれば、和（私）も敏達大王が身罷《みまか》った時の年齢に近くなりました」

確かに敏達大王と用明大王は五十を前に亡くなっていた。

「上宮太子も立派に政権の要となり、そなたがいれば倭国の大和政権は大丈夫でしょう。寂しげに微笑む箔杜の顔が毎日のように夢に出てきます。もうそろそろ箔杜達の処に行ってやりたい」

馬子は慌てた。

「そんな気の弱き事を仰せにならないで下さい。上宮様の時代はまだまだでございます。大后様がいて下さるからこそ、上宮様は祭事《さいじ》を大后様にお任せして、ご自分は心置きなく政事《まつりごと》に全身全霊で向き合うことが出来るのです。大后様の御力こそが、この国の全ての民を守っていると、皆がそう思っております。何を隠そうこのわれも、大后様が日々国神に祈られ国の平安を一身に願って下さっていることを実感している一人でございます。大王家の様々な人々の動きや、取り

計らいを、政事に没頭されている上宮様には関わる時間も余裕もございません。どうか、どうか。お心を強くお持ちください」

馬子は本音で炊屋姫の病気平癒を願った。今は未だこの人を失う訳にはいかない。新しく始まったばかりの国の根幹が揺らぐ出来事になる大后の死は、絶対あってはならないことだった。それ程、大后炊屋姫の存在は新しい政権の中で大きなものなのだ。

「少し疲れました。休みたい」

「大后様、どうか……」

目も開けていられないほど憔悴しきった大后に取りすがっていた馬子だが、大后に仕える侍女に大后の命令で部屋の外へ出された。しょんぼりと肩を落とした蘇我大臣は、大后の館の外で待っていた従者に何も声を掛けず、ふらふらと上宮達の住まう橘の館へと歩いて行った。

橘の館に着くと、大声で上宮を呼んだ。

「上宮様、太子様、何処に居られるのです。大后様が、大后様が……」

馬子は大声で訳のわからない言葉を言っている。

「大臣、どうなされたのですか」

上宮は執務をする部屋から走って出て来た。

「上宮様、大変です。大后様が、大后様が、お倒れになって……」

流石に馬子は上宮の顔を見ると恥ずかしくなったのか我に返って訳を話し出した。

「今大后様の処に、毎月初めのご挨拶に参りましたら、臥《ふ》せっておられました。お体の具合が少し悪いとは聞いていましたが、竹田皇子様のところへ行きたいなどと言われて……」

馬子は上宮に今しがた大后のところであった事を全て話した。馬子の声に驚いて出てきた菟道貝蛸皇女と橘姫も途中から話を聞いていた。馬子の話が終わると、上宮は貝蛸皇女と橘姫とを伴って、大后の館へ急いだ。馬子も上宮達の後に従った。


馬子が話した通り、大后は魘《うな》されて苦しそうに床に臥《ふ》していて、医博士と薬師の細香華瑠《さいかける》が側に付いていた。

以前からずっと大后に侍女として仕えている近江納女《おうみのめ》が、医博士を手招きして上宮達の側へ呼んだ。医博士は香華瑠に指示して、上宮達を建物の外へ誘った。

「大后様のお身体には、これと言って悪い所はございません。いたってお身体も御丈夫な方ですので」

「何を言うか、あのように苦しんでおられるではないか。そなたでは駄目だ。他の医博士を呼んでまいります」

「大臣、医博士のお話しが未だ途中です。医博士、他に気になるところがあるのですね」

「はあ、これはあまり診たことがないのですが、多分お心の病ではないかと」

「お心の病……」

菟道貝蛸皇女が医博士の言葉を聞いて繰り返した。

「心当たりがあるのですか」

上宮は聞きながら、竹田皇子が亡くなった時の事を思い出した。

「箔杜が亡くなった原因です。その時初めて聞いたので、理解出来ませんでしたが。今になって思えば、箔杜は心を病んでいると診られたのです。和も母もその時は、心が病むことであんな恐ろしい事になろうとは、思いもしませんでした。でも大后様は、最近何が御有りでしたでしょうか。今はこうして皆それなりに、笑うことも出来るようになりましたのに。あの時なら分かりますけれど、何故今になって」

皆がそれなりに落ち着き、幸せも感じられるようになった今という時に、何故心の病に母がなったのか。貝蛸皇女には合点がいかなかった。しかし医博士は静かに話し出した。

「大后様は、常にお心強き方です。竹田皇子様の時もお側で経過を見させて頂きましたが、普通の親ならば泣き崩れて立ち上がれぬところを、大后様は気丈にも悲しみをお心に仕舞いこまれて、今日まで生きて来られました。

しかしその時、気丈に振る舞われた事で、悲しみに浸ることが出来ず、心は癒されないままだったと推察されます。人には悲しみを忘れるために、泣かねばならぬ時もあるのです。大后様のお心は、最近何があったか分かりませんが、何か一つでも心に悲しみが加えられると、限界を越えるまでになっておられたのだと、考えられます。また悲しみでなくて、ご自分の生きる意味を無くされるようなことが最近おありになったのかも知れません」

馬子は今はっきり分かった。先程の大后の言葉は、医博士が話したことと合致した。上宮と貝蛸皇女も納得していた。

「では、お心の病の回復は無いのですか。何か希望が御持ちになれることは、ないのでしょうか」

馬子にも上宮にもその様な事は何一つとして思い付かなかった。大后がいなくては、この政権が維持できない事は上宮や大臣達だけでなく大后本人にもはっきり認識されている。

一同が困り果てている時、菟道貝蛸皇女が、

「和と大后様を二人にして下さい。お話ししてみたいのです」

「后、何を」

「お任せ下さい。これを聞けばきっと大后様はお元気になって下さいます。和にお任せ下さい」

皆は顔を見合わせた。竹田皇子の事でも話すのかと思ったが、上宮達は貝蛸皇女の言うとおりにするしかないと、貝蛸皇女と大后を二人にした。

菟道貝蛸皇女と大后が二人きりになって、初めは静かに話していたが、後には笑い声さえ聞こえてきた。大后の部屋から出て来た貝蛸皇女は笑顔だった。

「もう大丈夫です。大后様は少しずつお元気になられます。医博士、大后様が少し何か食べたいと仰せです。ここ数日、何も召しあがっておられなかったようですから」

今まで曇っていた医博士の顔も明るくなって、

「後はお任せ下さい。余程良き話だったのですね。不思議としか言いようがありません。姫皇女様はどんな薬よりも大后様には効きますね」

「あはは。ほっといたしました。どうなる事かと、生きた心地が致しませんでした」

馬子はきゅっと締め付けられていた胸が、やっと元に戻ったことを感じた。しかし医博士は念を押した。

「いやいや、どの様な病気も治り掛けが一番大切なのです。心の病は外傷と違って根が深いのが特徴です。十分気を付けなければなりません」

「分かりました。どうか宜しくお願いします」

貝蛸皇女達は医博士と薬師香華瑠に後を頼んだ。帰ろうとする上宮達に薬師の香華瑠が声を掛けた。

「医博士から、貝蛸皇女様と橘姫様はまた明日にでもお出で頂けないかと。大丈夫でございますか」

「分かりました。必ず明日、参ります」

大后は少しずつであったが快方に向かっていった。


一月ほどして、大后がやっと床から起き上がり自分で歩けるようになった頃、筑紫の那津官家《なのつのみやけ》近くの岸に壊れそうな船が一艘打ち上げられた。その船の中に息も絶え絶えの二人の男が乗っていた。数日後二人の男の内一名は絶命した。もう一人が快復して漸く話せるようになった時、助けられた男は驚くべき事を語り出した。男の証言は木簡に書かれて、大和に届けられたのは夏も終りの頃だった。木簡が朝議の場で示され、三輪阿多玖《みわあたく》によって読み上げられると、朝堂内は騒然となった。

その木簡には、新羅国が再び任那加羅に侵攻し、今度は完全に新羅国の旗を海に向かって掲げた。任那加羅つまり任那府のあった南加羅《ありしひのから》（多々羅《たたら》、素奈羅《すなら》、弗知鬼《ほちき》、委陀《わだ》の四邑《むら》の総称）の民は抵抗する者は殺され、捕まった者達は完全に自由を奪われる奴婢とされた、と記されていた。

普段は冷静な上宮も、今回ばかりは怒りを隠しきれず、新羅の残忍な仕打ちが書かれた木簡が折れる程の勢いで硬く握りしめた。上宮は直ぐに南加羅の様子を探るように命じた。蘇我大臣や来目皇子に相談した後、改めて朝議を開いた。朝議でも南加羅に派兵することに関しては、誰の反対も無く、帰還したばかりの境部臣雄摩侶を将軍として新羅征伐軍の一万有余の兵を送った。

新羅国へ交渉に向かっていた難波吉士神《なにわのきしみわ》が、大和に戻った。上宮太子、蘇我大臣、境部臣摩理勢、葛城臣烏奈良《かつらぎのおみおなら》、大伴連囓《おおともむらじくい》や坂本臣糠手《さかもとのおみぬかで》の揃う中で、難波吉士神は新羅国からの書状を読むように言われた。

難波吉士神は新羅の王からの書状を訳しながら読み始めた。

「謹んで、倭国の王にこの度のお詫びを申し上げます。今日よりは、心掛けを改め、倭国との約束を守り、毎年必ず貢ぎの献上を怠りなくいたします。任那地方の貢ぎも、我方が責任を持って滞りなく届けさせます」

「これはどういう意味に受け取ればよいのでしょうか。新羅はこれで今回の何を詫びているのでしょうか。この書状は、取り様によっては、新羅が完全に南加羅《ありしひのから》を支配下に置いているとの再確認。そしてそれを我国にも認めさせた上で、滞りがちな貢ぎの献上のことだけを詫びたと、われは感じるのですが」

境部臣摩理勢は怒りを隠さず言い放った。

「摩理勢、そなたの怒りは皆の怒りだが、少し控えておれ。新羅国の文面を、吉士神、書状をここへ」

蘇我大臣は新羅からの書状を、直接上宮太子に渡した。

「太子様、吉士神の訳しました通りで間違いございませんか」

上宮はさっと目を通して、間違いないと頷き、

「難波吉士神《なにわきしし》、この書状は何処で誰から渡され、この書状と共に何か付け加えられた言葉は無かったか」

「はぁっ。書状は新羅国の中央官吏第弐等官の微久己叱沙湌《みくこししゃさん》なる者から渡されました。添えられた言葉は、この書状でお解りいただき、出来れば兵を収めて頂けないかというものでございました」

新羅の第弐等官といえば相当な高位高官で、貴族の中でも王に近い血筋の者に限られていた。一同は倭国が兵を引いた後、新羅が従来の国境をよしとして大人しくしているとは思えなかった。

蘇我大臣が、

「吉士神、直接交渉したそなたは、新羅国人の様子から、この書状の通り本心から詫びていると感じたか」

「何とも申せません。新羅人の表情は誠に読みにくいものでございます。その上、新羅国の国状は極めて不安定でございますので、これから国状がどの様になるのか皆目見当もつきません。新羅は約束を守らないのではなく、その不安定さから守れないのではないかと察せられます。この度の新羅の王統府が、倭国との約を守ろうという気がありましても、有力貴族達を抑えきれるかどうか分からない状況です」

上宮は一同を見渡し、何か意見があれば述べる様に促《うなが》した。

「では、この詫びを聞かぬと突き返せば、新羅はどう出て来るのでしょうか」

葛城臣烏奈良《かつらぎのおみおなら》が不安を言葉にした。

「現在も国境付近で不穏な動きを見せている新羅軍と対峙している百済軍から、援軍を出してほしいとの要請も来ております。百済や高句麗国とも合議してこの際、新羅国を攻め滅ぼしてしまう作戦はいかがでしょうか」

年長の大伴連囓《おおともむらじくい》は提案した。

「その様な事態を察すれば、間違いなく新羅国は、半島に興味を抱いている隋に援軍を頼むでしょう。我国におきましては、まだ隋国との外交が始まったばかりという状況でございます。そんな時に我国が百済や高句麗と共に新羅を攻め滅ぼしてしまうとなれば、隋は必ず行動を起こすでしょう。隋は自らが滅ぼそうと試みながらも何度も失敗している高句麗が、今以上に強固な国体を作るのは何としても阻止せんとするに違いないのです。

先頃、高句麗国の好意によって、政治、経済、文化などを取り入れられる新たなる段階が到来したばかりです。今、高句麗や百済を巻き込んで、新羅と正面切って戦うことは避けるべきです。我国は勿論、何処の国にも良い結果をもたらすとは思えません」

蘇我大臣はゆっくりと説き伏せるように話した。

「大臣は新羅のこの詫びの書を信じても良いと、思うのですね」

上宮は馬子に念を押すように言った。大臣は続けた。

「いいえ、信じる信じないという事は別にして、今回の詫びは、詫びとして受ける。時間を稼ぐといいますか。せめて、我国が隋へ正式な使者を送り、大国に我国を承認して貰うまでの間は、新羅とは事を起こさぬ方が、得策と考えます」

皆は黙った。しかしただ一人、馬子に反論した者が居た。

「大臣、倭国も新羅国には誠実ではなかった、だから何度裏切られても仕方ないというのですか。南加羅《ありしひのから》（昔の任那府付近）に住まう民人の中には、大和から移り住んだ者も多いのです。彼らがこのまま新羅の配下となり奴婢《ぬひ》となっても構わぬと仰せですか」

坂本臣糠手には、南加羅に移り住んだ縁者や知り合いが少なくなかった。

「坂本氏、南加羅から帰ろうと思えば、帰還することも可能だったのです。今、半島に残る者達は自ら残ると決意した者達です。半島に移り住んだのもあの者達が決断したことですぞ。国が行けと無理矢理に追いやったものではない。そうした時から、あの者達はもう我が国の民ではなくなったのだ」

蘇我大臣ははっきり宣言した。そうかも知れないが、移り住んだのは確かに倭国の民であり、新羅国人ではなかった。任那府があった頃は辛うじて任那府に守られて、そこに暮らす伽耶の民と結びつき任那で暮らす人々という地位を築いてきた。しかし何かあった時、頼りにするべき任那府は既になくなっていた。新羅国が倭国の出先機関である任那府を攻め滅ぼしてから、早半世紀が経っていた。

上宮が皆の意見が出揃うのを待っている時、境部臣摩理勢が兄の蘇我大臣に向かって、

「大臣、それは言い過ぎではありませんか。新羅国がもう半世紀も前に任那府を滅せさせた事実を、我国がこれまで認めるに至らなかったのは、矢張り倭国の民が新羅の支配下に置かれている状況に思いを寄せての事ではなかったのでしょうか。

もし出来る事なら、新羅が任那加羅から兵を引いたこの時に、もう一度任那府を彼の地に復活させることをお考え下さいませんか」

大臣が今度は大きな声で、

「何を言うか、摩理勢。この大馬鹿者め。新羅が兵を引いたように見せてこちらの動きをみているだけのことだ。今までにも何度この様な状況があったことか。そしてその様に狡猾な新羅との難しき交渉を正常とまではいかぬまでも、何とか続けて来られたのは先の豊浦大王、穴穂部前皇

后様、上宮様達の御尽力あっての事だ。遠き丹後まで行かれて、御苦労の上に交渉を積み重ねてきた新羅との繋がりなのだ。今ここで新羅と戦い勝てると言うなら、もっと早い段階で叩き潰しておくことも出来たわ。現在の新羅を侮ると痛い目に遭うぞ。

　この五十年以上もの間、我が国内がどの様な状態であったか、そなたもよく分かっておろう。その間、我が国が昔のように半島に強い力を及ぼせなかった結果、新羅は国力を強め、それなりに成長し、隋国をも味方に引き入れられるまでになったのだ。今、新羅を完全に攻め落とすことは非常に困難なことだ。国を上げて戦ったとしても、何年掛かるか又どれ程の兵を犠牲にせねばならぬか分からぬのだぞ」

　蘇我大臣は摩理勢に言い放つと、上宮太子に向かって、

「百済や高句麗と同盟を結びましたが、三国で新羅を攻め落とそうとするなら、もっと綿密に三国に於いて計画を立て意思の疎通をしっかりと行い、攻め落とした後の領有権についても夫々に話し合いをしなければなりません。

　ですが、われは新羅への侵攻には反対でございます。今直ぐ、またこれ以上の軍への出費は無理でございます。また国軍を来目皇子様の下で集め始めましたが、まだ十分な兵力も揃っておりません。はっきり申し上げますが、我国にとってこれ以上の軍を派遣するのは大変なことです。それよりも、南加羅《ありしひのから》からの報告もまだですので、その報告を受け精査してからでも良いのではないでしょうか。色々なことを決定されるのはその後でも遅くはないと考えます」

　馬子は今回の朝議ではいつになく多弁だった。ほぼ皆の意見が出揃ったと感じた上宮は、

「では、南加羅の難波吉士木蓮子《なにわのきしいたび》が戻ってから、今の皆の意見を参考に今後の方針を決定する」

上宮も馬子の意見に概ね賛成で、もっと多くの情報を収集しなければ、この難しい局面を乗り切る策を導きだせないと思い、即決は避けた。

「では、吉士木蓮子《きしいたび》が戻った後、諸氏には又お出で頂きましょう」

蘇我大臣が、上宮太子の意を受けて散会させた。


来目皇子が、皆と帰ろうとする境部摩理勢《さかいべまりせ》に声を掛けた。

「境部臣、少しお話をしたいのですが。残って頂けますか」

「はぁっ。承知いたしました」

小部屋に通された摩理勢が神妙に一人待っていると、そこへ来目皇子が入ってきた。摩理勢はやや体を斜め前にし、頭を下げて来目皇子が座るのを待った。

「境部臣摩理勢に宮廷警護の長官になって貰おうと思っているのです。どうでしょう、承知して貰えるだろうか」

「えっ、われが宮廷警護の長官をということでしょうか……」

来目皇子と同じ様に常に他国へ遠征するという任を受けていた軍人摩理勢にとって、来目の言葉は寝耳に水の話だった。そしてまだ摩理勢が動揺し答えられないでいる時に、上宮太子が外から声を掛けた。

「入るよ。気にせず話を続けて」

普段の上宮からは想像できないやや強引な言い方だった。二人の顔を交互に見ながら、どうぞそのまま話を続けてと顔で表現した。

「では、お掛けになってお待ちください」

来目皇子は迷惑そうでもなく、

「摩理勢氏、今直ぐでなくとも良い。返事を二、三日内に。決まれば蘇我大臣にも伝えねばならないから」

これは蘇我大臣も知った話だと摩理勢も理解した。

「承知いたしました。急なお話でしたので、直ぐにお返事が出来ずに申し訳ありません」

「いや、良いのです。では太子様、後程」

来目は上宮と打ち合わせてあったかのように自分からの話を終えると直ぐ居なくなった。摩理勢と二人きりになると上宮は、

「摩理勢氏、今日また大臣に叱られましたね。しかし吾は、そなたを頼もしく思いました」

「群臣の面前で大臣に向かって、反対意見を声高に申し述べたこと、お許しください」

摩理勢は謝ったが、上宮は先程の摩理勢の発言は自分の中で正しいこととして信念を持って言ったのだろうと思った。そして又きっとこれからも変わらずに、同じ言動を続けるだろうと感じた。大臣に反論する人も必要なのだが、時と場合による。

「摩理勢氏のようにもう成年に達した人に、年下の吾が言うべきかどうか迷いましたが、これからの大和政権を担って頂くべき方と信じて、敢えて申し上げたいのですが、宜しいですか」

上宮は宜しいですかと聞いたが、摩理勢の意思に関係なく、聞きなさいという強い言い方だった。摩理勢は自分より随分若いが、太子である上宮に従った。

「そなたは正直な人です。誠実であり、他者への思いも熱く、得難い存在です。しかし正義感からなのか、迂闊にも思ったことを直ぐに口に出して仕舞う。これまでに何度か吾も聞き及んでおりますが、ご自分でこのままで良いと考えておられますか」

摩理勢は自分が悪いことをしたとは、思っていないようだった。

「太子様、申し訳ありません。しかしわれはそれ程いけないことを発言いたしましたでしょうか。何がいけなかったのか、われには分かりません」

「では、蘇我大臣は新羅とどうあるべきと言っていたか覚えていますね」

「兄、いえ蘇我大臣はあらゆることを考えると、新羅と今は戦うべきではないと言っていました」

「そうです。それなら何故、そなたは新羅と戦い、今更、任那府を復興させよと言ったのでしょう」

摩理勢は、いつになく上宮が怒っていると感じた。摩理勢は声を小さくした。

「それは、坂本臣だけが任那《みまな》いえ南加羅《ありしひのから》に残る民達の事を考えていたからです。倭国の政策で、移住した者達も多かったと聞いています」

任那《ありしひのから》（南加羅）地域は多くの問題を抱えていて複雑だった。

「南加羅の人々を憐《あわ》れんだのですね。確かに、少なからずその様なことはあったでしょう。しかし南加羅地方に根を下ろし、生活の基盤がそこになった人々が、今更倭国に戻り、また一から同じ様に働き続けても成功するとは限らない。彼等は移住し南加羅の民となったのです。勿論、吾はそうだからといって放って置くとは言っていない。彼等も嘗ては我国の民であり、現在は大切な物資の取引をおこなってくれる相手だったりもする。その人々が他国に攻め込まれた、と助けを求めているのだから何とか助けたいと吾も思っています。その上でどうするかと、話し合っていることを忘れてはいけません。彼等が、そなたが言ったように任那府を取り戻してほしいと言ってきましたか。

　それから二つめは、かつての大和王権と新羅政策に関わった豪氏族の失態を、公に批判した事です。それに関わって失脚した豪氏族はどう思ったか。しかもそれは遠い昔に既に済んだことで、その責めもしっかり負わされています。彼等は大連《おおむらじ》、大臣《おおおみ》の地位を取り上げられた。いつまでも遠い昔の失敗を責めるのは止めましょう」

　上宮ははっきり言わなかったが、他人は自分が悪いと分かっていても、あまり責められるとかえって恨みを持つ者もいると、摩理勢に知ってほしかった。摩理勢は上宮の本意を、今やっと察することが出来た。

「申し訳ありません。われは自分の事を顧みず、他者の犯した失敗をいつまでも責めておりました。多くの群臣の面前にも関わらず、馬子兄と二人で議論をしている時と同じように振る舞ってしまいました。これは大変なことをしでかしてしまいました。太子様にも大臣にも大変申し訳なき事を致しました。軽率な考え、軽々な物言い、重ね重ねお許しください」

摩理勢は少なくとも群臣の前で、これまでの大和王権を大きく批判した事実の重大さを、冷静になった今、やっと理解することが出来たようだ。それ以後、摩理勢は何も言えず、大きな体を小さく縮めて、自らの言動を悔いている様子だった。

上宮は今までと違った優しい声で、

「何故、大臣があれ程、皆の前でそなたを叱責《しっせき》したのか、分かりますか。皆の前で、そなたを一喝することで、摩理勢と同じ意見の者にも間接的にその意見は悪いと教えた。馬鹿なことを言ったそなたを、利用した。そなたなら、大臣に馬鹿者呼ばわりされても恨みはしないだろうと判断したのです」

上宮は少し語気を強めながら、

「大臣はそなたの意見を上手く使って、自分の本音まで言い切った。そなたが群臣の中で任那を復活したいと思っている者達の代弁をし、蘇我一族の者として発言したから、大臣もはっきりそれはもう無いと言い切れたのかも知れない。

唯、吾としてはそなたにはもう少し思慮深くあってほしいと思う。きっと大臣も吾と同じように考えているのではないだろうか。大臣もそなたを大切な人材だと思うからこそ、そなたが人前で考えなしに発言し、それによっていらぬ反感を買うようなことは止めよと、怒った振りをして苦言を呈したのだろう。そなたは今日の事を忘れてはいけない。

摩理勢、大臣と意見が違ったら、後から何故そうなのか大臣の心中を察して、大臣の深い考えをしっかり考えて貰いたい。物事の真相を深く理解できるような人に成長してほしいのです」

「太子様の教え、確かにこの胸に刻み置きます」

摩理勢は神妙に言った。上宮は続けた。

「先程、来目将軍から聞いたと思うが、来目が宮廷護衛に摩理勢をと吾に推薦してきた。来目は大将軍として、これから大和を離れることも多くなりそうだから、大和を守る強い武将に後を頼みたいと思ったようだ」

摩理勢は動揺していた。

「今のままのわれでは、とても上宮様をお守り出来ないのではないでしょうか。来目皇子様に期待して頂けるような者ではありません」

上宮はいきなり立って、摩理勢の真正面に対峙する姿勢を取った。そして摩理勢の手を取って、暫く摩理勢の目を見ながら、

「摩理勢、人は失言もするし、失敗もする。それは反省し次に活かせば良い。しかしそなたの様に人を慈しむ心を持つ者は少ない。多くの者達は、自分に利があるかどうかで発言し行動する。その者達はそなたと価値観が全く相容れないのだ。現状維持したいが為に自己保身する者が多い。南加羅に大切な人々が多く居て、その者達を助けたいと思う坂本臣に、何の利も求めず優しさで直ぐに味方できたのはそなただけだった」

その時、摩理勢には何の損得勘定もなかった。摩理勢は目を閉じた。

「これからの新しい国造りには、民を慈しむ心を持つそなたの様な人材が必要だ。是非、吾の側で働いて貰いたい。そなたの思いにきっと吾は応えるだろう」

摩理勢は群臣達の自分のことしか考えていない言動に嫌気がさしていた。それは豊浦大王に仕えていた時にも、少なからず感じていた事だった。摩理勢は自分と志が違う者ばかりが多く、虚しさでいっぱいだったのだ。

心優しい豊浦大王が亡くなってしまった後、心底自分を分かってくれる人がいない事に苛立ちも覚えていた。豊浦大王の人柄に惚れ込んで仕えていた摩理勢は、今まで直接上宮の人となりに触れてはいなかった。豊浦大王亡き後、心から仕えたいと思う人にはもう出会えないだろうと諦めていたのだ。しかし今日、摩理勢は上宮と話して新たにこの人と思う人に会えたと思った。この人の側で再び力一杯働いてみたいと摩理勢は決意した。

「畏まりました。謹んでお受け致します。太子様のお側で働かせて頂ける事に感謝致します。有り難くお受け致します」

摩理勢は上宮の手を取ったまま跪《ひざまず》いた。摩理勢は今後を、上宮太子に心身ともに仕えると、心に固く誓った。上宮は摩理勢に期待しながらも、まだ危うさが残っていることに気を付けておく必要があると感じていた。正義感ゆえの強い怒りが摩理勢の身を滅ぼしかねないと思い、心に止めておかねばならないと思った。

倭国全体の失態とも言える任那府の滅亡という事実は、誰もが知っていた。

倭国の基地である任那府が無くなった後も、南加羅地方には、新羅からそれ程酷い圧政はなかった。だが新羅が中央集権国家に向かう時の流れの中で、新羅から南加羅へ送られる官吏によって、今まで自由だった民間外交や商業取引等は、新羅国の管理下へと置かれるようになっていった。南加羅地方の民への税は、新羅国の民より重くなった。本来自由な考えを持ち、自由に行動してきた南加羅の民達の中には、この様な状況に不満を持つ者が増えていったのは当然だった。

南加羅の中の人々は倭国や百済等との取引で、経済的にはずっと潤っていた。しかし新羅が南の海岸地域まで勢力下に組み入れ始めると、倭国から移住していた人々はほぼ二派に別れた。一方は新羅の傘下に入り、新羅に税を納め新羅の軍に守られながら手広く交易することを選び、もう一方は新羅に不満を持ち何とか現在の状況を変えようと倭国や百済に救援を求めて自治を継続させようとしていた。倭国は南加羅に影響力を少しでも残したかった。

倭国は、新羅が南加羅の人々に対し圧政をしないとの保証を得られない限り、兵を引く訳にはいかなかった。大和政権は、新羅征討軍の将軍境部臣雄摩侶《さかいべのおみおまろ》と副将軍穂積臣万手利《ほづみおみまてり》達に、政局が安定するまでは新羅に止まる様、指示した。

新羅は、少しでも早く倭国軍に帰還して貰おうと、今まで滞っていた新羅の貢ぎと南加羅の貢ぎを急いで大和へ運んだ。大和政権は、この機会に新羅国に対するこれからの方針を高句麗および百済と協議することにした。

高句麗国、百済国との協議によって、新羅の様子を見ながら倭国は少しずつ半島から兵を引くことになった。その代わりに高句麗と百済の二国は新羅を監視する。新羅国は倭国に対して南加羅の自治を認めもう二度と南加羅を攻めない、との約条を交わした。

新羅征討軍の将軍境部臣雄摩侶は慎重に、新羅から少しずつ兵を帰還させ始めた。

二、大后の決断

春の終わりに心を病んでいると診断された大后だったが、夏の半ば頃には少しずつ快方に向かい、前皇后の穴穂部を自分の館に度々呼ぶようになった。その年の秋頃になると、大后の館で、大后と前皇后が二人で真剣に話をしている姿が頻繁に見かけられるようになった。

大后は自らの身体の具合も考えて、今後、祭事の後継者指導の任を、穴穂部前皇后に頼みたいと言った。ほぼ祭事の一通りを知る穴穂部前皇后は快諾し、大后の後継者となる菟道貝蛸皇女《うじのかいたこのひめみこ》の指導の任を恙《つつが》なく果たせるように、大后に事細かく再確認しながら教えを受けた。

菟道貝蛸皇女は、母の大后が心の病になってしまった時に、これからの大和王権の祭事を担うことを決心したと告げた。大后は思いもかけぬ病に身を曝しながらも、自分の後継者を育てるという新たな役割を得た。それは気力を無くした大后を元気にするには十分な出来事だった。新たな目的を見つけた大后は日々快方へ向かった。以前より溌剌とし日々を過ごしていた。

大后が病からほぼ立ち直り、上宮太子と蘇我大臣に重大な話があると伝えられたのは秋九月が終わろうとする頃だった。晦日の夜半に、身を清めて館まで来るようにと指示されていた。

馬子は橘の宮の前で、上宮が現れるのを待っていた。上宮と馬子は共に護衛の者を二人ずつ従え、ただひたすら無言で大后の館への道を歩いた。館の外で従者を待たせ、上宮と馬子は大后付きの侍女に館の中を進むように言われた。館の中では、仄《ほの》かな明りが二人を進むべき場所に誘《いざな》う形で置かれていた。

大后は常に祈りを捧げている祭壇より奥の方へ二人を招き入れた。特別の神事の時にしか開かれない扉が開き、夜目にも輝きを放つ美しい鏡が松明の光を反射して妖しげに輝いていた。大后がその光の前に立つと、光は大后の身体を後ろから照らした。

突然、大后が言った。

「上宮太子、蘇我大臣。和（私）はこの国の大王の代理としての役を、終える決意をしました」

蘇我馬子は先刻承知していたのか驚く様子もなく、自然に大后の前にひれ伏した。上宮はあまりにも唐突な大后の発言に戸惑い、目を見開いて大后を見つめるばかりだった。大后はそんな上宮に構わず言葉を続けた。

「今まで祭事は和が、政事は上宮太子が担当してきました。しかし矢張りこれは国にとっても群臣や民にとっても不自然な形です。分けて担当し始めたのは、飽く迄も、上宮が成人でなかった故、氏族の人心の掌握が難しいだろうと思ったからです。和なりの大和王権をより確かなものにしたいとの思いからでした。

先の橘豊日大王の嫡子の上宮皇子、和が預かってきた大和の祭事の全権を譲る時が来た。謹んで、そなたの妃、菟道貝蛸皇女と共に大和王権の祭事の全権を担い、今までどおり政事の任もしっかりと担い続けなさい」

「大后様、吾は未だ三十歳に達してはおりません」

大后の宣言だと知りつつも、上宮は口に出してしまった。大后は優しい口調で、

「今の言葉はそなたの心の声として、和が感じたものとしましょう。

そなたが大王となることは、この国の為です。確かにそなたは未だ成人の年には達していない。しかし成人とは年齢だけ達しておれば、それで事足りるのだろうか。そなたは二十歳を前に、大王としての政事を担当した。

そして今までの大王と同じくこの国を導き、何度も重大な事案を解決に導いてきた。又、これまで以上に国をより良き方向に発展させようと、日々弛まぬ努力を重ねている。和が思うに、既にそなたは実質的に成人の大王と同等の任を果たしている。そなたが大王となると、和が宣言し大臣が賛意を表すれば、この大和に反対を表明出来る者は誰一人としていない」

上宮が馬子の方を見ると、馬子はこれまで以上に額を土に擦り付け上宮が大王と成る事に賛意を現していた。大后は続けた。

「これからの倭国が今以上により良き国となる為には、上宮太子よ、そなたが大王として祭事権と政事権を握っていなければならぬ。本来、今までの大王はそうであった。

そなたは、明くる年の新嘗祭には大王として、儀式を執り行うのです。その時まで和がこの国の大王の祭事を確実に教えましょう」

大后が言い終えた時、飛鳥の山の端が白み始めた。

上宮が馬子と共に大后の館に呼ばれる一か月ほど前のことだった。大后は大和政権として送っ

れた使者が隋から帰国した後の報告会で、隋の国王楊堅《ようけん》から倭国の王の在り方自体に苦言を呈されたことに対し、どうすべきか深く考えていた。一人では決めかねて大臣を呼んだ。

「最早、国家として国主のいない状態を続けるべきではない。これは隋国に対しての問題だけではないはずです。半島三国などとの外交交渉の場面でも、主たる王が誰かはっきりしないのは、相手国にとっても大きな問題です。このままの状態は、国にとって一つとして良いことはない。上宮は来る年に二十八歳となる。既に国の政事を担当して九年になろう」

「左様でございます。しかしながら大王となられますには三十歳を超えませんと、群臣が納得せぬのではないでしょうか。今までの慣例でございますゆえ」

欽明大王が初めて三十歳で大王となった時にも、まだまだ若いという事で、御年若干であると伝えられている。

「では、この次、正式に隋国に使者を遣るのは、上宮が三十歳を過ぎ、大王となるまで待つというのですか」

「それでも遅くはございません。欽明大王の時には現実となりませんでしたが、上宮様が未だ豪氏族を掌握されていない現状を鑑みますれば、大和政権に長く貢献されておられ、実際に群臣達の心を掌握なさっている大后様が大王とお成り遊ばすことももう一つの選択肢になるのではと……」

大臣が言い終わらない内に、大后は目の前の机に思い切り拳を叩きつけた。

「お黙りなさいっ。それこそ前例に無いこと。その様な言葉、二度と口にするでない。よいですねっ。

話を戻します。常に問題となる他国との交渉も突き詰めれば、上宮が太子のままだからこそ起こるのです。新羅などに倭国が甘く見られて仕舞う原因だと、何故そなたは思わないのですか」

大后のあまりの剣幕に馬子は、顔を真っ赤にして平伏し謝罪した。

「申し訳ございません。大后様の仰せのとおりでございます。しかし群臣の中には、現在の太子様の急激な改革に、大いに不満を募らせている者達もおります。われに直接異議を唱えてくる者もおります。上宮様が太子となられ、次々と国の機構を精力的に改革され始め、広く人材の登用をなさいました。そのことによって、豪氏族自身やその子弟の役職が、これからもどんどん減り続けるのではないかと彼等は不安でいっぱいなのです。また、これまで屯倉を設けていなかった地の豪族達も、屯倉としての土地を新たに出さざるを得なくなり、二重三重に豪氏族達の生活を圧迫しているようなのでございます」

「それも上宮が大王になれば、解決するのではないですか。

人材の登用については、和も太子のやり方に賛成しています。優秀な者を広く求めるのは当然で、これからの倭国には、多くの優秀な人材が必要です。そなたとて十分に理解しているはずです。いままでの様に、優秀でもない者を豪氏族の縁者だからと言って高位高官にするのは止めたいと、そなたも言っていたではありませんか。

文句を言われても、地方からの税はそれなりに納めさせなくてはなりません。

新羅との交渉にも多大な費用が掛かろう。又、来目皇子を大将軍とする国軍に掛かる費用は、国の蔵や大王家の収入だけでは足りない。しかし必要とあらば、どんなことをしてもどこからか捻出して来なくてはなりません。それが、国の大蔵を預かるそなたの役目です。

外交、人材登用、財政、それらの問題も上宮が大王になれば、群臣も今までより聞く耳を持つでしょう。それで多くの問題に片がつきます」

馬子は大后の言葉に、一言も返せなかった。しばらくして、馬子は腹の中から絞り出すような声で、

「われも上宮様の大王就任に賛成致します。一年の猶予を頂けるのですね。群臣の反対を出来る限り鎮めるように致します。大后様の固い決意、しかと受け止めさせていただきました。唯一つお願いがございます。どうかこれからも大后様。上宮様の後ろ盾としてこの政権を守って下さいます様に」

大后は一瞬目を閉じた。今度は目を見開いて、大きく深く呼吸した後、

「和がこの政権から完全に身を引くことなど考えたこともありません。われらはまだまだこの政権には大いに役立つでしょう。和もそなたも得難き人材です。それは上宮が一番よく分かっていることでしょう」

馬子は意外だった。これ程までに、大后が国の政事に関して深く考え、自分も役立っていこうと心に決めているとは思っていなかったからだ。先ごろ病に倒れてから気弱になっていた大后を、昔ほどには恐縮しなくなっていた馬子は、改めて思慮深い大后炊屋姫に恐れ入った。

炊屋姫が敏達大王の皇后だった頃から、王権を支える確かな実力者として君臨し続けて来たの

だ。それは炊屋姫がひたすら愛した我が子の竹田皇子を大王にしたいからだけではなかったのだろう。炊屋姫には、馬子とは違うこの国に対しての思いがあるのかもしれないと感じた。又、上宮には理想であり、馬子自身にとっては野望であり、炊屋姫には思いとでも表現すれば良いのかなどと考えたが、直ぐ心の中で否定した。われもこの国を支える太い柱となったからには最早野望を抱くのではなく、国益を重んじる立場に恥じぬ考え方をせねばならないと思った。

その年の新嘗祭は大后が担当する最後の公の祭事だった。上宮太子と太子妃の菟道貝蛸皇女は、大后のすぐ後ろに居て大后の行う全てを見習う。そして毎月の朔《ついたち》には、夜の明けぬ内から祭事が始まった。大后が今まで執り行ってきた祭事の全ては、太子と太子妃に恙なく譲られていった。

上宮太子は大王として平群に新しい宮を築き、現在橘の宮に住む菟道貝蛸皇女達と共に移ることを決めていた。新しい宮はその地の名を斑鳩《いかるが》と改めた。上宮達がそこへ本拠地を移すことは、大后や大臣と相談し決めたことだ。しかし現在は大后の病が快方に向かっているとはいえ、心の病が再発するのではないかと心配している后の菟道貝蛸皇女と橘姫に、大后の側を離れて斑鳩に住み替えると、なかなか切り出せない上宮だった。

朝議においては大都の建設が進んでいない事が問題となった。地方からの資材の調達が思ったより時間が掛かっているとの説明がなされた。群臣の中からは斑鳩の新しい宮を後にまわす訳にはいかないのかという意見も出た。大臣が新しい宮の開発は大和にとって大都の建設と共に大事だと力説し、新しい宮の建設について反対意見を述べた群臣は黙った。

上宮は朝議から帰ると菟道貝蛸皇女に、皆で斑鳩の新しい宮の建設を急ぎ、一日も早く移り住みたいと話した。

「分かりました。大后様はあれから随分お元気になられました。以前に大后様が了解されているのなら、今になって反対されるようなことはないでしょう。和（私）が祭事を習うことに関しましては、こちらに通えば済むことです。穴穂部前皇后様も大后様の元に通ってお出でです。今は未だ毎日ではなく決まった日ですから、通わせていただきます」

「橘の館はこのまま残しておきます。吾も朝議がある時には、ここに泊まろうと思っております。后も母とこちらに来た時にはここを自由に使って下さい。さて、後はやっとここに慣れた桃香（橘姫）には、どの様に話せばいいでしょうか」

「大人の事情で、今までにも住む場所を替えております。太子様が仰せの様にやっとここにも慣れましたので、和も桃香の気持ちが心配です」

「そうですね。でも何処に住むかより、誰と住むかではないでしょうか。われらが変わらず桃香の側に居れば良いのではないでしょうか」

「特に周りの人々の気持ちを敏感に感じ取る桃香は、環境の変化を受け入れ難いと思いますので、今までの様に周りの者は変えない方が良いでしょう。ただ、桃香がどう思うかは、和にも分かり兼ねます」

「では大后様に一度相談してみたら如何でしょうか。大后様なら、桃香の気持ちを優しく聞いて下さるかも知れません」

「そうですね。でも大后様に相談するにしても、初めは和一人で大后様の所へ行かせて下さい。上宮様からも和の居ないところで桃香の気持ちを聞いてみて頂けないでしょうか」

「えっ、吾が。吾に正直な気持ちを話してくれるでしょうか」

「桃香は、上宮様には心を開く気が致します」

貝蛸皇女は橘姫が上宮を慕っていると知っていた。上宮は貝蛸皇女にそう言われて、橘姫と話してみることにした。貝蛸皇女は橘姫がいつも共に居る自分よりも、上宮太子に本音が話せるのではないかと思い、橘姫を上宮太子に預けて、大后の館へ相談に出かけた。上宮は橘姫と話そうと、くつろぐ時に使用する部屋へ呼んだ。

「上宮様、王女《ひめ》様が来られました。お入り頂いて宜しゅうございますか」

菟道貝蛸皇女の侍女だったが、今は橘姫付きの侍女となった環菜《かんな》が言った。

「桃香、お入りなさい」

上宮は優しい声で応えた。橘姫は身体を固くして、俯《うつむ》いていた。

「どうしましたか。この部屋はいつも三人で楽しく話している部屋ですよ」

上宮は自身も初めて気が付いた。橘姫に限らず今まで子供と二人きりになった事がなかったのだった。子供と二人きりでどう話をして良いのか分からないと目を一瞬閉じた時、橘姫の方から話しかけてきた。

「お后様は、祭事《まつりごと》で大后様の所へお出かけになられました。この頃とてもお忙しそうですね」

目を輝かせて、上宮に聞いた。

「そうですね。だから后は、桃香と過ごす時間が少なくなっています。大后様の所でもここでもする事が沢山あって大変ですね。桃香も手伝ってあげて下さいね」

「桃香はどうすれば良いのですか」

そう言われて、上宮は少し戸惑った。

「何をすればいいかな……」

上宮は、橘姫を預かることになった経緯が一瞬浮かんできて、後の言葉を言い淀《よど》んだ。すると、

「わ（私）が、お后様の側にいるのは、お邪魔でしょうか。又、何処かに行かなければなりませんか。無理を言いませんから、どうかここから……」

橘姫は小さな体を震わせて、大人の女性の様にしくしくと泣き出した。実の親に見放された子の勘は鋭い。桃香は現在の状態に、また異変が起こるかも知れないと感じたようだった。

上宮は大人の男子とのやり取りには、どんな時もうろたえることなど無かった。しかし相手は女でしかも子供だ。泣いている桃香にどんな言葉を掛ければ良いのか分からず、困り果てた。

「姫の勘違いですよ。何処にも行かなくて良いですから。后がこの頃、祭事で忙しく、寝る時間も少なくなって、普段とは違った生活になって、姫に負担、いや寂しい思いをさせているから。姫を思う気持ちから、何とかしたいと思っていると、吾に言ったのです。

姫をどこかへ行かせようなどと思っていません。今度皆で、平群に新しく出来た斑鳩の宮へ移

り住もうと思っているのです。そなたはもう家族です。吾にも后にもこの宮の人々にとっても、なくてはならぬ人なのです。やっと慣れたこの地を離れるのは寂しいと思いますが、吾も后も一緒なら大丈夫ですか。桃香、そなたはもう吾らの……」

と、上宮が言い終わるか終わらぬ内に、桃香（橘姫）は座っている上宮に抱きついた。子が親に甘える時にするのと同じように。そして橘姫は、

「何処に行くのも一緒なら寂しくありません。わも平群に一緒に行っていいのですね」

橘姫の柔らかい頬にはまだ涙が伝っていたが、橘姫が安心した証拠に少しずつ涙は収まっていった。

「いつも一緒ですよ。桃香は吾等にとって大切な人です。さあ、もう泣かないで。この話はもうお終いです。違う話をしましょう」

橘姫はいつも一緒だという上宮の言葉に安心したのか、泣くのを止めた。その後、橘姫は意外にも仏様の話が聞きたいと、上宮にせがんだ。

上宮は子供にも分かる良い話として、高句麗僧の慧慈《えじ》から聞いた中で天寿国《てんじゅこく》の話を、夢のある風景と共に話して聞かせた。

天寿国《てんじゅこく》の話が終わる頃に、大后の処へ行っていた菟道貝蛸皇女が戻って来た。上宮から橘姫と話をした顛末《てんまつ》を聞いて、橘姫を抱きしめながら、

「嫌な思いをさせてしまいましたね。許して下さい。姫や大后様が寂しくならないようにと何と

かしようとした事が、かえって桃香を不安にさせてしまいましたね。

さあ、お話を変えましょう。大后様は、ご自分のお身体がまだ本調子ではないけれど、祭事の時に桃香も一緒に連れて来てくれるなら、平群の新しい宮に皆で行くことに賛成すると仰せでした。大后様はこの国が発展する為なら、何でもすると明るいお顔で仰せになりましたよ。ご自分も時折は平群の郷に近い額田部の別業に出向くから、もし良かったらそこに皆で来てほしいというお話がありました」

その別業の館は、穴穂部前皇后達の居る平群の郷に近い所にあった。橘姫は目を輝かせて、

「行ってみたいと思います。皆で行けますか」

菟道貝蛸皇女は

「上宮様もご一緒に行って下さいますか」

「勿論。今度、平群の母様を訪ねた折に、是非足を延ばして一度見せて頂きましょう」

上宮の提案を聞いて、菟道貝蛸皇女と橘姫は二人揃って嬉しそうに上宮の部屋を出た。そんな二人の後ろ姿からは、優しく柔らかな空気が感じられて、上宮はほのぼのとして心が温まった。

その後、葛城鮠兎が来た。上宮達が、大后の額田部の別業の館へ行くようになった経緯と、橘姫が意外な事に興味を持っていることを話して、どうしたらよいか相談した。

「先ずは大后様が、橘姫が仏教に興味を待たれている事に関してどう思われるか。それに実の父の尾張皇子が仏教に対してどの様に考えておられるか分からないのだ。吾としては、橘姫の想い

を何とか叶えてやりたいのだが、どうすればよいだろうか」

「大后様のご許可さえ頂ければ良いのではないでしょうか。大后様も可愛いお孫さまの願いですから、頭ごなしに駄目だとは仰せにならないと思います。それに、もしかしたら橘姫様が、大后様と仏教との出会いを作って下さるかも知れません。慧慈様にもお願いして、何か良いお知恵を授かられてはいかがでしょうか」

「そうだな。そうしよう。后も仏教に興味はあるようだが、吾にはっきり仏教の話を聞きたいとは言わない。仏教の事については、大后様と話し合ったこともないのだろう。后は常に大后様に気を使っている」

大后の炊屋姫に対し、菟道貝蛸皇女は幼い頃からどんなことにも殆ど従っていた。ただ、亡くなった竹田皇子への溺愛にだけ苦言を呈した。自らの処遇に対しては、母大后にされるままだった。しかし、桃香の身の上には哀れさを見て、手元に引き取りたいと希望し、大后に生涯でただ一度の願いを聞き入れて貰ったのだ。上宮にとって、大后への后の気の使い方は、自分が知る母と娘の関係とはかけ離れたものに見えていた。

「高句麗王が王としてどの様に仏教を位置付け、考えておられるのかを慧慈師に聞けば、大后様にお話しする時の手がかりになるかもしれない。

よし今までなかなか聞けなかったが、大后様に仏教に対して興味が御有りかどうかだけでも伺ってみよう。鮠兎、有難う」

高句麗や百済は既に仏教を国教として久しい。しかし倭国では未だそうではなかった。橘姫の話からではあったが、これもまた一つ大きな国の課題であった。

上宮は柔和な面持ちから、いつもの政事に向かう時の顔に戻り、

「申し訳ない。内々の話が先になった。そなたの用向き聞かせてくれ」

鮠兎も居住まいを正し、

「未だ素案の状態でございますが、冠位についての大まかな案が上之宮の斎祷昴弦氏から昨日出来あがった旨、上宮様にお伝えするよう申しつかって参りました。また、予《か》ねてより太子様からご指示がありました、官位を与える官吏達への教訓録を何条か纏めたものも一度見て頂きたいと申しておりました」

「そうか、資料は多いのであろうな。こちらから出向こう。明日は朝から慧慈師に仏教をお教え頂く日だった。慧慈師には先程の話を伺うことにしよう。その後に、上之宮の斎祷昴弦氏との話し合いに向かおう。国の運営の根幹を早く決めねばならないから。そなたも明日は上之宮へ共に出向いてくれ」

「承知いたしました。大臣への報告は、どう致しましょう」

「大臣にはもう少し形が整ってからにしよう」

「畏まりました。では、今日はこれにて失礼いたします」

帰ろうとする鮠兎に、

「鮠兎、そなたの子は、元気にしているか。確か、橘姫《たちばな》（桃香）と年格好が同じだと思った

が」

「はぁっ。姫様と同い年にございますが、男子でございますので、お連れしても王女《ひめ》様の遊び相手にはなりませんが」

「それでも良い、一度連れて来なさい。吾が顔を見たいと、そちらの爺さまの葛城臣鳥那羅《かつらぎのおみおなら》に伝えておいてくれないか」

「分かりました」

真面目くさった鮑兎の顔が、微ににこやかになったのを上宮は見逃さなかった。矢張り親というものは我子の話には相好を崩すものなのだと、微笑ましく思った。


上宮太子は平群の郷に新しい宮と学問所などを築くため、様々な準備に取り掛かった。この日は国の薬師を代表する細香華瑠を呼んでいた。

「香華瑠師。先日、お願いしていた平群の郷の中に薬草園を造って頂く場所ですが、どの辺りが適していると思われましたか」

上宮は、大まかに書かれた周辺の地図を広げて聞いた。

「候補地はここでございます。ここに池がございまして、周辺にはこれ以上の地はございません。広さも環境も薬草園には最適です」

「そうですか。では平群の郷ではここに決めましょう。難波の寺近くでは探せましたか」

「あちらでは現在、寺の外に作った小さな薬草園ではなく、寺の領地内に適当な所がございました。あちらでは、境内の整備もほぼ終了し、上宮様から仰せつかった療病所や施薬所などの造営にも取り掛かっております。薬草園は施薬所に近い方が好都合でございますので。寺の外に造った仮の薬草園はそのままに、新たに寺の中にもと考えておりますが、それでよろしいでしょうか」

「それはもう香華瑠師に、お任せ致します。それに掛かる費用などは、吾の屯倉を管理している維摩須羅に相談して下さい」

「薬草園には、国費をお使いにならないのですか」

香華瑠は意外だと思い、思わず聞き返した。

「今は新都の建設などで、国費を大いに使っています。吾の私費で出来ることは、私費でしたいと思っております。急いでやりたきことは、特にそうです。国費での出費は一々朝議に掛け、群臣の賛同を得なければなりませんから、時間も掛かりますので」

豪氏族達は自らの出費に関わるとなると、反対することが多かった。

「成程、自分に直接関係なき事は何もしたくない方々ですから、民の為の薬草園に国の税を回すのは嫌なのですね。そう言えば、上宮様が療病所をお造りになろうとされた時も、大臣も群臣も共に大いに反対していました。群臣はまた自分達の負担が増えはしないかと心配なのでしょうが、大臣が国費を使うことを、何故反対されたのでしょうか」

「大臣が率先して反対した訳ではありません。内々には賛成してくれていました。しかし朝議の場で、群臣を前にすると大臣は賛成とも反対とも言いません。そうすることで大臣は未だ群臣を掌握しきれていない吾と、吾にこの国の将来を委ね切っていない群臣との間を取り持つ難しい役目を担ってくれているのでしょう。

吾が考え、そうなってほしいと思う理想の国造りや民への施策が、まだまだ群臣には理解されてはいないようです。吾は唯、難波の寺を全国の良き例にしたいと考えていただけなのですが。豪氏族の多くは、民のことにまではまだ中々、思いが至らぬのだろう……」

上宮は寂しそうに言った。そして決心したように顔を上げて、

「だから、せめて平群には、多くの民の為にも使える薬を作れるような格別に広い薬草園を造ろうと思い、香華瑠師にお願いしたのです。飛鳥の薬草園より広く、薬草の種類も増やしたいのです。香華瑠師が思っておられる様な薬草園を造れれば、病から救える民も増えると考えています。

国全体に、香華瑠師のような薬師が増えて、薬草園もあちこちに出来るようになったら、病で亡くなる民も少なからず減る。早くそうなってほしい」

香華瑠は上宮があらゆる方面で苦労していると感じた。せめて薬草園の事だけでも、上宮の思い通りになればと、

「畏まりました。薬草園の事は、われにお任せ下さい」

香華瑠は民を思う上宮の期待に応えたいと思った。香華瑠は橘の宮からの帰りに、飛鳥の薬所で修業中の三人の若い薬師に会いに行った。近日中に平群へ向かい、その三人も共に新しい薬草園の準備に取り掛かると告げるためだった。

大后の要望で菟道貝蛸皇女と橘姫は、大后の館において毎朝大后が行っている祭事に関わるようになった。又、橘姫は太子から聞き興味を持った仏教の話をもっと聞きたいと、大后に仏教の話を聞くことについての許可を求めた。大后は可愛い孫娘の頼みなら仕方がないと、月に一度だけなら善信尼から仏教の話を聞いて良いと許可を出した。

上宮太子達が慧慈から仏教の講義を受け始めた時、釈尊が民衆に直接指導した時には、経典は未だ無かったと聞いた。釈尊は全国を説法しながら悩める人々の話を聞き、人々を指導したその内容は、後に発句経《ほっくきょう》という形で纏められた。慧慈は自らが書き写した経巻を上宮の前に差し出した。

「この発句経とはどの様な経でしょうか」

上宮が聞くと、

「発句とは、真実の言葉という意味を持ちます。釈尊が悩める民衆に直接説いた教えです。人々が日々犯す過ちを反省し、どう生きるべきか、正しく生きるための心構えを教えて下さっています。この中に数多くの教えが書き残されています。太子様ならばお読みになっただけで理解されると思います」

慧慈はそう言い、発句経を上宮に渡した。

上宮は政務の合間をぬって発句経を読み終えると、慧慈に発句経の真意を確かめた。慧慈は、

「釈尊が人々に教えた真理の言葉である発句経の真髄は、次の一偈に集約されております。なお、偈とは仏教の真理を詩の形で述べたものです。諸悪莫作《しょあくまくさ》、衆善奉行《しゅぜんぶぎょう》、自浄其意《じじょうごい》、是諸仏教《ぜしょぶっきょう》です」

「その意は、諸々の悪を作《な》さず、善行を積み、みずから心を清らかにすること、それが仏の教えの根本だということなのでしょうか」

と上宮が聞いた。慧慈は、

「そうですね。世俗の事柄に触れてもこの法則を守り動揺せず、憂いなく、安穏に生きる。そこに人々が求める真の幸福が訪れるのだと釈尊は教えておいでだと思います」

そう言って慧慈は自身が発句経の中で心に残る内容も付け加えた。

「善いことをした人はこの世で喜び、来世でも喜ぶ。自分自身の行為が善いと知って心から楽しむ。悪いことをした者は、この世で悔い悩み来世でも悔い悩む。己のしたことが悪いと知って、誰よりも己自身が悔い悩むのです。自分自身が善いことをするのも悪いことをしたことも、一番自分自身が知っているのですから。

そして善いことを数多く知り語っても、それを実行しなければその人は怠惰である。善いことを語ることが少なくても、道理に適《かな》ったことを実践する者は素晴らしい」

慧慈は発句経について話し終えた。上宮は、

「釈尊の真理の言葉である発句経は、誠に正しい教えだと思います。吾は今まで学び実践してき

た儒教の教えや、我国古来の神道の教えと共通する事が多いことを感じました。発句経が釈尊の真理の教えならば、何故その後多くの経典を編纂しなければならなかったのかと、疑問に思うのですが」

慧慈は頷き、静かに話した。

「釈尊の時代には、発句経さえあれば良かったのではないでしょうか。ですが、その真理は不滅であっても、時が移り人も変わり国が違えば、人々の悩みも苦しみも釈尊の時代とは随分違ってきます。そこで仏教に携わる人々は、釈尊が悟った真理を大切にしながら、時代や人に合わせて法を説き、教えを編纂したのではないかと。これは拙僧が仏教の変遷について、感じたことでございます」

上宮は、慧慈も上宮が感じた仏教の変遷について疑問を持ち、考察していたことを知って感動した。

その後、上宮は慧慈にこれから学ぶには、どの経典が適当であるかを聞いた。数多い経典の中から維摩経《ゆいまぎょう》を学んではどうかと慧慈は言った。上宮は慧慈が概要を説明してくれたことでその経典を薦めた意図を察し、維摩経を皆で学ぶことにした。

上宮達は毎回、慧慈の仏教の講義を、目を輝かせて聞いた。常に共に講義を受けている鮑兎だけでなく、来目皇子や殖栗皇子《えくりのみこ》達も学びたいと申し出て、慧慈の仏教講義を受ける若者が増えた。

慧慈は維摩経の講義をし始めた。

「維摩詰《ゆいまきつ》は在家の信者でありながら釈尊の十大弟子達も敵《かな》わぬほどの人物だった。仏教は言うに及ばず、あらゆることに優れていて、釈尊も感心する程の人物だったと伝えられている。釈尊から見ても少し特別な信者だった。

維摩詰は市中に暮らす資産家であるが、彼が既に聖人の域に達していることは釈尊も認めるところだった。人々を慈しみ、人々に尽くすことを喜びとしていた。やがて時が過ぎ、維摩詰は病気になり、現在の命を終えることで、現世で人々を導くその使命を終えようとしていた。

その時、釈尊は維摩詰の意図を見抜き、弟子達に維摩詰を見舞うように伝えた。

『舎利弗《しゃりほつ》よ、維摩のところへ見舞いに行きなさい』

しかし釈尊にそう言われた舎利弗は、維摩詰の見舞いに行きたくないと断った。その訳は、舎利弗がかつて俗世間から離れ山林の樹の下で坐し、世の中が乱れていることを憂いて心身を修養しようとしていた時、維摩詰から苦言を呈されたからだった。維摩詰がその時舎利弗に話した内容は、

『世を離れ唯一人座禅瞑想していて、どうして世の中の乱れを何とかすることが出来ますか。あなたがこの様な事をするのは、自分一人悟りを得て、現実から逃避したいだけだからです。あなたは民のことなど少しも考えていない。釈尊は世の人々の中に自らを置きながら、多くの事象にあっても心を動じず、人々に道を説くことをされていた筈だ。現実から逃げていてはいけないのだ』

ということだった。

この様に言われた舎利弗は、未だ現在の自分には維摩詰に言われたことが出来ていないから、維摩詰を見舞うことはできないと辞退した。

釈尊は次に、目連に維摩を見舞うように告げた。目連は釈尊に話した。

『私が資産家達に向かって説法をしていた時に、維摩詰にこう言われたのです。富豪や貧乏ということで人を分け隔てして仏の教えを説いてはいけない。仏の教えはどの人にも皆平等であるはずだ。あなたの説法の在り方は間違っている。直ぐに改めなさい』

目連も維摩に会いに行くことは出来ないと断った。

その後、釈尊は次々と弟子達に維摩を見舞いに行くように告げるが、弟子達は夫々に維摩に叱責された事態を打開出来ていないと言って見舞う事を辞退した。

そこで釈尊は菩薩ならば容易に見舞いに行くだろうと、弥勒《みろく》菩薩に維摩を見舞うように告げたが、矢張り行けないとの答えしか返って来なかった」

そこまで話すと慧慈は、

「この前半部分では、維摩詰が釈尊の直弟子とも言える舎利弗や目連、また菩薩と言われるようになった方々の仏教に対する態度のいけないところを指摘します。今までのところで、何か疑問や質問はございますか」

「維摩経そのもののことではないのですが、仏教では多くの経典がありますね。何故、こんなに多くの経典ができたのですか。しかもそれは釈尊の直接の教えではないようですね」

来目皇子は素直に思ったことを口にした。

「来目皇子様、よい所に気付かれました。われ等が今学んでおります、仏教の経典は釈尊滅後に何度も編纂がなされたという経緯がございます。

釈尊が生きておられる間に直接人々に掛けた言葉や説いた教えは、釈尊が入滅された後直ぐに、直弟子の人々によって編纂されたのが一度目と言われています。

その後、一度目の経典が二度目に、釈迦の説いた教えの経蔵と戒律に関する律蔵として表され、三度目の編纂ではそこに教義の解説として論蔵が加えられ、その時に三蔵で仏典としての完成とされました。つまり釈尊の教えに多くの理論や解釈がなされ、それが経典として残されました。しかしいつの間にか、民衆の為に説かれた釈尊の教えは次々と難しいものに変化してしまい、出家した僧侶が厳しい修行をした後にやっと理解でき救われるというものとなり、釈尊が説き明かされた仏教の形から大きな変化を遂げてしまいました。釈尊が救おうとされた民衆からはかけ離れた仏教になってしまったのです。この三度目に編纂された仏典を元にした仏教を小乗仏教（現在は上座部仏教）と呼んでおります。

その後、釈尊が説かれた教えや人々に掛けた言葉の数々は、衆生《しゅじょう》（全ての民衆）を救うために与えられたものだったとして、釈尊滅後五百年頃、一大仏教運動が起こります。その時、新たに編纂された多くの経典の中に、先程も申しましたが維摩経も入っておりました。僧侶として大変な修行を積んだ者だけが経典の内容を理解し救われるという、自分一人だけの為の仏教を見直し、修行した僧侶は民衆を救う為に仏教を広めるのだということが言われるようになりました。

つまり釈尊が初めから説いておられることを再確認したわけですが、この一連の教えを大乗仏教と呼んでおります。

維摩詰は、舎利弗や目連等が出家し厳しい修行をし、僧侶として自分の為だけに仏道を極めるのは間違っていると指摘します。そして維摩詰は、釈尊の真理の言葉や真実の教えを知ったならば、真の意味で教えを守り、知ったことを人々に伝え、人々を救う行動をするなど、実践することが大切だと主張します。維摩経はその主張を維摩詰に担《にな》わせ、釈尊の弟子達の出来ていないところを指摘させ、釈尊の教えの真意を思い出させようという意図のもとに編纂されたのだと理解しております」

慧慈は続けた。

「維摩経は二部構成になっています。

一部では、出家して僧侶となった舎利弗や目連等のように厳しい修行を積んだ者のみが救われることに対して、維摩の大いなる指摘と反論を述べさせています。

二部では、釈尊の真意は全ての民衆を救うことであり、それはどうすれば救えるかということを解き明かします。釈尊が最後に文殊菩薩を維摩詰に会わせることによって維摩経の教えの本題が説かれます。文殊が維摩詰を訪ねることになって、もろもろの菩薩や多くの弟子達も文殊菩薩に付いて行きます。訪ねられた維摩詰は、文殊が出す質問に次々と答えます」

慧慈はここで、白湯の冷めたもので喉を潤し、一呼吸置いてまた話し始めた。

「維摩経では、維摩詰は既に悟りに達した偉大な聖《ひじり》となっています。維摩詰は心正しく、正しい行動で、人々を正しい道に導くということを実践している人だと、釈尊は教えています。

時が移ると世俗の習わしは変わるが、時が移っても釈尊の教えの正しさは変わらない。真理は変わることがない。維摩経は、人は夫々の立場において、与えられた役割を正しい心で正しい行いをし、真《まこと》を尽くすことが最も大切であると教えています」

その場に居た者達は、頷きながら慧慈の言ったことを一つ一つ心の中に刻み込んだ。

「いくら善い教えを学んでも、自分の中だけで完結していては民衆を救うことなど出来ない。教えに従って、互いの立場で実践していくことが、この世で生きるために最も大切なことであると話します」

「では僧侶は、自らが修行をしながら、人々を色々な苦悩から救い、夫々に抱える悩みを聞き、それを解決するための教えを説いて救済するものだと、釈尊は仰せになられたのですね」

「その通りでございます。釈尊の仏教における僧が本来せねばならぬことは、経典に学びそれを求める民衆に教え、正しく善い生き方に導くことに懸命になる事ではないかと思っております」

「僧侶は民衆の救済をする事によって自らの修行となし、それが自らをも救う事になるのですか」

「勿論、自分自身の修行も行ないます。民の悩みに応えられるように」

維摩経は僧侶である慧慈自身も知っておくべき経典であり教えであると言った。また、維摩経は僧侶へ向けてだけでなく、在家の信者への指南書でもあると話した。維摩詰は在家の信者だった。仏教で正しい生き方を悟った人は、その悟りを自分だけのものにせず、どんな人にも教えてゆくことが大切だと説いた。

「では、今日はここまでと致しまして、この次からは詳しく少しずつ御経の中を学んでいきたいと思います」

慧慈がそう告げると、慧慈の弟子弦彗《げんすい》が今日の教えの要点が書かれたものを一人一人に配った。それは予め慧慈が弦彗に用意させたものだった。

講義が終わった後、上宮達は来目皇子を橘の宮へ誘ったが来目皇子はもう少し慧慈に聞きたい事があると言って、その場に残った。

上宮達が帰ったのを確認した来目皇子は慧慈に、

「慧慈師、仏教では仏の弟子となった者として、してはならぬことが沢山あると聞きました。その中に、われがどうしても守れない戒があります。そんなわれに仏教をこれ以上教えて頂く資格があるのでしょうか」

それは国を守る大王軍の将軍を若くして任せられた来目皇子の深い悩みだった。兄の上宮達と共に仏教を学んでいる内に、その教えに強く心を動かされ自分も仏教を真摯に学びたいと思った。しかし来目皇子は自らの責任を果たすためには戦うことや、国や民を守るために攻めて来た敵の兵を殺害せざるを得ない戦争の当事者となる自分を、仏教の世界観の中でどう考えれば良いのか悩んでいるのだった。仏教を国教としている他国の王や将軍がどう考えて戦いに挑んでいるのか知りたいと話した。

「仰せなのは不殺生戒でございましょう。仏教を国教とするという事は、本来ならば全ての戦いを止めて平和な世を保ち続けると、他国に対しても宣言し行動せねばなりません。ではございますが現実は、仏教が国教となって久しい隋国を初め我が高句麗、百済、新羅に至っても戦いを止めてはおりません。戦いをしないのは理想、しかし現実は、戦いは止む事がない。仏教を信奉する王達が抱える大きな矛盾でございます……」

慧慈はそこまで言うと、自らの発言を自らに対する疑問としたらしく少し黙った。

慧慈は、隋からの攻撃を高句麗が凌《しの》ぐことができ、背後から新羅が高句麗を襲わない様に倭国が九州まで二万もの兵を送ってくれた事を思い出していた。来目皇子も、高句麗が国難を乗り越えられる様に協力した倭国の大和政権に、九州への派兵の返礼と以後の高句麗と倭国の友好の印として慧慈が遣わされたのだと知っていた。

「われにはどうしても納得できないのです。慧慈師から仏教を学べば学ぶほど、諸国の王達や軍の将軍達が仏教を強く信奉しながら他国に兵を送り、自国の民に犠牲を強いて他国の地を奪い、他国の兵や民を大量に殺戮している現実を。彼等は本当に仏教を信じていると言えるのでしょうか。そしてまた倭国の軍を任されたわれは、今後どの様に考え、仏教とどう向き合っていけば良いのでしょうか」

来目皇子から言われたことは、常に慧慈が仏教者として悩んでいることであった。

「確かに、来目皇子様が仏教者としては有り得ない行動をする他国の為政者達に、強い疑念を持たれるのは尤もなことです。拙僧も仏教者として有るまじきこの様な行為を、仏の教えを説く者として今もどう考えて良いのか。

しかしこうは考えられるかもと思う事がございます。これは飽く迄も、私見でございますが……」

「どの様なお考えか、教えて下さい」

来目皇子は藁《わら》をも掴む思いだった。

「飽く迄も、私見だということをお心に留め置き下さいますように」

慧慈は何度も来目皇子に念を押した後で話し始めた。

「もし親しき友の国が、隣国によって攻め滅ぼされようとしていると致しましょう。強い軍隊を指揮下におかれている来目皇子様は国の王から友の国を助けに行くよう言われた時、仏教では殺生を禁じているからと言って助けに行かれませんか」

「助けに行くでしょう。人としても友としてもそれが当たり前の行動だと思います」

「そうなのです。そういう論理で、少し前に我国も倭国の九州への派兵をお願い致しました。その倭国の支援によって新羅の攻撃を気にすることなく、隋国と対峙することが出来たのです。拙僧はその時のことを思い出して、こう考えてはどうかと思うのです。殺し合いになる戦争を自国で始めることは、絶対止めねばなりません。しかしもし他国から攻め込まれたら、自国や自国の民を守るための応戦は仏からも許しを得られるのではないかと。

昔、強国となった国の王が、仏教に帰依した後、不殺生戒を守るために国軍を解散し、豊かで平和な国を作った途端、隣国から攻め込まれ滅亡したということがございました。

そこで拙僧は思いました。釈尊が仰せの不殺生戒は、一国だけでは守れない。問題が起きた時に人と人が互いに話し合って解決するように、国と国とも互いに話し合いで解決できる世にならなければ、この問題は解決できないのではないか。他国から攻め込まれて何も対応しなかったら、国は滅亡するだけです」

慧慈は一息ついてから、

「慈悲深き仏の教えを忠実に守るには、本当は戦いなどしないのが最善に決まっております。大量殺戮を余儀なくされる国と国との戦いの中で人と人とが殺し合うという残酷さや無残さを正当化し、戦いは平和な世を作るための手段である、という考えは全くの誤りです。絶対的に強い一国によって世を治めることが、戦いの種を完全に取り除き平和な世を作ることになるなどというのは、それこそが戦いを正当化しようとする大国の詭弁《きべん》でありましょう」

慧慈が隋に対し少なからず怒りを覚えていることが察せられた。来目皇子は、

「われは我国の民と領土を奪おうとする国とは、果敢に戦いましょう。また同盟国や友好国が他国から攻められるようであれば必ず助けにいきます。

われがこの国の軍を預かる将軍として、心に仏の教えを抱きながら生きても良いと、慧慈師は教えて下さったのですね。われは我国からは決して他国の領土を侵しはしない事を、仏教の師である慧慈師に誓います。しかしこの事はわれが良いと言うまで誰にも話さないで下さい」

「分かっております。上宮様にも、来目皇子様が良いとおっしゃるまで、決して申し上げません。来目皇子様との今日のお話は、拙僧の胸の奥にしまい込んでおきます」

「われの質問に確実な答えを下さり感謝致します。これでやっと心置きなく、この国の将軍のお

役目を果たすことが出来ます。有難うございました」

来目皇子は何時も慧慈達がしている様に慧慈に向かって手を合わせ、頭を少し下げた。慧慈は来目皇子が初めて合掌する姿を見たと思った。


新羅国は、法興十年（六〇〇年）の秋に南加羅《ありしひのから》（任那加羅）に再び侵攻し、百済の領地以外の南の港を完全に掌握《しょうあく》してしまった。その年の前半に大和政権が新羅を南加羅から追い出し、旧来の新羅国と南加羅の境界をはっきりさせ、新羅は今後も倭国への貢ぎを献上することと、再び南加羅には攻め込まぬこととを約束したが、その約束を半年も経たない内に反故にしたのだ。またしても新羅は約束を破ったのだ。

この報告後の朝議では、新羅国を即刻攻め滅ぼしてしまおうという意見や、もう新羅とは国交を断絶し一切関わるべきでないという意見等が出て、群臣の意見は割れ収拾がつかなくなった。太子は皆の気持ちが動揺し混乱した中では、ただ時間を浪費するだけだと、この日の朝議を一旦閉会させた。

朝議を閉会した後で、上宮太子が来目皇子、葛城鮠兎と帰ろうとしていた時、蘇我大臣が声をかけた。

「お待ちください、太子様。再度の新羅への派兵を、どうお考えでしょうか」

「今は未だ新羅への対応をどうすべきか、決めかねております。新羅の動向にやっと落ち着きを見たと思い、決断して境部臣雄摩侶将軍が筑紫に帰還したばかりです。

春に南加羅に遣った兵達の中には傷を負った者、病を得た者などもいます。筑紫には今直ぐに半島へ派遣出来るだけの軍兵が揃っていないということは、大臣もお分かりでしょう。大臣はそれでも残った者だけでも、直ぐに派兵した方が良いとお考えですか」

「いいえ、直ぐに派兵した方が良いとは申しませんが、群臣の中には政権の長でおられる上宮太子様がどうお考えなのか分からず、苛々している者が大勢居ります。せめて、われにはどうされるお心算か、お教えくださせい」

来目大将軍が上宮太子を庇うように、

「大臣も太子の気持ちが分からず、苛々しておいでの中の一人ですか」

と言った。

「いいえ、太子様が群臣の意向を纏めることなく早々に散会とされたことに、われは賛成しかねると申し上げているだけです。賛否両論ある中、少なくとももどの意見にも何も言われなかった。それは群臣の意見を無視なさっているのと同じです。このままでは皆もどうして良いのか分かりません。あの場では何か発言なさるべきでございました」

はっきり悪いと言えば良いと、来目皇子の面持ちが語っていた。上宮が、

「大臣、その様に大事な話、この様なところで立ったままに話すことではありませんから、吾が館へお立ち寄りください」

上宮は橘の館へ大臣と来目皇子、葛城鮠兎を連れて戻った。橘の館に今は女主人の姿はない。やはり女主人のいない宮は味気ないと、馬子は菟道貝蛸皇女《うじのかいだこのひめみこ》の楚々とした美しい姿を思い出し

た。

「お后様には、お元気でおいででしょうか」

「あちらではここに居る時より元気な様子です。吾も早く行きたいのですが、この様な問題が起こっていては飛鳥を離れる訳には参りません。幸い橘姫も一緒ですから寂しくはないと思うのです。まだ幼いですが、強い味方ですよ」

馬子は余計なことを聞いたと、少し複雑な気分になった。最近はあまり平群の岡本に来ていないと、娘の刀自己から聞いていたからだった。あんなに仲が良かったのに、今は菟道貝蛸皇女の事ばかりだと馬子は少し不満に思った。

侍女が、持て成しの薬草入りの湯を置いて部屋を出た後、蘇我大臣は先程の話を蒸し返した。

「上宮様、せめてわれとお側にお仕えしている者にだけでも今後、新羅をどうなさるお心算か、お聞かせ下さい。正直なところ、われはこの度の問題が起こる前から、群臣から太子様が今後新羅とどう向き合っていかれるのか分からない、と不満を漏らされておりました。われは太子様にはお考えが有って、色々と情報を集めた上で決められるからそれまで待っておれと応えて参りましたが、もうそれも今回のような大問題が起こってしまっては限界です。

上宮様が兵達の病や傷の話を持ち出されるということは、派兵には反対なのでしょうか」

「吾は、一概に反対ではありません。大臣もご存じかと思いますが、先日新羅へ潜入させていた者が戻り、その後百済や高句麗の情報を集めていた者も戻り、報告を受けました。

新羅から戻った者の話では、新羅国は南加羅を完全に併呑した後、今度は百済へ攻め込む支度を整えているとのことでした。そして百済王も新羅の戦意を知って戦闘の準備に入ったと、百済から戻った者から聞きました。新羅は確実に半島での勢力を拡大し始めています」

大臣は上宮が言いたい事が何なのか分からないと、首を傾《かし》げた。

「それでは、少しでも早く百済と共に新羅を討たねばなりません。新羅征伐の為に軍を用意せねばなりますまい。その様な事態と知って何を躊躇《ためら》われておられますか」

少し怒り口調だった。

「吾は、新羅を今までの様に攻めたのでは、また同じことの繰り返しになるだけだと思うのです。昔に約束した任那の貢ぎを再開したことも含めて、今後は違う形で、新羅に対しての交渉が必要になると思っております」

「しかし今回の新羅の行動は理解に苦しみます。我国に敗れた新羅が自分から言い出し、任那の貢ぎを再開すると約束したのではありませんか。これは裏で、大国の隋国と手を組むことができたので、倭国はお払い箱だと言っているのです。きっとそうです。新羅はやりたい放題ではありませんか。しかも、新羅は昔だけでなく、最近も約束を新羅の方から持ちかけてきて、また向こうから約束を反故にしたのです。我が国が新羅をこのままにしておいたのでは、侮《あなど》られるばかりです。何とか早く手を打たねばなりません。過去の過ちを繰り返してはならないのです。

新羅には何が何でも、今回の約条は守らせねばなりません。太子様が国の長として、国益を損ねる今のご発言には大臣として大いに反対いたします。また先の新羅征討軍での負傷者達に報いる為にも、新羅の暴挙をこのまま放置なさらないで下さい。

むしろこのままになされれば、この先我国は新羅に甘く見られ、何をしても黙って見過ごす国だと定められることこそ、我国の半島での存在感を無くすことになります」

「大臣、吾の言い方がよくありませんでした。本音を申しますと、ここで新羅を攻めるべきかどうか、まだ吾の中では結論に至っておりません。我国がどの様に行動すれば、半島に暮らす民が穏やかに暮らせるのか。せめて戦いに行く我国の兵達に、本当に半島の民の為になる戦いだと確信した上で行かせたい。

その地の民の事を考えれば、過去のように自立したままでいたいであろう。しかし今は新羅が併呑してしまっている。そこに我国が入り込めば、また戦いとなり、南加羅地域の民はその地が戦場となって多くの死傷者が出る。そして戦いの場になった地は荒れ果てる。助けてほしい、と言ってきても本当にそれが南加羅地方の民の救いになるのかどうか。多くの民がどう考えているのか知りたいのです。それが分かるまで、もう少し待って頂きたい」

「太子様、しかし太子様は倭国の大和政権の代表者です。この様なこと分かり切ったことでございますが、戦いに行くのは倭国の民なのであります。太子様、今回の戦いは、我国の民の為の戦いでございます。半島の民から、救いを求めて来たのです。何を迷われているのですか」

「分かっています。倭国がこれからどのように行動するかで、倭国の将来が大きく変わる時だと感じています。新羅国への対処によって、倭国が半島三国に対しどの様な位置になるか決まるでしょう」

「出来れば、南加羅を救うだけでなく、新羅という国を滅ぼしてしまうことが出来れば、どんなに清々するか。新羅という国、われはどうにも肌が合いませぬ」
大臣はそう言ってやっと黙った。

先日、戻ったばかりの新羅征討軍は、新羅の抵抗が少なかったために、負傷者の数は少ない方だった。しかし戦利品も少なく、任那府を復活できた訳でもない。単に国費を無駄にしただけに終わり、結果として戦場に赴いた者達へ大きく報いることが出来なかったことに対して、自らの不徳の致すところだと申し訳なく思っていた上宮だった。

夫や兄弟、そして子等を兵として送り出して待つ家族からの声が、上宮の所に届かない日は無かった。半島に渡った男達を待つ家族は、生きているのか死んでしまったのかも分からず、怪我や病気はしていないかと心配にもなるだろう。別れている間の寂しさや悲しみも大きいだろうことが上宮には痛いほど分かった。

南加羅に侵攻していた新羅軍が殆ど抵抗もせずに引き下がったのは新羅の作戦だったが、南加羅の人々は、この新羅の作戦に騙《だま》されて、倭国にも帰還を促した。その時、上宮は心の片隅で一瞬だけだったがほっとしたのも事実だった。だが、また狡猾な新羅の作戦かもしれないと考えて慎重に調べさせた。そして新羅軍が引き返したとの確かな情報を得たため、群臣とも協議し、賛同を得てから兵を帰国させたのだった。

馬子の言うように、自国の民のことだけを考えて戦うというのは、上宮にはなかなか難しい事のように思えた。仏教の尊敬する師の慧慈《えじ》は高句麗の人であり、彼の国は高句麗だ。お互い王子の時代から信頼を寄せ合う阿佐太子は、百済国の人なのだ。新羅には以前倭国から移り住んだ民も多くいるし、その反対に新羅からの民も倭国に移り住んでいる。新羅には、上宮の側近である秦氏の縁者も多いのだった。

そして南加羅地方の人々は、今も交易の重要な相手であることは動かし難い事実だった。任那府が置かれていた南加羅地域に住む人々は、倭国にも深い繋がりを持っている。倭国には大陸、半島三国、南加羅から移り住んだ人々が、ない交ぜになって暮らしている。上宮のすぐ側にも、帰化した人々は多い。

その様に複雑に絡み合った人間関係を、国という単位だけで、分けて考え行動することは非常に困難なことだった。また倭国の利益不利益だけで判断し、切り捨てることも上宮にとって大変難しいことだった。

『今、この倭国に居る倭国の民の事を一番にお考え下さい。他国の民の事にまで思いを馳せる国主がどこに居りましょうか。国が成り立って行かなくなりましょう。倭国の国主であり続ける以上、倭国の利益のみ……』

馬子のこの日の言い方がいつもの馬子とは違うと、鮑兎は側で聞いていて思った。しかし言い方が悪いだけで、馬子が言わんとすることは、上宮が国主としてこの様にあってほしいと思う臣下としての当然の見解だった。上宮は上宮で、この国があまりにも多くの国の人々と深く関わっていることを考えない訳にはいかなかったのだ。

今は他国の民人から教えられた数々のことが倭国の巷《ちまた》に溢れ、それと共に他国からの定住者や行き来する者達も多い。多くの事柄において倭国は他国との繋がりが深く複雑になっていた。

『倭国に住む民人のことだけか……。一国の王でなくなれば全ての民のことを考えて良いのか。だから王子だった釈尊は、国の民だけでなく全ての民を救うには、王子の位を捨てて僧にならなければならなかったのか』

と、上宮はぽつりと思った。しかし今、上宮は倭国の政事の長を任されている。上宮はそれを捨て去る訳にはいかなかった。

「大臣、吾なりに早急に結論を出します。ただもう少し情報を集め精査したいのです。大王軍の来目とも話し合い、大臣には一両日中に。そしてその後、朝議で群臣との協議に臨みたいと思います」

「この場で、太子様が結論を出せないということでしたら、致し方ございませんな。今少し考えるお時間が必要なのでございましょう」

蘇我大臣は不満を言ったが、上宮に答えを貰えずしぶしぶ帰って行った。

「太子様、今回の戦いで負傷した兵に傷が治るまでの衣食を支給する緊急支出は、朝議で了承されております。しかし来年度、大王軍の兵士の補充に必要な追加費用は、何処から捻出して頂ければ良いのでしょうか」

葛城鮠兎は、大王軍に掛かる費用の捻出を計画実行する役目を担っていた。

「ああ、それは大臣に頼んである。配下の西文氏《かわちのあやし》が担当することになっていて、担当者は確か西文平良《かわちのあやたいら》だった。その者と相談してくれないか」

「承知いたしました。ではわれはこれで失礼いたします。来目皇子様、お先に失礼をさせて頂きます」

上宮は鮠兎が挨拶を終わるか終らぬ内に、鮠兎にも止《とど》まるように言った。その後すぐ、今まで黙って話を聞いていた来目皇子が話し出した。

「兄様、われも大筋では大臣の意見に賛成です。軍を預かるわれにとって、守るべきは倭国の民と倭国の利益、唯それだけです。われらは、戦う限りは勝たねばなりません。勝つために戦うのです。

南加羅を救済に行く時は、敵を新羅と定め、新羅を南加羅から全て追い出した後は、我国が南加羅をこれからずっと守り続ける覚悟です。そうでなければ、我国の軍が多大な犠牲を払い勝利を収めても、倭国の兵が大和に戻った途端、新羅はまた南加羅へ侵攻するという事を繰り返すだけです。事実そうでした。

昔から、南加羅には良質の資源が豊かにあり、その地が自国の物になればと、近隣諸国の新羅、百済、我国等が欲して、領有権を奪い合ってきたのですから」

来目皇子は、一呼吸置いて再び話し出した。

「南加羅地方に住む民人《たみびと》にとって、支配する者が現在は新羅であり、以前は倭国でした。そしてまた今回、支配が倭国に代わるだけなら、彼らの境遇は何ら変わることはない。南加羅の地の民が一番願っていることは、どの国にも支配されず自分達だけで暮らすことでしょうが、それには何処の国から攻められても、自分の国は自分で守れるだけの武力を持たなければなりません。しかし南加羅にとって、そうすることは現実的ではありません。

もし今度南加羅のことで新羅と戦うなら、南加羅の人々と我国が勝利した時、我国が何処までの自治を認めるのか。また南加羅は我国の配下に入ったとして我国にはどうあってほしいのか。そして我国は何処まで南加羅の要望を聞けるのか、明確にしておく必要があります。我国とて大軍を派遣するには、こちらの要求する事もはっきり示しておかなければ、群臣の賛意は得られません」

来目はこの日多弁だった。そして来目の言う事は一々正しいと上宮は思った。

「勇貴、分かった。しかし今回、吾は新羅征伐軍に、新羅を出来る限り攻めさせない心算なのだ」

「兄様、いえ太子様、正気ですか。征伐軍を出して攻めさせないとは、どういうことですか。われは武人です。大軍を率いて、筑紫まで行って新羅を攻めずに何をするというのですか。

前回は半島に攻め込んで、やっと新羅の兵が引いたのに、南加羅に我軍の兵を止《とど》めなかったが為に再び新羅が南加羅に侵攻したのです。われは今回半島に攻め込んだ時には、南加羅を取り戻し二度と兵を引く心算はありません。もし太子としてお命じ下されば、歴代の王が切に願った任那府を再建し、妻子を呼び寄せて、生涯を半島で暮らすことを考えても良いかと思っています」

「勇貴、もうそれはしてはならない。任那府を復興させる様な事をしてはならない。彼の地は既に倭国の地ではない。南加羅の人々の住む場所だ。誰もそれを侵してはならない。倭国は今、南加羅の人々に助けを求められている。しかし新羅と戦うことで、南加羅を解放したところで根本的に何が解決するだろうか。

そなたは覚えているだろうか。かつてわれらの叔父穴穂部皇子が物部守屋達と共に、われらの父用明大王に反旗を翻し、蘇我氏と大伴氏の連合軍に鎮圧された時、河内の地がどれ程荒廃したか。一度荒れた土地はなかなか元には戻らない。そして戦いによって多くの犠牲者が出る。吾はもう二度とあのような悲惨な状況に、どこの民であれなってほしくないと、心底思っている。

もしこのまま戦って倭国が勝ったとしたら、南加羅の地や民は、助けを求めた倭国にこれからは支配されるのだ」

「それは当然のことです。助けられたのですから、支配を受けても仕方ありません。それにあの地域は任那府があった時の方が、生活が穏やかだったと聞いています。任那府を復活させた方が良いのです」

「違うのだ。あの時代とは随分違っている。新羅国は小さいが強い国になった。小さい故に常に大国に近寄り、頼って、半島の中で自国にもっと力を付けようとしている。だが今、隋国は国内に問題が出始めていて、新羅の頼みは聞けない状態になりつつあるようだ。

隋国に頼れないとなれば、必ず新羅は我国と和解交渉しようとするに違いない。現在、我国は最も効果的に新羅と交渉できる時なのだ。必ず交渉の場に出てくるから、大陸や半島の情勢を睨んで、新羅との交渉に臨んでほしい」

「飽く迄も戦いをせず、交渉でと仰せなら何も多くの兵を引き連れて行くことはない。われでなくとも適任者はいるはずです」

「いやそうではない。相手は強かな新羅だ。倭国の来目大将軍が率いる軍は今までの倭国の軍とは違う。そなたが率いる軍は大王軍だ。大王軍は今までの軍とは違い、倭国全体で新羅と戦う姿勢を示していると新羅も知るだろう。倭国全体で徹底的に攻め込んでくるとなれば、新羅も今までの様に強気ではいられなくなる。その大王軍を後ろ盾として、新羅を交渉の場に引っ張り出すのだ。

そなた以外には、この様に大変な仕事を頼める人物はいない。吾の意を知り、最後までその意志を貫き通し、交渉を続けてくれる者は勇貴、そなたより他にはいないのだ。新羅国と我国にとって良好な関係を持てるかどうか、これが最後の機会かも知れない」

上宮は、最後の最後まで戦いは避けてくれと来目に言った。戦いによって多くのものが失われてきたことを、上宮は身に沁みて知っていたからだ。慧慈と話し、自国の為になら大いに戦うと誓っていた来目皇子にとって、戦いではなく交渉で解決せよという上宮の発言は、直ぐには納得できないものだった。

多くの兵を伴いながら戦わず、出来る限り交渉に持ち込むようにするとは。戦って、相手が負け切る前にする和解なら分かるが、戦わずに大軍を見せるだけで、相手から和解交渉を持ち出させるなどという難儀な依頼を上宮は来目にしているのだ。しかも相手は今までに何度も約束を反故にしている強《したた》かな新羅だというのにだ。

この様に難しい交渉をわれ一人でできるものか。われにも諸葛孔明の様な軍師が居ればと、心の中で愚痴った。他に適任はと考えたが、上宮が言うような者は来目にも考えつかなかった。だが直ぐに、分かったと返事が出来ない来目皇子だった。

「一応、太子の方針は分かりました。しかしもう少し時間を頂けないでしょうか。太子の仰せになったことを、じっくり考えさせて下さいませんか」

「分かった。考えてみてくれ」

言いたいことを少しは話せたが、上宮と最後まで意見が合わなかった来目は、上宮の様子がいつもとは違うことに気が付き、鮠兎に上宮をくれぐれも頼むと言って帰った。来目が帰ると上宮は心配する鮠兎に、心配はいらない、少し疲れただけだと言って、その日は早くに休んだ。床に就いた上宮は少し熱が出て汗をかいたが、次の日の朝に体調は元通りになった。

上宮自身も来目に難しい交渉を頼んでいることは分かっていた。出来るなら自ら新羅国に赴き、新羅国内のあらゆる状態を自分の目で確かめた上で交渉をしたいと思った。しかし国を預かる位置にいる自分には、馬子等の反対を考えるまでも無く到底叶わぬことだと理解していた。そこで、同母弟で幼い時から信頼し合っている来目皇子なら解かってくれると思い、自らの考えを打ち明けたのだった。

だが、信頼し合う実弟であっても同じ人ではない。共に育ってもその人の思うことや、実際に経験することなどが大いに違って、大人になるにつれて考えも違ってくるのだ。来目には懸命に生きてきた彼自身の考え方が既に彼の中で完成されている。上宮とは違う環境で育っていることを上宮は思い知った。上宮は今の自分の考えをどう話せば来目を納得させられるだろうかと思いを巡らせた。後に残った策としては、来目に上宮の命に背く事のないようにと、国の最高位の指揮官として、弟ではなく国の将軍に命令する他ないと思いながら、来目の返事を待った。

来目皇子は何日か熟慮した上で、上宮の思いを受けて筑紫へ向かうと告げた。そして新羅へ働きかける交渉人の一人として、上宮の側近の秦河勝を加える事の許可を願い出た。秦河勝の件は上宮も快く了承した。来目は、上宮から秦河勝に新羅へどう向き合うかを予めしっかり話しておいてほしいと頼んだ。

馬子は上宮達と別れた後、上宮の発言に対して、もやもやとした気持ちを抱えて帰った。そんな時にはいつも、樫太棲納《かしたすな》を側に呼んで不満を解消するのだった。一しきり上宮とのやり取りを話してから、

「太棲納、上宮様の今日の様な意見、そなたならどう考えるか」

太棲納はその様な時、馬子がどう言ってほしいかを心得ている。

「上宮様が大后様から政事を完全に任せられて、そして太子を拝命されてから随分お変わりに成られたと、われもわれなりに感じておりました。ご主人様もお解りになっておられたのでしょう」

馬子も確かに上宮が以前より随分成長したと感じることが多くなっていた。先に仕えていた大王達も、大王に就任前と就任後とでは、良い意味で様子が違うようになったことを思い出していた。

王という立場になった人々が抱える多くの問題や悩みは、大臣の立場に長い間居続ける蘇我馬子にも分からない。一国の命運を一身に担う王とは、民のことを考え良い国にしていきたいと思えば思うほど、途方もない重圧を感じるものなのだ。しかし王になってみなければ、誰もその事を感じることも想像することも出来ない。

「しかしな、太棲納。上宮様は今までの大王とはまた違った変わり方だ。国の民の事を考えるだけでなく、倭国の国主が、余所の国の民の事まで考える必要がどこにあるのだ。そんな事を考えている国の長《おさ》が居たら、その国は直ぐ潰《つぶ》されてしまう。国の民を思う広く大きな心は必要だが、新羅の様に約条を破棄し、他国の領土を攻め取って我が物とする国の民の事など微塵《みじん》も考えてはならないだろう。なあ、そうであろう」

馬子は認識違いをしていた。上宮が言った他国の民とは、南加羅に住む倭国の民のことだった。馬子にとっては、他国の民とは倭国に住む民以外の全ての民のことで、今は南加羅も新羅の支配下にあるから、其処の民は既に新羅の民との認識があった。

「確かに、ご主人様の仰せは、正しゅうございます。上宮太子様は、仏教によって他者を慈しむ心をお知りになり、政事にもそのお心で向かおうとされているのではないでしょうか。他国が理不尽にも攻めてくれれば、修羅となって戦わねばならぬ時もございます。仏教を大切にする心を持って政事を行うのは、難儀中の難儀でございましょう。

われも少々慧総《えそう》師のお話を伺う機会を得まして、仏教の教えは誠に素晴らしい教えだという事が分かりました。しかし政事と御仏の教えは随分かけ離れたものと感じております」

「そうだな。われでさえ、仏教を学んだ時には心穏やかになる。上宮様なら尚更だろう。この間、慧総師に教えて頂いた慈悲《じひ》とか申す言葉は仏教の真髄だとか。上宮様ならもう既に、慧慈《えじ》師から学んでおられるに違いない。何事に対しても真摯に受け止め考えられる上宮様は今、仏教と現実にどう向き合うか思案されておられるのやも知れぬ。われが仏教を取り入れようとした時には仏教を文化の一環として取り入れたいと思ったものだが、仏教は随分奥が深い。仏教を知れば知る程、これまでの生き方で良いのかとの思いが時折湧いてきてしまう。われの仏教に対する思いも昔とは随分違ってきた。上宮様は仏教思想の真髄に触れられて、心を掻き乱されておいでなのかも知れぬわい。仏教の影響が大き過ぎることを何とかせねばならんな」

慈悲《じひ》という言葉の意味は、仏や菩薩が衆生（民衆）をあわれむ心。楽を与える慈《じ》と、苦を除く悲《ひ》。抜苦与楽《ばつくよらく》とも表現される。人々を分け隔てなく慈《いつく》しみ、あわれむ心なのだという。そうならば、上宮が他国の民の事を思えば、倭国に攻め入って来てもいない新羅に対し何の正義を以って攻め込んでいくのか、迷う気持ちも分からなくもない。

しかし馬子は、約条を守らず再び南加羅に侵攻した新羅を倭国が攻めて当然だと考えるのも間違っているとは思えなかった。馬子は慧慈《えじ》に高句麗王が国主として仏教をどう捉えているのか聞きたいと思った。又、上宮が仏教をどうとらえれば国主としての自覚を失わずに済むのかも知りたいと思った。

法興寺の寺司《てらつかさ》の蘇我善徳《ぜんとく》を通して、現在は法興寺の一角に移り住んでいる慧慈に面会を申し出た。法興寺の中に宿坊が出来ていなかった時、慧慈達は百済の慧総より先に到着した時、一応の落ち着き先として寺として整っていた豊浦寺に一時期逗留していた。

蘇我大臣は後から到着した百済僧の慧総師を先に法興寺へ招き入れた。慧慈達が法興寺に迎え入れられたのは、その後だった。以前、慧慈達が仮住まいしていた豊浦寺は、元の持ち主である倭国で初めて僧侶となった尼達の善信尼達に戻された。

慧慈は馬子に、上宮が今新羅に攻め込まないのは、ただ単に仏教の教えからだけで判断したのではないだろうと答えた。慧慈はまた自分の想像だが、新羅に対して何か行う時は、新羅以外の他国のことも考えているのではないかとも話した。

三、百済の異変

大和政権内で南加羅を救うのか否かが論議されていた頃、百済では一大事件が起こっていた。

「早く、医師を呼べ。王様が、王様がー」

叫んだのは、余宣王の側近だ。宮廷内の王の寝所で、食べた物を大量に吐いて王が倒れていたのを側近が見つけてのことだった。

余季王が昨年亡くなって、王位を継いだ余宣は、太子の時に伊予で倭国の上宮太子と面会し百済国と倭国の一層の親交を深めることに寄与した阿佐である。

急ぎ呼んだ医師に診させると、何か悪い物を食べたのかもしれないと言いながらも、医師は首を傾げた。王にはまだ息があった。とにかく、吐いているので、悪い物が全部出てしまっていたら、もしかしたら一命を取り止めるかもしれないと、医師の言葉もはっきりしない診断だった。

余宣王の長男で太子となっている余璋《よしょう》は、主だった者を招集した。

余璋は重臣達に向かって、父の余宣王が病に倒れたことと、余宣王が倒れている間は太子の自分が王の代行をすると宣言した。それは予《か》ねてから王に何かあった時には、その時の太子が代理となる決まりが百済国には定着していたからだ。

誰も表立っての反対はしなかったが、心に不満を持つ者はいた。それは二代前の余季王の弟で、現余宣王の叔父である余興《よきょう》だった。余興が宮廷内の自分の館に入ると、常に付き従っている者達が入ってきた。

「まだ死なぬのか。そなた、あの薬で必ず命が奪えると言ったではないか。医師に、あの薬を勧めるよう言ってから、もう半年にもなるに、未だ効かぬとは。あ奴、余程身体が丈夫なのか。それとも、あの医師があちらへ寝返ったのか」

拳を何度も卓に叩きつけながら余興が言った。その怒りは収まるどころか益々激しくなった。

「あれはじわじわ効くのが、特徴でございます。しかし王が倒れたという事は、もう暫くのご辛抱かと。我が不思議なのは、必ずお飲みになっていることは確かでございますが、それならば太子の余璋様にもそれなりの症状が出始める頃かと思うのですが……」

余興の一番近くに居る、やせ細った身体で顔の青白い男が言った。

「これは最近耳に入った情報でございますが、余宣王と璋太子の側には常にお毒見役が付いているのではないかと。それでは、効くべきものが、効くべき方に効かぬと思い、側に仕える者を呼び寄せて聞いてみましたら、矢張りそのようでございました故、先頃薬を変えました。それには色も臭いもないのですが、やや先の薬よりも効きが遅いので、もう暫くご辛抱願います」

背が低く目の細い一見医者の様に見える男が静かに話した。

「おお、そうか。何故それを早く教えてくれなかったのだ。我にも心の準備があるのでな。そんな情報は、確実に知っておきたい」

「恐れながら、興《きょう》様にはお知りに成らぬ方が、宜しいかと存じます。何もお知りにならず驚かれた方が、現実に哀しきお知らせが届きました時に、周りの者に興様が何も知らなかったと思わせられると思いましたので」

一見医者に見えるこの男は、この中で一番の食わせ者らしく、余宣王が亡くなりその後、王子で太子の余璋が亡くなっても余興に罪が及ばないように、しっかり後々の事まで考えているようだった。

もう一人の太り気味の柔和な顔をした男は、皆が話すことを頷きながら聞き入っていた。その太り気味の男は、余興の側に常に居て、余興のご機嫌を取り成す役目の様で、二人の男に比べると、悪知恵を働かせるより、身体を動かす方が得意の采《さい》と呼ばれる男だった。

自分の思いどおりに順調に事が運んでいると知った余興は、少しずつ機嫌が良くなり、未だ昼にもならないのにそこに居る男達と酒を呑み、日の沈まぬ内に酩酊しその場に寝入ってしまった。

その日の酒は何かが混入していたらしく、いつもより深い眠りを誘った。

余興の仲間の二人が、酔いが醒めて起きた時、自分達の居る場所が、普段と大いに違う状態であることに驚いた。

「余興様、こ、これは何と言うことでしょうか。我等は悪い夢を見ておるのでございましょうか。ああ、痛い。何故、縄等で縛られておるのでございましょうか」

やせ細った男が金切り声で、まだ酔いつぶれて寝ている余興に、にじり寄りながら叫んだ。

「おお、これは何をする。早くここから出せ。我は王様の叔父の余興じゃ。そなた等、早くせんと死罪じゃぞぉ」

余興が大きな声で叫んだが、牢の外で見張る者達は皆素知らぬ顔をしていた。牢番達は、余興が誰一人として会ったことも無く、見知らぬ顔だった。三人の内の一見医者に見えた男が気付いた。

「采《さい》が居りません。何故、あ奴だけおらぬのでしょうか。もしかして、采は我等を裏切ったのでしょうか」

「あ奴は、我等より身分が低い。この牢は貴族以上の者が入る牢だ。あ奴は北の牢にでも入れられたのだろう。しかし采（賽《さい》）の心配より我等は何故ここに入れられなければならんのだ。訳が分からん。こらあぁ、そこの者。我は余宣王の叔父なるぞ。我が何をしたと言うのか。余宣王に聞けば分かる。余宣王を早く呼んで来い。今なら未だ間違いで済ませてやる。早くしろっ」

余興は余宣王が病だった事に気が付いて、

「余宣王が駄目なら、王子の余璋《よしょう》を呼べ。余璋の奴め、大叔父をこんな所に閉じ込めておって。くそっ。出たら只では置かんからな」

余興がそう言った時、呼べと言われた太子の余璋が牢の外から、余興を怖い顔で無言のまま睨んだ。そして、

「我が大叔父を騙《かた》る不届き者め。そなたらがあまり五月蠅《うるさ》いので牢番が困り果てておるわ。少しは大人しくしたらどうだ」

牢に入れられ縄も打たれている余興は、今度はしおらしい声を出して、

「余璋よ、この大叔父の顔を見忘れたのか。忘れたなら思い出してくれ。ほれ、よく見てくれ。思い出してくれたか。我が余興を騙《かた》る者でないと分かったなら、早く縄を解き、ここから出してくれ」

「そなたがもし本当に我の大叔父ならば、そなた等の起こした事件、つまり王暗殺の罪は一族に及ぶが、それでも我の大叔父と言い張るのか」

「王様を暗殺っ。そ、そんな、大それたこと、思ったことも、話に聞いた事もない。そんな嫌疑が掛けられているなら、それは我の知らぬ事。陰謀じゃ。我は陥れられたのじゃ。出してくれ、助けてくれ。余璋、そなたにこの様な事される覚えはない。ここから出してくれたら、そなたの為に何でもするぞー」

「お黙りなさいっ。証人も居るのだ。我の大叔父を騙《かた》り、王様とこの我をも暗殺しようとした大罪人めら。罰は追って沙汰する故、大人しく待っておれっ」

余璋は、大叔父である余興について一切余興とは認めず、余興の名を騙り王と太子を暗殺しようとした者達として、罰することを決めていた。

もし王を暗殺しようと企んだ者が、大叔父の余興とはっきり示し罰するとなると、宮廷内が騒然となることは必至だった。生前の威徳王が皇太子時代に、臣下から慕われていた偉大な王の聖明王を新羅との戦いで死なせてしまってから、亡くなった威徳王の弟であった余興公は、いつか必ず王の位をその手にしようと宮廷内で自分の味方を集めていたのだった。

威徳王が亡くなる頃には、既に宮廷内は余興勢力がかなり大きくなっていた。現在暗殺の危機に瀕して床に伏している余宣王の父の余季が、威徳王から次の王に指名された時も、賛成派は僅かに反対派を抑えたに過ぎなかった。その後、王となった余季は、僅か一年半で急死した。もしかしたらそれも余興達が暗殺したのかもしれぬという説が流れたが、確たる証拠は見つからなかった。余季王は、威徳王から受け継いだ王位を太子となっていた阿佐（余宣）へ受け継がせた。そんな経緯があって、父の余宣王と子の余璋太子達は、身の回りに常に気を配っていたのだが、残念な事に父（余宣）は余興の執拗な攻撃を防ぎきる事が出来なかった。

そんな余興の陰謀を今度は必ず暴こうと、余宣王と余璋太子は動いた。証人は予てから余興の側に仕える者で名は賽《さい》。賽は釆として余興の側に潜入していたのだった。賽の実体は変幻自在《へんげんじざい》の余璋側の間諜で、余璋の側に戻った賽は何処にでもいるあまり特徴のない中年の男に戻っていた。

余興達の刑は、国家に敵対しようとした重罪人として本来なら民の面前で行われる。しかしこの時は王族内の権力争いであり、民心の混乱につながるとして、世間には知らされず刑の執行がなされた。余興の一味と係累の者達は悉《ことごと》く都を追われ、屋敷や財産も国家に没収されて、細々と命を繋ぐ程度の物を除いては、都から持って出ることを許されなかった。そして、余興に加担していた者達は鳴りを潜めた。

余宣王はもう駄目かと思われたが、事件がほぼ解決しようとしている頃に、少し起き上がれるようになった。王は、起き上がると直ぐに太子の余璋に会いたがった。

「王様、何か急ぎの御用とか。何でございましょうか」

「璋《しょう》、余興公を騙る者は、白状したか」

「はぁっ。確かに、王様とこの我を暗殺しようとしたと、はっきり白状致しました。初めは知らぬと白を切り、誰か他者の仕業だとの一点張りでございましたが、確かな証拠と証人を突き付けましたところ、観念いたしました」

「そうか、白状したか。身内の者にその様なことを企てられるとは、残念の上にも残念だ。しかしここで諸悪の根を絶っておかねば、我百済の明日はない。そ奴らの事も含め後のことは全て、そなたに任せる。そして我は三日後、王として最後の役目を果たそう。そなたに王位を譲るための式典を行う。式典を司る神官を呼びなさい」

余璋は王の体を気遣って、

「もう少しお元気になられてからに致しましょう。必ず快復されると、医師も申しておりました」

「いや、いや。自分の体だ。自分で分かる。もうこれ以上の快復はなかろう。早く呼んでくれ。そなたに王位を譲ると我の意志をはっきり公《おおやけ》にしておけば、この身にいつ何時《なんどき》、何が起ころうと、そなたに王位を譲る事が出来る。生きてそなたの王になった姿が見られれば良し、もし見られなくとも後をそなたに託し安心できるのだから。さあさ、早く神官の長をここへ」

余璋はそこまで言われては呼ばない訳に行かず、側近に神官の長を呼びに行かせた。神官が来るまでの間、余宣王と余璋太子は二人になった。

「のう、璋。そなた今までに会った中で、心から信じることの出来る人物はいたか」

「……。さあー。どうでございましょうか」

余璋は直ぐにには、誰のことも思い出せなかった。幼い頃から周りを疑うばかりで、人を信じるなどということは考えたことすらなかったからだ。敢えて信じられる人は今、目の前にいる父だけだった。

「我はそなたの事は勿論信じておる。そうでなければ命を掛けて守らねばならぬこの国の領土と民を、そなたに託したりはせん。そなたの他に、我は倭国にもう一人、心から信じる事の出来る人と会うことが出来た。出来ればそなたにも王子の間にその人に会って貰いたかった」

「それは倭国の上宮太子のことですか」

「そうだ。上宮様と我は真《まこと》の約束をした。お互いに、民が安らかに暮らせる国造りをしていこうと誓い合ったのだ。倭国の全てを信じる事は出来ないが、我はあの方だけは信頼し、人として誠の交流を後々まで続けたいと思った。国と国との繋がりは、突き詰めれば人と人との繋がりだ。我は上宮太子を信じ、上宮様は我を信じた。

しかしそなたが王になった時、そなたが倭国との関わりをどうするかは、そなたに委ねる。それは高句麗や新羅とのことも、そなたに任せる事に同じだ。だが、どこかの誰かに頼らなければならないと思ったら、一番先に倭国の上宮太子を思い出したらいい」

「王様、倭国とはこれまでも良い関係でございました。特に大臣の蘇我氏とは、先代の王様も倭国へ行かれた時に大変親密にされていたと聞き及んでおります。上宮太子様でなくとも、蘇我氏ならば我が国とは特別に親しき関係を維持できるのではないのでしょうか」

以前から、父の余宣王が上宮太子に対して、今まで親密にしてきた蘇我氏より大切に思うことが不思議だった余璋は、この際はっきりその訳を聞いてみたかった。

「そなたは知っておきたいのだな。何故、上宮太子がこれ程までにこの父の心を捉えたのかを」

「左様にございます。父様はたった一度その方に会われただけで、何故その様にその方を心から信じ大切に思う事が出来たのでしょうか。上宮太子は倭国の人です。ならば我等の事より倭国の事が最優先でしょう。その上、現在は高句麗から派遣された仏教の慧慈師と親密な関係にあると聞いています。この百済を大切に思っているなら、蘇我氏の様に、我国から送った慧総尊師に仏教を習うべきではありませんか」

「それは違う。われが最も感銘を受けたのは上宮太子の人柄だ。あの方の心には真があった。それに上宮様は我国の慧総尊師《えそうそんし》を、倭国の国寺である法興寺の僧侶を教える言わば大僧正として迎えて下さった。法興寺の寺司《てらつかさ》である蘇我善徳氏は慧総尊師の下、我が国で仏教を学ばれた事はそなたも知っておろう。上宮太子は百済国との関係を最も大切にして下さっておる。我国と倭国は同盟国になったのだ。高句麗とはそこまでの関係ではなかろう。

高句麗から慧慈師が倭国へ来ると決まる前から、倭国は慧総尊師の招聘《しょうへい》をしていた。高句麗僧の慧慈師は、最初から太子の仏教の師として迎えられたと聞いている。我が百済国の慧総師は飽く迄も国寺の頭領として迎えられたのだ。それは蘇我大臣が取り計らったことだが、上宮太子の了解もあっての事だ。上宮太子と蘇我大臣の関係は大変良好だ。今まで多くの支援を倭国から受け、我国も多くのものを倭国に齎《もたら》した。我国は強い味方を得て、今後大きく発展していくに違いない。そなたの将来を側でもっと見たかった」

余宣王は遠くを見ながら言って、一息ついた。そして、余璋に向き直って、

「ああ、出来ればもう一度、倭国の上宮太子に会って話がしたい。

それから、高句麗とも昔はどうであれ、現在は友好国だ。注意を怠ってはならないが、これからは倭国と共に高句麗は強い味方となるだろう。高句麗の嬰陽王も又、出来た人物だと思う……。この百済はそなたの采配でどの様にでもなる。百済国を頼んだぞ」

一気に話し、疲れたのか起き上がっていた体を、床に横たえた。事の成り行きから、父王の命が絶えてしまったのかと、余璋太子は焦った。

「父様、王様。我は、我はこれからどうすれば良いのですか。まだまだ未熟な我を一人にしないで下さい」

一度瞼を閉じた王の余宣は、かっと眼《まなこ》を見開いて、病人とは思えないような大きく通る声で、

「しっかりせよっ。そなたの肩に、百済国民全ての将来が懸かっているのだ。王として、何事においてもそなたの信じる道を切り開き進んでいけ。そなたの前に道はない。そなたが切り開いた道を皆が後から付いて来るのだ。皆が後から付いて来てくれる道を、そなたなら造れよう。我は

そなたを心から信じている」

余宣王は、後を託す余璋に満足していたようだ。床に伏したままだったが、余璋の肩に手を置き、力を込めて余璋の肩を掴んだ。


余宣王は、新王就任式の案内状を倭国に送った。勿論、大国の隋や高句麗、新羅等の国へも案内状を送った。余宣王は、新王の余璋を内外に知らしめるために、自分が生きている内に新王のお披露目式全般を終わらせておこうとした。

百済十七代目の余宣王は、一時危篤《きとく》が伝えられたにもかかわらず、就任式ではずっと式典を見守り続けた。そして余宣王は百済十八代目となる新王余璋に王冠を載せ、恙なく式典を終えた。

余宣王を追い落とそうと企んでいた余興のかつての仲間だった貴族達は、余興が罪に問われ居所が知れないと分かった時から鳴りを潜めた。殆どは日和見の輩だったが、その中には今は静かにしておくべき時と牙や爪を隠す狡猾な者達もおり、そんな者達ほどそ知らぬ顔で宮廷内に居座っていた。

倭国から百済国王の就任式に参加していた吉士大禽《きしおおとり》は、倭国への国書と上宮太子宛の親書の二通を携えて帰国した。倭国への国書には、これからも末長く百済国と倭国が親密な中でいられるように、未熟な新王余璋をくれぐれも良き方向に導いてくれることを願うと、認《したた》められていた。

上宮太子は療養中の余宣王からの親書を受け取り、一人になってから読み始めた。病の為か、少し字が乱れていたが、それは余宣が自分で認《したた》めたことを示していた。その書を見て上宮は、若い頃から絵画を嗜んでいたと聞いていた余宣の書には、乱れていても絵画の様な美しさがあると思った。


親愛なる上宮太子様。

この様な形で、書を致さねばならないことが大変残念でなりません。出来る事ならば、もう一度伊予の湯岡で語り合った様な時を持ちたかった。又ゆっくりと語り合おうと約束した事を果たせず、無念でなりません。今はもう夢で貴方の姿を見ることしか叶わない状態となってしまいました。

国は違えども、同じ志を持ち、心から信頼できる貴方という人と巡り合えた我が生を振り返りながら、喜びの涙を流しております。そして今もその喜びが我の心を満たしてくれております。我が国の願いをお聞き入れくださり、国同士の堅い約束とも言える同盟を結んで下さったこと、感謝の念に堪えません。

またこの度、王位を譲りました我子余璋は未だ若く未熟者にございますが、我と変わりなくお導き下さいますよう、何卒宜しくお願い申し上げます。

これからも貴国が栄えられますことを願っております。

百済王
余宣　印

上宮は伊予の湯岡での阿佐太子の姿を思い出していた。遺言とも取れるその親書を静かに元に戻しながら、確かに後の事はお任せ下さいと、胸の内で余宣王に誓った。上宮が余宣王からの親書を受け取ってから数日後、百済から正式に余宣王の死が伝えられた。上宮より年上とは言っても、老年には未だ遠い余宣王の短い生涯に上宮は深い悲しみを覚えた。


余宣王の死去によって、倭国の新羅征伐計画は再考を迫られた。共に戦おうとしていた百済国が、王の死で喪に服することになり、参戦が見込めなくなってしまったのだ。倭国が第一回目の隋への使者を送ろうとした時と同じ様な事が起こったのだった。近年、百済の国状は、常に不安定であった。

上宮は大臣以下主だった重臣を、建設中の宮（後の小墾田宮《おわりだのみや》）近くの仮宮に集めた。上宮は新羅への派兵を直ぐにでも実施すべきか、百済の状態を考え百済の喪が明けるまで待つべきか、重臣達に問うた。

「上宮太子様、この様な事態になって仕舞いましたので、今回は新羅へ使者を送る事になさってはいかがでしょうか。新羅が百済の喪の状態などに配慮するとは思えませんが、少なくとも隋は冊封下にある百済が喪に服している間は新羅に援軍を送るようなことは決してしないと思います。我国が、新羅の南を衝き、高句麗に援軍を頼む様なことをすれば、半島三国の微妙な状態を崩し、横を向いている龍の首をまた高句麗に向かせることになるかもしれませんので」

と、大臣が言った。龍とは隋国の事だ。蘇我大臣は百済が喪に服している今、高句麗に援軍を頼むことで、高句麗をも危険にさらすと訴えた。重臣達は、大臣の言ったことに賛成の意を表し、頷く者達が多かった。

しかし倭国の軍を任されている大将軍の来目皇子は、

「新羅へ使者を送る大臣の意見には賛成です。しかし新羅へは今回再び南加羅《ありしひのから》へ侵攻した理由を問い質すと共に、一万とはいいませんがせめて五千くらいの兵は筑紫へ送るべきです。使者だけを送っても新羅に表面上軽くあしらわれるだけです。今直ぐにでも、倭国が新羅国を攻める用意があると示す位の事はしなければなりません」

来目は国の将軍として力強い意見を言った。上宮も来目と同じ考えを持っていた。すると出雲の視察から帰ったばかりの額田部連比羅夫《ぬかたべのむらじひらふ》が、

「われも来目大将軍のご意見に賛成です。狡猾な新羅国には効き目があると存じます。新羅は百済国と敵対関係にありながらも、地続きの隣国ということもあって我国より百済の国内事情には詳しいのです。百済が現在新しい王の下の体制で統率が取れにくい状況も、何処よりも把握しているのではないでしょうか」

「確かに、百済の国内事情を、百済の公式な書面のみで判断するのは拙速だと思われます。しか

し南加羅の問題は、百済国も含めての解決でなければならないと考えます。でありますならば、百済へは今回我国が新羅国へ兵を送ることも含め、了解を得た後に、ということではいけませんか」

今まで黙っていた百済の事情に詳しい坂本臣糠手《さかもとのおみぬかで》が、百済国に配慮した意見を言った。

「しかし、それではこちらの手の内を、新羅に見せるに等しいことではないのでしょうか。百済の宮廷内には、新羅に内通する百済官僚もいると聞いた事がございます。飽く迄も、噂ですが……」

許勢臣猨《こせのおみさる》が坂本臣を見ながら、彼独特の皮肉を込めて発言した。坂本臣糠手は顔を真っ赤にしながら反論しようとしたが、隣にいた大伴連囓《おおとものむらじくい》に止められて黙った。朝議が群臣達の諍いの場に発展してはならないと、

「皆の意見は、それなりに根拠がある。それらの意見を引き取り、検討する。近い内に、今回の事案については決定をし、結果を報告する。他に何か報告なり、情報がある者は残れ。以上、今日の朝議を終える」

蘇我大臣が上宮太子の指示によって、この日の朝議を終えた。上宮太子は蘇我大臣に、額田部連比羅夫に残るようにと伝えさせた。

「額田部氏、未だ話していない事があるのではないですか」

額田部連比羅夫は上宮太子に促されたが、未だ決心がつかない様子だった。蘇我大臣は、

「どの様な情報も、そなたが胸に秘めているだけでは何の価値もない。それに価値があるかどうかは、外へ出て初めて判断される。上宮太子様の質問にお答えせよ。太子様に失礼ではないか。さあ、知っていることを全て話されよ」

と、半分怒り口調で言った。

「太子様、申し訳ございませんでした。これは未だ確認を致していない情報だということを、お含み置き下さい。われは、先日出雲国の視察から帰って参ったばかりでございますが、出雲に移り住んで久しい新羅出身の民人から、百済国宮廷内の状況を偶然にも聞くことが出来たのでございます」

上宮太子と蘇我大臣とが顔を見合わせてから、大臣が額田部氏に、

「それは具体的にどの様な話だったのか、詳しく話して頂きましょう」

「はっ、畏まりました。その者が申しますには、余宣王の死の原因は反対派による毒殺で、その反対派の主謀者は、余宣王の叔父で現王の大叔父だというのです。王を毒殺したとされる主謀者は獄に繋がれ、その後どうなったかは定かではありません。それで現在百済の宮廷内は、新王が引き継いだものの混乱しており、また新王に反対する者らが蜂起することによって、内乱が起こっても不思議ではないと、話しておりました」

「な、なんとっ、毒殺。余宣王は実の叔父による毒殺だというのか。しかしそれは単なる新羅の民人による噂に過ぎないのでは。百済国を貶《おとし》める新羅の……」

蘇我大臣の顔から血の気が引いていた。額田部連比羅夫は急いで付け加えた。

「ですので、確かめなければならないと申し上げました。先程、皆の前で言い淀んでおりましたのは、確かな証拠や他にも証言する者を探さねばと動いている段階でございますので。

それにしましても、よくわれが何か胸に隠しているとお分かりに成られましたね。われにはその事の方が、驚きでございます」

上宮は、

「額田部氏が時折吾を見て、目が合いそうになると避けられました。吾に何かを話すか否か迷われていると思ったのです」

馬子は、額田部比羅夫の様子に気付いていたのは自分だけだと思っていたので、同じ様に思った上宮に感心した。

「大臣、直ぐ調べさせて下さい。我国とこれからの百済との関係に大いに影響が出てくるものでしょうから」

「承知いたしました。額田部氏、そちらも今調べさせているなら、何でも分かり次第報告せよ」

「畏まりました」

蘇我大臣と額田部比羅夫が去った後、上宮はその場に座り込んだ。百済の王となって僅かな期間に死なねばならないような事件に巻き込まれた余宣王は、どの様な気持ちでいたのか。上宮はそう思うと悲しみを通り越して虚しさを覚えた。

百済の余宣王は王子だった時に、同盟を結ぶために危険を冒しながら他国の地を踏んだ勇気ある人だった。その人から、同盟国の太子としてまた遠方の友として、覚悟を決めた様な書簡を受け取りながら上宮は何の疑いも持っていなかった。ただ王に就任して一年余りの余宣王が、病を得て亡くなった事に関して残念だと思っていた。その余宣王の死に他の原因が有るなどとは思いもしなかった。余宣王の死は上宮にとって非常に無念な出来事だった。しかしそれ以上に毒殺かもしれないという話は、上宮を絶望と無力感の淵へ沈めたのだった。

鮑兎は、大臣と額田部比羅夫が帰った後も上宮が中々部屋から出て来ないのを心配して、様子を見に行った。誰もいない部屋で、一人床に座る上宮の打ちひしがれた様子を見た鮑兎は、

「上宮様、どうされたのですか」

と言いながら駆け寄った。

「あ、いや。明日は久しぶりに平群の郷へ行こうと思ったが、確か明日は善信尼様が母様の館に、御仏の話をしに来られる日だったことを思い出して、行く日を一日延ばさねばと考えていた。しかし、一日延ばせば行けなくなるようなことが起こりそうだとも思う。どうすれば良いかな、鮑兎」

上宮が行けば、皆が上宮に会いたがって、善信尼の仏教の話が短く終わってしまうということを伝えた心算のようだ。

「では、刀自己様の処へ行かれては如何ですか。王子様達にも久しく会われていないのではありませんか、お供致します」

鮑兎は、上宮が今考えていることは、平群の郷のことではないと分かっていたが上宮の話に合

わせた。そして以前にもこの様な事があったことを思い出した。上宮は多少の事では動じない。きっと何か大変な事が起こったのだと、鮠兎は察していた。

刀自己達の居る岡本の館へ行くことで、上宮の心が癒されるのではないか、刀自己にならば上宮が大きく抱え込んだ悩みを話せるのではないかと感じたからだ。未だ上宮の心の中で何かが整理されていない段階なのだと判断したのだ。

「そうだな。ここしばらく忙しく、もう長く会っていないな。そなたに言われて、急に顔が見たくなった。今から直ぐ行こう」

上宮は鮠兎を伴って、久しぶりに平群の岡本に住む刀自己達の所へ向かった。


額田部比羅夫から報告を受けて、大臣は百済国と出雲へ人を遣って調べさせた。一時落胆していた上宮太子も鮠兎と話をして気持ちを落ち着かせると、百済の事情に詳しい肘角雄岳等に急ぎ百済の状況を探らせるよう指示を出した。

額田部比羅夫が調べさせていた者から報告が入ったが、以前の情報より詳しいことは分からないということだった。それから半月ばかり後に、大臣が調べた事を上宮へ直接報告しに来た。

「王の叔父余興公が、王の毒殺を企んだという噂の件は本当だったようです。ただ、百済国も国の威信に懸けても隠し通すと決め、犯人を極秘裏に始末した後、事件が表沙汰にならぬように緘口令《かんこうれい》を敷いたようです。我が国もこれ以上百済国の内情を、無理矢理探らぬ方が良いと思いますが、太子様のお考えは如何でございましょうか」

「吾も大臣と同じ考えです。もうこの事件の事は触れずにおきましょう。今後、百済国の王を支える宮廷内部の力関係がどのように変わるのかを見極めねばなりませんね。新しい百済の王が、どの様な人物なのかも知っておく必要があります」

「分かりました。新百済王の余璋《よしょう》王に関して詳しく調べ、早急に資料をお持ちいたしましょう」

馬子はわざわざ直接報告に来たにも拘らず、早々に報告を終えて島の庄の館に戻って行った。

大臣も百済王が叔父によって殺害された事実に衝撃を受けている様子だった。上宮もうこの件は胸の奥に仕舞い込もうと思っていたが、時折身体の奥から込み上げて来る怒りを抑えることが出来なかった。


大臣の報告から四、五日過ぎた夕刻、上宮は百済国内の状況を調べて戻って来た肘角雄岳達の報告を受けた。

「百済国内の状況をご報告申し上げます。初めに新王に引き継がれてからの宮廷内の貴族の動向をお知らせ致します。宮廷内で前余宣王を支持していなかった王族の一部が、百済国から新羅国内へ逃亡いたしました。又、我が国にも潜入した可能性もあるとの証言もございます」

「そうか。王の反対勢力が新羅に入ったとなると、我が国にも百済国にも大いに影響が出て来るだろう。しかも我が国にもその残党が入り込んだとなれば、こちらの動きが新羅に筒抜けとなる可能性が出て来る。我が国に入り込んだ者だけでも探し出し、確保したい」

上宮太子は、良い方法はないかとその場に居た人々に言い、報告を終えた肘角雄岳にも止まる

ようにと指示した。大臣が、

「我が国に入り込んでしまいましたら、以前から移り住んでおります百済の者達と区別する術《すべ》がありません。しかし何とか探し出し、倭国に味方するよう説き伏せなければなりません。それには百済の民が住む郷を、徹底的に捜索する必要がございます」

「では、百済の民が移り住む郷に、大和の役所の者を派遣し地方の役人と共に調べさせましょう」

来目将軍が蘇我大臣の意見に賛意を表した。しかし葛城鮠兎が、

「ですが、その郷の長ももとを正せば同じ百済の民です。助けを求めて逃げてきた同胞を大和の役人が調べに行っても、倭国に突き出したりしないのではないでしょうか」

「それでは、来目皇子様のご意見に加え、百済から逃げてきた者達を、捕縛するのではなく保護すると言えば郷長の心も痛まないと思います。葛城鮠兎氏は、どのように考えていますか」

「大臣のご意見にほぼ賛成です。ただ役人を遣って徹底的に調べ回るというのは、かえって反感を買うのではないかと存じます。この時に、百済から倭国に逃げてきた百済の民全てが罪を犯したわけではないと思いますので…」

「それなら、どうすれば良いと言うのか。そなたにはもっと良い案でもあるのか」

大臣は、自分の案に賛意を示さなかった鮠兎に言った。

「はっ、われは上宮太子様の命により、我が国の郷に暮らす民人が夫々の郷に何人居るのかを調べております最中です。今回はその事を踏まえた上で、最近になって百済だけではなく新羅から

倭国に移り住んだ郷の人々の数を、其処に出入りしている商人達に聞き取りをさせております。商人の在り方の一つに、人の顔の特徴を覚えることから商売が始まるとも言われているようです。彼の地に出入りをしている豊富な経験を持った何人かの商人に聞き取りをして、最近見かけるようになった者を特定した後、郷長にその者達の話を聞くようにさせては如何でしょうか。

他国から移り住んだ民人をより正確に、郷長達に報告させることが出来るのではないかと考えます。われらが今調べる郷人の数を把握するための一連の作業と位置付けて、大和からの役人を調べに行かせるのは勿論のこと、その地の役人も加えて郷長から新しく移り住んだ者の情報を直接聞き取ることが肝要かと存じます。税に関しましても、郷人の人数が分かりますれば、あちらが正しく納めているかどうかも分かると思います」

「成程、そうすれば今まで支払われた税との関係で、人数を誤魔化すことも無く、一度に二つの事の解決になりますな。それは良き方法です。太子様」

「それでは大臣、大臣の提案を踏まえ葛城鮠兎に引き続き担当させましょう。肘角雄岳も、筑紫の国々で葛城鮠兎を手伝ってくれ。これが、現在打てる最善の手立てだ」

「結構でございます」

「鮠兎、肘角雄岳と共に担当の役人の人数を増やし、早急にことに当たれ。全国という訳にはいかない。当面は筑紫と出雲、伯耆、大和の周辺など百済や新羅の人々が今まで多く移り住んでいる地域を優先的に行うのだ」

「畏まりました」

「また、我が国が筑紫に兵を置いていても、新羅は百済が新体制となって不安定なこの時を狙って、動き出すに違いない。来目将軍は、いつ新羅への派兵となっても良い様に軍の準備を整えておくように」

「はっ、心得ております」

来目将軍や葛城鮠兎達は夫々の準備のために上宮の元を辞した。


上宮は大臣と二人になった時に聞こうと思っていたことを切り出した。

「大臣、この度百済から新羅へ逃亡したとされる前余宣王の叔父に当たる余興公をご存知だったのではありませんか」

「はあ、仰せの通りです。嘗ては百済と倭国の橋渡しを担当されたこともあり、われは顔見知りでございました。しかし太子様、御心配には及びません。新羅に逃亡したのは、おそらく余興公ではございますまい。余興公は既にこの世にはいないと思います。少なくともわれにはその様な情報が入っております。ですので、余興公が新羅へ逃げて百済を攻め滅ぼすということは出来ないとわれは推察いたします。だからと言って、百済の敵である新羅がこの時に乗じて何もしないとは言い切れません。余興公が死んでも、百済の混乱はこれからも続くのではないかと思っております。

ま、それはさておきまして、われは新百済王に感心致しました。実は、太子様とお話しした後に、百済から情報が入ったのでございます」

馬子は上宮にはこれ以上百済の内情を探るなと言っておきながら、自らはしっかり最後まで追及していたことに対する言い訳を、最後に付け足した。蘇我氏としては、現在の大和政権より随分前から百済王族との繋がりを持っていた者として、今回の事件の真相はどうしても知りたいものだったのだろう。馬子は上宮の表情を見ながら続けた。

「新しき百済の王は流石、先の余宣王の嫡子だけのことはあります。余興公は逃げる間もなく新王に捕えられ死を賜ったと、百済における確かな筋からその情報を得ました。太子様はそこまでのお調べをなさいませんでしたか」

「先日大臣は、これ以上百済のこの事件に関して調べない方が良いと言われました。大臣が、分かったことで吾に知らせねばならぬことは教えて下さると思っておりましたから。吾はその間に、百済と新羅の国境付近を調べさせておりました」

信頼してくれていると知った馬子は、悪い気はしなかった。その上、ただ自分からの報告を待っていただけではない上宮に対し、また成長したと馬子は感じた。

「そうでございましたか。それで国境付近はどの様な変化が見られたのでございましょうか」

「矢張り、新羅は百済国内の混乱に乗じて、百済を攻める為の準備を着々と進めておりました。既に考える時は過ぎました。出来れば戦わず、話し合いによって収めようとしてきましたが……」

上宮は大きくため息をついて、

「今は戦わねばならぬ時のようです……」

上宮のその言葉には何も答えずに馬子は、

「百済の余璋王と密に連携を取り、高句麗王にも今回の詳しい事情をお知らせせねばなりません。百済と高句麗の二国の王に、上宮様から倭国としての書をお書き下さい。百済へはわれの持つ伝《つて》にて、百済の王の手元に直接お届けするよう致します」

「分かった。高句麗へは慧慈師を通じて他の者が介在しないよう高句麗の王に確かに届くようにしよう」

四、難しい事態

法興十一年（六〇一年）、上宮が大和政権の政事の主たる責任を負うようになって十年目を迎えた。飛鳥では法興寺の伽藍《がらん》がほぼ整い、新しい宮の造営も順調に進んで、大路も既に整備を終え、倭国で初めての大都の建設に取り掛かっていた。かねてから、上宮の念願だった大和への入り口に副都として機能させるため造営を計画した平群郷での斑鳩宮建設も、順調に進んでいた。又、飛鳥の新宮と斑鳩宮を円滑に行き来する為の斜めに通る道路（後の筋違道）等の拡張工事を、秦河勝に担当させていた。

外交面では、蘇我大臣達との協議の結果、新羅への対処方として筑紫への派兵が決定され、その準備も同時に進められた。三月に高句麗国へは大伴連囓《おおとものむらじくい》を、百済国へは坂本臣糠手《さかもとのおみぬかで》を派遣して、新羅に対する倭国の方針を伝えた上で、今後何時、三国協力体制で新羅に向かうのかを問うた。百済王と高句麗王からの返事は、両国とも倭国と歩調を合わせ、いつでも新羅と戦う用意があるということだった。

ところが、その返事を受けて倭国が早々に筑紫まで兵を送る日程を決めた時、高句麗から再び急ぎの使者が訪れた。使者は、高句麗王直々の書簡を携えており、大和政権に提出した。

書簡は、緊急事態が発生し、今回の新羅攻めを暫く待ちたいというものだった。その書簡で、高句麗と友好関係にあった東突厥の異変が原因だったことが分かった。書簡には、倭国が未だ知り得ない海外の事情が大まかに説明されていた。

長い間の内戦で東西に分裂した突厥は、その後も後継者争いが続いた。東西の突厥ではその後も内乱続きだったが、ようやく六世紀の終わりごろに隋国の文帝が間に入り和解させた。しかし、その和解の時はほんの束の間だった。東突厥ではまだ王を譲られていない啓民が、勝手に王として隋と関係を持った事が発端となり、大可汗《だいかかん》（王）の都藍可汗《とらんかかん》は、啓民を王として遇した隋国に対しても大変激怒し、東突厥はまたしても隋と敵対関係になった。五九九年、東突厥の大可汗（王）の都藍可汗は、隋と国交を断絶した上に、その後は事あるごとに隋の辺境を侵した。

隋は東突厥を抑えるべく越国公の楊素《ようそ》等を派遣して、東突厥の都藍可汗をとうとう攻撃した。そんな中、年の終わりの十二月に都藍可汗は部下に殺されてしまった。都藍可汗の後を継いだ歩迦可汗は、隋と組んだ啓民可汗と対立し続けた。

そして、今回問題となった六〇一年には、東突厥内で啓民可汗に帰属していた一部の者達が反乱を起こしたことで、再び東突厥で揉め事が起こったのだ。啓民可汗は隋の文帝に助けられ北征した。

高句麗からの今回の書簡にはなかったが、以前高句麗に従属していた靺鞨《まっかつ》は、近年再三の隋からの脅しに屈し、冊封され朝貢するようになっていた。高句麗は西の東突厥と北の靺鞨からも見張られることになったのだった。しかも現在は、未だ隋の軍が東突厥から引いていないというのだ。高句麗は新羅へ攻め入るのは、東突厥から隋の軍が居なくなった時を見計らいたいという事だった。

高句麗王からの書簡に、大和政権内には何とも言い様のない空気が流れた。

「上宮様、この様な事情であれば、致し方ございません。高句麗王がこの様に頼んで来られるのも無理からぬことだと思いますが……」

蘇我大臣は、上宮に意見を求めた。

「そうですね。突厥は東西に別れてからも、中々国体が定まらず国主の交代も激しかった。隋国が間に入って和解させたこともあったのに、また東突厥で内乱が起こったのですね。高句麗はその動向が心配でしょう。高句麗と東突厥との関係は、近年悪くなかったと聞いていますが、そこに隋国が介入してくるとなると、これからの高句麗は難しい立場に立たされるでしょう」

「では、矢張り今回の筑紫への派兵は、百済とも相談の上で取り止めにすることになるのでしょうか」

三輪阿多玖が心配そうに言った。

「それにしても、百済は未だ何も知らないのでしょうか。高句麗がこの様な状況にあることを、我国より早く知っている筈ではないでしょうか。何故何も言ってこないのでしょう」

来目将軍は、百済の行動に疑問を抱いた。

「百済は、我国と高句麗がこの事態をどう判断するのか、様子を窺っているのではないだろうか」

大臣はそう言った上宮の方を見て、百済のこの度の行動はそう見られても仕方ないと思ったが、

「まあまあ、百済も今は我国と同じ様にどうするか決められずにいるのではないでしょうか。戦闘の準備に向かって動いていたなら、それなりの費用も掛かっていることだと思いますので。とにかく、百済へは使いを出しましょう。そうでなければ、確かなことは分かりませんから。

上宮様、百済へ正式に使者をお出し下さい」

「そうするのが良いでしょう。早急に百済へ使者を出して、返事を待たねばなりません。高句麗が動けるようになった時には、こちらも動けるようにしておかねばなりませんから」

上宮は、百済へ今後について問う書簡を使者に託した。

八月には、倭国は再度国書を百済と高句麗へ送り、倭国を含めた同盟国の三国で今後新羅国への対応をどの様にして行けば良いか、話し合いを持ちたい旨申し出た。百済からは、高句麗の返事次第だという答えが返って来た。高句麗は、未だ東突厥には隋国の軍が居て、今後の状態を探り隋国が東突厥から兵を引けば直ぐにでも知らせると伝えてきた。

秋の終わりに、警備体制を平常時より厳重にしていた対馬に、新羅国から放たれた間諜《かんちょう》が潜入しようとした。倭国の厳重な警戒態勢を潜り抜けることが出来ず、その間諜は捉えられ詰問さ

れた。その間諜からは詳しい新羅の情報は得られなかったが、新羅国は倭国が百済や高句麗と共にいよいよ自国を攻めて来ると察知して、詳しいことを探る為に間諜を放ったという事だけは分かった。倭国は以前よりも新羅国の動きに目を配りながら筑紫への派兵の準備を一層進めた。

十一月末、高句麗から近況を知らせる書簡が届いた。東突厥の内乱が収まり、隋の兵も今年中には本国に帰還するとの情報があり、隋軍の帰還が終わった時には作戦を実行してほしいとの要請があった。百済からも、高句麗のこの要請に応えるとの情報が齎された。

大和政権は二国の要請を受け、今まで準備を重ねてきた新羅征伐軍を筑紫へ派遣する期日をやっとのことで決定した。兵を出す出さないで揺れに揺れた法興十一年（六〇一年）はこうして暮れていった。

年が明けて法興十二年（六〇二年）、正月の行事が大后炊屋姫の采配で恙なく終えられた。

次の日の早朝、上宮太子、来目皇子、蘇我大臣は、大后の指示で完成間近の小墾田宮《おわりだのみや》へ集まった。呼ばれた三人が宮に着くと、大后は神官達と共に既に到着していた。

大后は正月の正装ではなく戦勝祈願の祭事の時の装いだった。上宮達は、倭国の祭事を主として司る者としての大后の気概を感じた。

この日の為に組まれたと思われる祭壇へ向かって、一心に祈る大后の姿は常より一層神々しかった。上宮達が来たと感じた大后は、上宮達の方に向き直って、

「来目皇子を前に、上宮太子と蘇我大臣は後ろに控えなさい。来目大将軍が率いる大王軍の大勝利祈願を今年最初の請願と致すため、年初めの良き日に招集をかけのです。来目将軍よ、この倭国大和の大いなる気を頂いて必ずや我国に勝利を齎さんことを」

大后はそう述べると、再び祭壇の方に向き直って、静かに祈っていた先程と違い、声を高らかに戦勝祈願の祝詞《のりと》を唱え始めた。

後ろに控える来目皇子達は、新しく敷かれた床に額突《ぬかず》いて炊屋姫が祈り終えるまで、身を硬くして神妙にしていた。祝詞言《のりとごと》を終えた大后は祭壇の向こう側の神域へ向かって拝礼した後、先程自分が拝礼していた座を示し来目皇子に座るよう促した。

大后自らは立って、神の前に座った来目皇子の頭上に、祭壇に捧げてあった榊の一枝を取って左右に振りかざした後、来目皇子の頭に三度触れた。大后は来目皇子を座らせたまま、自らはその直ぐ側で無言のまま深く額突《ぬかず》いた。そして一連の戦勝祈願の儀式を終えると、無言のまま祭壇から退き神官等と共にその場を去っていった。

その後、再び現れた大后を先頭にして、来目皇子達は大后が暮らす甘樫の丘近くの館まで、一言も話さず歩いた。館に着くと、大后が館に入るように指示した。館で普段大后が祈りを捧げている祭壇に向かい祝詞言を述べた。来目皇子の頭上にもう一度先程の榊をかざし、祭壇にその榊を供え、深く拝礼した。

一連の動作を終えた大后は来目皇子達の方を向いて、

「出陣の吉日は、今年の二月一日。来目大将軍、南加羅の救済と任那府の復興を必ず成就させて無事帰還するように、くれぐれも頼みましたよ」

大后にとっても、任那府の復興は亡き夫敏達大王時代からの宿願であった。今まで任那府に触れたことがなかった大后だったが、夫が死の間際まで願い続け成し得なかった望みは、常に大后の心中深く留《とど》まっていたのだろう。しかし来目は上宮から任那の復興はないと明言されていた。そのことは未だ上宮と来目二人だけが知る決定事項だった。来目皇子はこの度の新羅討伐に懸けた倭国の多くの人々の思いを、この時一身に受け止めた。

「必ずや、大勝利し帰還いたします」

来目皇子は面を上げ、祭壇を背にした大后の方を向いて宣言した。


儀式を終えて、大后の館を辞した上宮と来目は橘の宮へ、馬子は島の庄へ夫々帰った。橘の宮へ帰りついた上宮は来目に、

「今日は、ここに泊まっていかないか」

「いえ、出陣の準備がございます。ここに立ち寄ったのは、太子様と最後の方針の確認をしたかったからでございます」

「そうか。ではそなたの好きな桑の葉茶を持って来させよう」

二人は静かに、茶が運ばれて来るのを待った。上宮の胸に、幼い頃からの来目皇子とのやり取りが思い出された。茶が運ばれて来て、侍女の気配が消えたのを確認した後、上宮と来目は新羅国に対する方針の最終打ち合わせをした。初めの内は上宮の指示に納得しなかった来目皇子だっ

たが、何度も話し合ってやっと了解した。そして新羅方にこの日の倭国の方針が漏れない様に、この日の最終打ち合わせは上宮と来目の極秘事項となった。

その後、上宮は来目に、

「この度の筑紫への旅は長くなりそうだ。何か気掛かりなことはないか」

相手が相手だからと、来目も頷きながら、

「兄様、われが戻りますまで、わが家人達のこと宜しくお願い致します。比里古《ひろこ》の方は心配しておりません。姉の菩岐岐美《ほききみ》様と仲が良く、常に行き来をさせて頂いておりますのでそれ程強い不安も無いと思います。

しかし由利《ゆり》（桜井弓張皇女《さくらいのゆみはりのひめみこ》）は、われの遠征先へ付いて行きたいと言って聞きません。本来ならば連れて行っても良いとは思うのですが、今回は筑紫の方にどの様な危険が待っているのか分からず、どれ程の期間になるかも分からない状態です。その様な所へ先の大王と大后様の大切な皇女様を、連れて行く訳には参りません。兄様から、大后様に今回は我慢するように言い聞かせて下さるようにお願いして頂けないでしょうか」

来目皇子は初め膳比里古郎女《かしわでのひろこのいらつめ》に惚れ込んで嫁にした。その気持ちは今も変わらないが、比里古とは違う政略結婚の様な形で嫁してきた敏達大王と大后の皇女である桜井弓張皇女との仲も睦まじかった。

「分かった。吾から必ず大后様にそなたの意を伝え、弓張皇女にもそなたの本意を汲んで頂くようにしよう。もし良ければ、ここは今、吾等も時折利用しているが、丁度弓張皇女様に使って頂くには好都合な場所だ。大后様のお側でもある。もしそれでも心配な様なら、平群から瑠璃《るり》（菟道貝蛸皇女《うじのかいだこのひめみこ》）に橘の宮に帰って来させよう」

「いいえ、そこまでして頂かなくても、大丈夫です。由利は若いですが、三児の母です。しっかりしておりますす。それは返って、貝蛸皇女様の方が寂しいお気持ちになられると思います」

「……。その様なことは、決してない」

「兄様は、女心をまるでお解りではありませんね。貝蛸皇女様と由利は敏達大王と大后様との間にお生まれになった同母姉妹です。そしてわれ等も、同じ父と母からの兄弟です。われと由利の間には三人の子がありますが、兄様と貝蛸皇女様の間にはおられません。しかも兄様は、他の妃である刀自古《とじこ》様にも菩岐岐美様にもお子を儲けておられましょう。貝蛸皇女様は、ご自分にお子が出来ないのは、全て自分のせいだと思っておられるに違いございません。

われは公務で遠方に赴くのです。由利の母である大后様は御元気にしておいでです。お世話になるなら、大后様の処でしょう。貝蛸皇女様のお心をどうかお察し下さい」

「女人にとって子が産めぬということは、それ程に心を苦しめるものなのか。世の中には子が出来なくとも、心一つに寄り添い暮らす夫婦もいるではないか。寧《むし》ろ子がいる夫婦より仲が良い者達もいる」

「一般の夫婦と、兄様達のお立場はかけ離れたものです。菟道貝蛸皇女様がお産みになる男子はいずれ日嗣《ひつぎ》の皇子《みこ》となられ、皇女様なら斎宮に任じられるのです。まだお子をお産みになれない菟道貝蛸皇女様のお心に、このことがどれ程の負担を掛けているか。お一人で耐えておられるように、われには見えます。兄様はお解りでしょうか」

上宮にこの様な話を率直に出来る者は、来目しかいない。来目は続けた。

「われが申しましたことは、これからこの国の柱となられる兄様には深く関わって来ることです。しっかりお心に留め置き下さい。どうか菟道貝蛸皇女様のお心に寄り添われますよう。

そして兄様の新たな門出となる来る年《きたるとし》には、必ず吉報でもって祝うとわれも国神に誓いを立てました。新羅とのことはわれにお任せ下さい。

それから、由利については大后様にお話しして頂くだけで十分ですので、それ以上のお心遣いは必要ございません」

「分かった、勇貴。そなたの誓い、吾も受け、そなたに約束する。この国を必ず大国の隋にも認められる様な国にしていこう」

上宮太子は、強い決意をもって来目将軍に誓った。

暫くして、上宮は柔和な表情になって、

「今まで吾は、共に暮らしながら妻や子の事など深く考えていなかった。又、その様な時間も無かった。館に居る時でも殆ど国の政事や、民の暮らしに思いを馳せている。直ぐ側にいる子の事も全て妻任せだ。吾がことさら考えて何かをするとか、改めて考えるなどなかった。吾が外で良き働きをし、良き国にすることが自然に妻や子にも良い影響を与えると思っている。しかし吾がそう考えているということすら、妻達に面と向かって話してこなかった。話さずとも分かっているると、吾は思っていた。

　言い訳だが、そなたの様に女人の心の内まで分かろうとする者も少ないだろう。吾もそなたに言われるまで、后や妃達の気持ちなどを考えたこともなかった」

　来目皇子は微笑んで、

「大概の男は、女人の気持ちなど考えぬものです。兄様に偉そうに言ったわれも、先程のことは由利（桜井弓張皇女）に言われたことなのです。それに一概に女人の気持ちと言いましても、女人夫々に結構違うものなのだそうです。男が細かく家人のことなど気にしていたら外で精一杯働くことなど出来ないでしょう。

　しかしたまには妻の話をこちらから聞いてみるのも、新しい発見があると思います。共に居る時にはその妻の事だけ考え、優しく労わり、他の女人のことなど決して話さぬようにする。そして時には自らのちょっとした悩みなどを話して聞かせるのも、妻は喜んで受け止めてくれるかと存じます」

　来目と上宮は顔を見合わせ、二人して苦笑した。

「いやいや、そなたに妻についての講義を受けることになるとは。しかし良き話を聞いた。心に止めおこう」

　上宮太子と来目皇子は妻達の会話で和み、上宮は優しい気持ちで来目を見送った。来目も微笑みを返し、今は後ろ盾となった久米氏の領地にある自分の館に戻って行った。正月の空は厚い雲が一面を覆い、昼間なのにうす暗く底冷えのする日だった。

上宮は来目と最終の打ち合わせを済ませた次の日、大后から新羅征討軍が筑紫で駐屯する土地の新しい社に行かせる巫女を決めたと告げられた。上宮は大后から指示があって、筑紫の新社の入魂の儀式へ向かわせる神官を、三輪阿多玖と相談して決めていた。神降ろしの巫女が決まったとの大后の言を受けて、上宮は三輪阿多玖と神官を連れて大后の館へ伺うのは何時が良いかと、大后の言葉を伝えに来た近江納女に尋ねた。

「明後日の早朝、お館までお越しくださいますようにと、仰せでございました」

「分かりました。では直ぐに連絡致しますとお伝えください」

「畏まりました」

近江納女は恭しく礼をして、ふわりと足音も立てずに上宮の前から下がった。上宮の側に居た摩須羅が、

「近江納女様の立ち居振る舞いは一つの呪術でしょうか」

と、ふと漏らした言葉に上宮は、

「近江納女が呪術を使っているのかどうか分からないが、吾は女人の間諜《かんちょう》に会ったことがある。あの人と同じように、自らの気を消して、すぅーと何処へとも分からぬところへ移動したのだ……。そなたに言われるまで、その時のことを忘れていた。思い出したということは、近江納女の所作があの時の女間諜と似ていたのかも知れない。

大陸に間諜などがその修業の時に使うという遁甲《とんこう》の術というものが書かれた書物のあることを聞いた。百済や高句麗にはもう入って来ているだろう。伝わっているなら、その術書を是非取り寄せて読んでみたいものだ」

上宮の興味は底知れないと、摩須羅は自分がふと漏らした一言をとらえ遁甲《とんこう》の術なるものにまで思いを馳せる上宮に感心した。

上宮からの命によって三輪阿多玖は、打ち合わせした通りの四人の神官を伴って、約束の日の夜明け前に大后の館前に着いていた。この日、先頭の阿多玖と神官達の装束《しょうぞく》は神官が正式に儀式の時に着用するものだ。神官達が到着すると、館の中から白一色に身を包んだ年嵩の巫女が出て来て彼らに近付き、

「こちらへ」

と手招きで、儀式を行う祭壇近くの結界《けっかい》が設けられている場所まで案内した。その前には、先頭に大后、次に上宮太子と菟道貝蛸皇女とがいて、その後ろに平伏した巫女三人が待っていた。神官達が結界と定められた場所を取り囲みそれぞれの位置に着くと、先程神官達を案内した巫女が、白布を大后から受け取った。そして、白布を受け取った巫女が結界に立つ神官に布を持たせ、包み込む様にして結界を白布で覆い隠した。

儀式は始められた。初めに大后が祝詞言《のりとごと》の口火を切り、三人の巫女がそれに誘われて唱和し始める。上宮達と神官達は、無言のままだ。一連の祝詞言が終わると、その場には静寂が戻り、祭

壇の向こうの真新しい鳥居から、ゆっくりと陽が昇り始めた。陽光は飛鳥の空気を暖め、辺りからは陽炎《かげろう》が燃え立ちはじめた。大后が祭壇に捧げてある榊の一枝を、紅の下衣の巫女に渡した。巫女はわずかに衣擦れの音をさせてすっと立ち、祭壇の前に進み出て、大后から受け取った榊の枝を今度は自分の方に先端を向けて祭壇に戻し深く拝礼した。そしてその後、大后から榊を受け取った巫女が二人の巫女を従えて、その場から退出すると、続いて大后、上宮太子、菟道貝蛸皇女が退出した。

その場に残された三輪阿多玖を含む五人の神官達は、白布を広げ持ったまま静かにその場を離れ大后の館から出て、飛鳥川に用意された船に乗り込んだ。その後ろの船には、先程の巫女達が乗っていた。朝霧が立ち上りはじめた飛鳥川を、二艘の船は滑るように下って行った。

三輪阿多玖達は、難波津から沖に出て大船に乗り換え、茅淳《ちぬ》の海を経て内《うち》つ海を一路筑紫へと船上の人となった。来目大将軍率いる新羅征討軍が筑紫へ到着するまでの間に、神官達はその地に新しい神社を設けるための地鎮祭《じちんさい》（とこしずめのまつり）を執り行う。

その後、巫女達を大和からの神に降臨頂いた大社に残し、三輪阿多玖達はもう一つの大切な仕事に向かった。三輪阿多玖達神官は大和政権が筑紫地域を、確かに勢力下に置いたと内外に知らしめるために予てから用意していた社に赴いた。そして夫々の社に夫々の神に天下って頂く儀式をおこなう役目を負っていた。大和からの軍が筑紫に到着するまでに、これらの神事は必ず全て終えておかねばならない大切な行事だった。

来目皇子が平群で暮らす母穴穂部前皇后へ挨拶に行ったのは、正月も下旬であった。来目は母に、大将軍として新羅征討の命が下ったので筑紫へ赴くと告げた。母は既に聞いていたらしく驚くこともなく優しく微笑んで、

「しっかりお役目を果たして、無事に帰って来て下さい。今日はゆっくり話がしたい。今宵はここに泊まってくれますか」

「有難うございます。母様がそう仰せなら帰るのは明日の朝に致します」

「ありがとう。では未だ早いですが、夕餉の支度をさせましょう」

未だ昼を少し過ぎたところだったが、母は側に居た侍女に奥へ夕餉の用意を急ぐようにと言った。そして母自ら少し大きめの器を持って来て、来目の前に置いた。

「おお、これは栃の餅ではありませんか。われの好きな物を覚えていて下さったのですか」

「忘れる筈はありません。今でもそなたが栃の餅が好きか、そちらの方が気懸かりでした」

「今も変わらず大好物です。いやぁ、うれしいな。では、いただきます」

来目は嬉しさを隠さず子供の頃の様にむしゃむしゃと、母が用意してくれた餅を食べた。二、三個あっと言う間に食べて、出された茶を飲むと、

「あっ、栃の実茶だ。母様、有難うございます。中々この茶は頂けなくて、この頃は桑の葉茶にしておりました。矢張り、栃の餅には栃の実茶が合います。今日の夕餉はこれで十分です。ここにある栃の餅を全て食べてしまっても良いでしょうか」

「それは、土産にしましょう。久米氏の皆にもと思い沢山作ったので、持って帰って皆と共に食

べて下さい」

「いや、では、せめてこの器《け》に盛られた物は食べさせて下さい」

「分かりました。でも奥で準備してくれている夕餉も、そなたの好きな物ばかりですよ。皆がそなたの為に心を込めて料理を作ってくれていますから、ゆっくりお腹いっぱい食べて下さい」

奥では、上宮の妃の刀自己郎女《とじこのいらつめ》や菩岐岐美郎女《ほききみのいらつめ》、来目の妃比里古郎女《ひろこのいらつめ》が夫々に料理自慢の者を連れて来て、腕を振るわせていた。

「小さき頃、兄様達とよく食べた懐かしい味です。あまりに旨いので、すみません。では後は夕餉をいただいてから、また食べても良いですか」

来目は、母の前で子供の頃に戻り、母はそんな来目を終始優しく微笑みながら見つめている。子を遠い戦地へ送り出す不安を母が心の奥に仕舞い込み、懸命にそれをわが子に悟られない様にしているのを来目は知っていた。国の軍事を任された来目は、その様に振る舞ってくれている母に心から感謝した。


次の日の朝、来目皇子が起きて身支度を整えていると、侍女頭の曽々乃《そその》が穴穂部前皇后の奥の部屋まで来るようにとの言葉を伝えた。来目がそこへ行くと、

「勇貴、そこへお座りなさい」

来目が座ると穴穂部前皇后は、

「これは、そなたの父様（用明大王）から生前お預かりしていた物です。父様はそなたを久米氏

に預けようと決められた時、これらの品々をそなたが成人し将軍となり、行軍する時が来たら渡してやりたいと話しておられました。父様もまさか上宮が太子となり、そなたが大王軍の総大将に成ろうとは思いも掛けなかったでしょうが」

そこには一軍の大将というより、大将軍に値する様な立派な品々が並べられていた。

「この様に立派な品々を、あの頃はまだ豪族と変わらぬ暮らしぶりでしたのに。これ程の物を揃えるのは、大変だったのではありませんか」

「そうですね。用明大王の夢でもあった大王軍です。心置きなく使って差し上げて下さい。あの頃からそなたの父様は、大王が直接采配出来る軍を持たない限り、また世が大いに乱れることになるだろうと仰せでした。先の敏達大王にも何度も進言されていたのです。その時は未だ大王の軍が、現実に出来るとは誰も信じなかった。でもその父様の思いを、上宮とそなたが成し遂げてくれました。今のそなたをご覧になられたら、きっと用明大王も喜んで下さったに違いありません。

また常に民を心から慈しまれたそなたの父様は、そなた達にこの国の明日を託された。そなたは民が慕った用明大王の皇子です。この国の為にしっかりと働いてきて下さい。

そして、どうか無事で……必ず帰って来て下さい。何処にいても、母はそなた達の無事を祈っています」

来目は、母の言葉を聞きながら、父も母もその時々を懸命に生き抜いてきたのだと思った。自らも又、自分に与えられた役目をしっかり果たそうと再び心に誓った。そして優しいだけではなく強い意志を持って生きてきた母を誇らしく感じた。

来目はその後、平群の郷の全般を任されている上宮太子妃の刀自己郎女にも、比里古達のことを頼んで平群の郷を後にした。

桜井弓張皇女は来目皇子と一緒に筑紫へ行くと言って聞かなかったが、大后に説得されて王子等と共に大和に残ることになった。

五、来目皇子の活躍

法興十二年（六〇二年）二月朔日《ついたち》、大小の星々が夫々に美しく輝きを放っている。この日、大和の地には、甘樫の丘を中心に何千という松明が焚かれていた。辺りは昼の様に明るくなり、大和盆地のそこここに、数え切れないほど多くの兵士達の姿が見られた。そしてその数は、時間と共に徐々に増えていった。

東の空の雲が柿色に染まり始めた。この春の訪れは遅く、朝夕の寒さは真冬並だった。未だ明けやらぬ朝の空気が一段と冷たさを増し、兵士たちの身を引き締める。辺りの気を冷やしきった後、日は東の山々から漸《ようや》くその姿を現した。日の光は辺りの空気を暖めると共に、陽が当たった場所を少しずつ暖かくしていった。大和に朝が訪れた。

辺りが明るくなると同時に、大和のそこここで粥が振る舞われ始めた。蘇我氏をはじめ大和の豪氏族達が行なった、この度の大王軍に参加した兵士たちへの餞《はなむけ》の一つだった。新羅征伐軍に掛かる費用は国の財政からだけでは、賄いきれない。国内の全豪氏族に、軍への費用と兵士とを出させた。

各所での粥のもてなしが一段落した頃、甘樫の丘から大太鼓の音が鳴り響いた。その音に呼応するように、大和のあちらこちらから太鼓の音が聞こえてきた。兵士達の隊長と思しき者達が、太鼓の音に合わせて、腕を高く上げながら声を上げる。夫々の隊長に合わせて、兵士達も声を上げた。大和の地に地鳴りのような音が聞こえた。
来目大将軍を頭に副将の額田部連《ぬかたべのむらじ》比羅夫《ひらぶ》、大伴連《おおともむらじ》樺鎖練《かさね》が夫々部下を引き連れ、交渉の最前線を担う交渉官として吉士《きし》兼満《かねみつ》と秦河勝《はたのかわかつ》がその後に続いた。来目大将軍達の影が朝日にあたり西に長く伸びていた。

来目将軍達は甘樫の丘の戦勝の神に深く拝礼した。そして大和政権の代表である上宮太子から、新羅征伐軍の総大将の来目皇子が大和の軍旗を受け取った。二人は目をかっと見開いて、目と目で会話した。その後、来目達は甘樫の丘を下り兵士達が集う場所へ向かった。来目将軍達が兵を従えた隊長達の前に着くと、今一度丘の上から大太鼓の音が鳴り響き、甘樫の丘に兵士達の目を向けさせた。丘の上には、白一色に身を包んだ何十人もの神官を従えた上宮太子の姿があった。神官達は、三輪高宗良《みわたかむら》（三輪高麻磋《みわたかまさ》の後継者）、中臣珠記《なかとみたまき》（中臣程記《ていき》の長子）、忌部柾治架《いんべまさちか》（忌部嘉蕗侘《いんべかろた》の後継者）と、その後ろには大和の神官の長達、そして大和の豪氏族達の氏神社の神主達だ。

甘樫の丘を下り地上の兵士達と合流した来目大将軍の第一声を合図に、兵達は武器を掲げ一斉に、うおぉー、うおぉー、うおぉー、と次々に声を上げた。大和の隅々にまで届こうかと思うばかりの大音声が響き渡った。声が止んだ一瞬の静寂を機に来目大将軍は馬上の人となった。

馬は新羅征伐軍の大将軍として任命された時、大后から拝領したものだ。その馬は大和一の馬飼部大矢《おおや》が手塩に掛けて育てた馬の中から、上宮達の乗馬の師であった前鞍が厳しい目で選び抜いた正に倭国の大将軍に相応《ふさわ》しいものだった。

濃い栗毛色をしたその馬には、立派な鞍が付けられていた。その鞍は、あの日、穴穂部前皇后から来目皇子に渡された亡き父用明大王からの贈り物の一つだ。送別のあの日に母から渡された物は、この鞍と兜、そして桂甲《けいこう》（大鎧《おおよろい》）だった。来目将軍のこの日の出で立ちは、父と母の深い思いで整えられていた。頭上に金の細工が施された大将軍らしい兜、身体の上位には薄く鍛え抜かれた鉄の桂甲《けいこう》（大鎧《おおよろい》）、腰から下は厚手の袴である。

上宮太子からは大刀一振りと木彫りの小さな薬師如来像が渡されていた。大刀は吉備の刀鍛冶で大和にも知られている名工の吉備吉兼《きびよしかね》に作らせた。そして来目皇子の身の安全を願い、太子自らが初めの一彫《ひとほ》りを加えた木彫りの薬師如来像は、大和で仏像製作の第一人者である鞍作鳥《くらつくりのとり》に依頼し造らせたものだ。

大王軍の大将軍となった来目皇子を先頭に、大和から新羅征伐軍の行軍が始まった。大和全体が倭国の勝利を願い、大太鼓に合わせて進む大王軍を見送った。大王軍兵達の長い列が、大和の地から見えなくなったのは昼を大幅に過ぎた頃だった。

兵士達の姿が見えなくなると、甘樫の丘に居た氏神社の神官達が丘から下りてきて、夫々の社《やしろ》へ戻っていった。辺りは静かに夜を迎えた。

上宮太子は、甘樫の丘の残っている大和を代表する三神官の先頭に立ち、大后の館にある社へ向かった。三神官の内の二人は、正式な代表者だ。三輪氏の後を継ぐことになったばかりの三輪高宗良《たかむら》、忌部氏の後を継いで久しい忌部《いんべ》柾治架《まさちか》。中臣氏の後継者である中臣珠記は急病の父程記《ていき》の代理として参加していた。

上宮太子と三神官が大后の館に着くと、大后とこの日の神事継承者の菟道貝蛸皇女が多くの巫女を従えて社の前で祈りを捧げていた。上宮を先頭に、三神官が大后達の後ろに続き静かに頭を下げて腰を落とした。大后は戦勝祈願の祝詞を終え、神前に捧げられている榊を持ち皆の方に向き直った。榊は白い布で纏められて、大后がその榊を大きく左右に振ると、静寂の中にかさかさと榊の葉が擦れる音だけがした。榊が振られる度に菟道貝蛸皇女以下の者達は、頭を下げて畏まった。大后は榊を神前に戻し深く拝礼をすると、大后に続いて菟道貝蛸皇女と巫女達がその場から退場した。後に残された上宮太子は拝礼し、三神官を従えて神前から下がった。


三輪阿多玖一行は、筑紫にある筑前国宗像《ちくぜんのくにむなかた》地域の実力者である胸形《むなかた》（宗像）氏のもとを訪れた。来目大将軍率いる大王軍が、筑紫に到着する前に下準備をしておく必要があったからだ。

大和王権はそれまで個々に交易が有った大陸や半島に、国の単位で交易を始めようとしたが、半島への海路を掌握できていなかった。そこで筑前の沿岸部において活動している多くの海人集団を率いる胸形氏を頼り、胸形氏が古くから海路の安全のために行なっていた沖の島祭祀に、大和王権も半島進出以来深く関わるようになった。胸形氏は宗像地域を本拠地とする航海術に長けた一族であり、他の海人集団が近海のみを生業《なりわい》の場としているのと違って、外洋の航海をも得意としていた。大和王権にとって胸形氏は古くから半島への案内役としてなくてはならない存在となっていた。

来目大将軍達が着いた時に直ぐに使える宿舎や、兵士達が夫々に担当する仕事の手配などを、三輪阿多玖達と胸形氏の頭領である志良果《しらか》達は相談し準備に掛かった。三輪阿多玖は大和政権の軍が到着するまでの間に出来る限り整えておきたい旨を、胸形志良果に伝えていた。

筑紫の一地域の筑前で阿多玖達が奮闘している頃、来目皇子達は筑前への道中で立ち寄る場所ごとに自らも下船し、兵士達や兵器を制作する技術者等の人材、建設資材及び当面の食料などを調達した。来目皇子が大和を発って筑前に到着するまでに、二か月もの時を掛けたのには多くの意味があった。

新たに結成した大王軍を率いて来目大将軍が行軍することで、大和政権は今迄以上に強い権力を持った事を示す。大和から筑前に至るまでの国々の兵力を確かめ、大王軍が新羅を攻めている間に大和政権に対し反旗を翻さぬよう、その土地の兵力を大王軍の中に吸収していく。国内に居る新羅の内通者達に、今度こそ大和政権が本気で新羅を征伐しようとしていると見せつけ、新羅国内に戦う以前に動揺を起こさせる、ということなどだ。今回の新羅征伐に対しての方策は、大和政権内で入念に練られた作戦だった。

筑前に着いた来目将軍は、先に到着し準備をしていた三輪阿多玖に出迎えられ、新設された大神神社の分社に案内された。その後、胸形氏の頭領胸形志良果《むなかたしらか》を紹介された。その際、三輪阿多玖から筑前でのあらゆる準備は、玄界灘を臨む地に勢力の基盤を置く胸形氏の尽力があってこそ順調に進んだとの報告を受けた。来目皇子は胸形氏に感謝の意を述べた後、新羅征伐に関しての胸形氏なりの思いがあれば聞くと伝えた。

　胸形志良果は今までこちらの気持ちなど聞かれたこともなかったと心中驚き、直ぐに言葉を発せず、三輪阿多玖の方を見た。三輪阿多玖は、

「この地の事情を一番分かっているのは胸形氏です。新羅や百済との繋がりも深いこの地には、大和では分からない事もあるに違いない。今回の新羅に対する思いや、大和政権に何を望んでいるのかを忌憚《きたん》なく話し、ここの人々が今後、新羅とどの様な関わり方をしていこうと話し合ったのかを聞いて頂けば良いのです」

　胸形氏は、

「有り難き事にございます。新羅に移り住んだ者も、交易で新羅に渡った者達も今は新羅で捕らわれております。何度もわれ等が交渉を試みましたが、こちらには何の返答もございませんでした。現在、新羅とは公には勿論の事、民間での交流も途絶えており、どうしているのか心配でなりません。

　どうか捕らわれた者達をお助け下さい。そして出来ますれば以前の様な交流を取り戻したいのでございます」

「民間の交流も、新羅は断じたのか。捕らわれた者については、何とか出来るかも知れぬが、新羅と以前の様な関係を続けたいという事に関しては、こちらにはその気が有っても新羅はどうする気なのか分からない。新羅は何時もわれ等との約束を破っている。我方は何度も新羅と戦い勝って、負けた新羅はその度に許しを請うてきた。

しかしこちらが兵を引くと素早く南加羅に攻め入り、とうとう今度は半島の海岸線まで新羅が占領してしまった。新羅国自身がこの様な事態を起こしたからには、我国と以前の様な交流を望んではいまい。

大和も新羅を今までの様な形で、容易《たやす》く許す様なことはしないと決めている。そなた達も今度こそ覚悟してほしい。新羅との交渉はもう限界だとの判断が下されたからこそ、われは大王軍を率いて来たのだ」

「その事は重々分かっております。どうか今一度新羅と話し合う機会をお持ち頂いて、捕らわれた民達の救出にご尽力ください。家族や縁者が質に取られている状態では、共に闘う者達の士気が上がりません」

「分かった。今は捕らわれた民達を救うことを第一に考えよう」

来目将軍は、新羅の工作で事態が相当複雑になっていることが分かってきた。今までの新羅は国交が正常でなくとも、民間同士の交易まで断ずることはなかったからだ。全面的に宣戦布告する前に、こちらの民の無事を確認し、新羅が交渉の場に着くかどうか確かめるための使者を急ぎ送ることに決めた。当面は新羅と戦う事より人命の保護が優先なのだ。

交渉したところで新羅が捕えた倭国の民を簡単に帰すとは思えないが、今度こそ大和政権が強い意志を持って民を救う国だと、新羅だけでなく胸形氏達にも示す必要がある。今までの倭国と違うと知った新羅がどの様な返事をしてくるのか。どんな返事であっても、倭国は筑前の民を救うための努力は惜しまないということを知れば、筑前《ちくぜん》の長《おさ》である胸形《むなかた》氏や筑前を含めた筑紫の民の心を掴む機会を得ることにもなる。かつて磐井《いわい》との戦いで多くの犠牲が出た筑紫の民の中には、大和政権を恨んでいる者も居るに違いないと、来目は思っていた。少なくとも上宮が率いる大和政権の大王軍は、筑紫の人々の味方だと印象付けることも、大切な役割の一つであると認識していた。

来目将軍は質に取られた民達の安否を気遣い、第一回目の新羅との交渉を直ぐに始めた。来目は新羅への使者として吉士兼満《きしかねみつ》と、上宮に頼んで大和から連れてきた秦河勝《はたのかわかつ》を送ることにした。胸形氏も船を巧みに操る熟練の船頭と海峡を渡る船を素早く準備してくれた。しかし、海峡がとても荒れていて熟練の船頭でさえ恐れをなすほどの海の状態が続いた。その様な状態だったので、使者達が筑前の港を発ったのは、海の荒れが漸く収まった四月も末になっていた。又、海が荒れていた為か理由は分からないが、高句麗からの作戦開始の要請はこの時点ではまだ届いていなかった。

来目皇子は新羅征伐将軍としての任務だけでなく、この筑紫の地に西の玄関とも言える拠点の大政庁を造ることに着手するようにと、上宮から指令を受けていた。昨年に隋から戻った使者達が、隋都の壮大さや素晴らしさ、そして地方都市でさえも如何に立派かを伝えていたからだ。新羅と交渉している間にも、街づくりの計画は進められた。

新羅へ交渉に行っていた使者達が、捕らわれていた者の内数人と共に帰還した。捕らわれた倭人全てを帰す様にとの倭国からの申し入れは断られた。そして南加羅は既に新羅の支配下に入っており、新羅が国の民を掌握する為に現在は国の境を封じている。この状態はしばらく続けると返書にはあった。

胸形氏の者達は、その新羅の返事に落胆し、怒りを露わにした。大和政権から派遣された来目将軍達は胸形氏の了解を得て、新羅から帰ることが出来た数名の民から新羅での話を聞いた。唯、帰国者の中の一名は、片方の足に酷《ひど》い怪我をしていて、帰る船の中で高熱を発し、帰国して直ぐに話が出来る状態ではなかった。

帰国できた者達の話から、新羅は地続きの北からと南の海上から南加羅を挟みこむ様な形で同時に攻め込み、南加羅のほとんどすべての民を捕らえたということが分かった。

足に怪我をした男は、高熱が収まった後に聞き取り調査をされた。その男は、鉄鉱石を掘る山に送られるために牢から出された時、逃げ出そうとして足を酷《ひど》く痛めたのだ。鉄鉱石を掘る山に送られた者は生きては帰れない、と噂に聞いていたからだった。男にはどうしても生きて帰らねばならぬ理由があった。

「そなた、誰ぞ大切な家族が待っているのだな。この様に酷い怪我をしてでも、この地に戻りたかったのだな。だが、新羅の鉱山はそれ程過酷なのか」

残酷な殺され方をして二度と家族の元へ帰らなかった父を思い出した肘角雄岳《ひじかどおだけ》は聞き取り調査をしながら、酷い怪我をした男に同情した。

「鉱山の仕事は、それは大変辛いでしょうが、それ以上に恐ろしいことは殺されることです。新羅国は鉱山のあり場所を一般の民に知られるのを恐れています。新羅国は半島の国の中で最も鉄鉱石の埋蔵量が多いとされています。新羅は、高句麗や百済、倭国もそれを狙っていると言っていました」

そう言ったのは阿耀未だった。新羅の事情を以前から調べていた阿耀未が筑前に戻っていた。

「何ということだ。そこは新羅がつい先日南加羅から奪った地ではないか」

肘角雄岳の側で話を聞いていた維奇羅《ゆいきら》が、吐き捨てるように言った。

「ああ、遣り切れない。今も新羅の地でわれ等が守るべき民が苦しんでいると思うと居ても立ってもいられない。来目将軍に早く新羅を征伐する指令を出して頂こう。そなたはゆっくり休んで足を早く治すのだ。家族は何処に居るのだ。こちらへ来るように言っておこう」

維奇羅《ゆいきら》にそう聞かれた男は、何度も礼を言いながら家族がいる集落の名を教えた。


来目達は、これまでの新羅の動きと集められた情報から新羅の本意を探ろうとしていた。

「雄岳、そなた、捕らわれた者を救い出した時、新羅の地には降りられなかったと言っていたな」

来目将軍の問いに肘角雄岳は、

「はっ、左様にございました。われらは船に乗ったまま、小さな船着き場で待たされておりました。新羅の兵が、捕われていた者達をわれらの船に乗り込ませた途端、艫綱《ともづな》を切りましたので」

「新羅は何も見られたくなかったのだろう。それにしても新羅は今までより随分強気のようだ。

新羅がこれ程強気になれるのは、矢張り隋との繋がりが今までより強固になったからであろうな。阿耀未」

「仰せの通りです。新羅は毎年必ず隋国に朝貢しております。その朝貢では常に高句麗や百済を早く攻め滅ぼしてほしいと懇願していると、聞いております」

「この様な状態が続けば、もしかしたら隋は新羅の粘り強い働きかけに応じる時が来るやもしれぬ」

「しかしわれ等がそれを知っているということは、高句麗や百済にも既に新羅が隋へその様に働きかけている情報は入っているということでしょう」

「それなら例の作戦が取り易い。例の作戦を実行する時なのかも知れない」

来目将軍は新羅が倭国の民を素直に帰さない場合を想定していた。その時には、用意していた作戦を実行すると、維奇羅や肘角雄岳に作戦の内容を話しておいた。

その作戦とは、新羅に最後の使者を送ることである。新羅にはもう一度全ての倭国の民を帰すことと、速やかに南加羅から兵を引き以前の新羅の国境線まで撤退することを強く要求する。今回この要求を聞かないなら、倭国も自国の民を救うため実力行使する、と通告するのだ。そして筑前では兵の訓練を強化し、今直ぐにでも新羅へ攻め込む用意があることを見せつける。筑前や筑紫には新羅から常に間諜が侵入して、ごく普通に倭国の民に紛れて暮らしていたため、これらの情報は新羅に知らせずとも新羅は知ることになるはずだ。

「先ずはここまでで、様子をみよう。しかし今回の新羅の出方を見ていると、今までと違い易々と倭国の言い分は聞かないように思う。次の段階まで速やかに移れるように、準備をしておこう」

新羅の様子を探りながら、新羅への使者を遣って速やかに倭国の民を帰すように要求した。

二度目の使者が帰って来ないままに季節は春を越えて、夏が過ぎようとしていた。その間に来目将軍は大和の上宮太子に報告をして、最後の作戦を実行すると告げた。

法興十二年（六〇二年）夏の終わり、来目将軍が新羅への対処を次の段階へ進める用意をしていた頃、新羅は、北の東突厥に隋軍がいて動けない状況にある高句麗の事情を知った。

八月初め、中々動けない高句麗国や倭国には何も相談せず百済は新羅の先手を打って、新羅との国境付近にある要衝の城の阿莫城《あばくじょう》（全羅北道）を奪うために開戦し攻めたが、新羅の強い軍に追い払われてしまった。筑紫にいた倭国の軍へ応援要請の知らせが届いたのは、百済が敗れてしまった後だった。それは一箇月足らずの出来事で、百済と新羅の戦いが終結したのには二国間の事情ではない他の理由があった。

百済が新羅に攻め込んで、手痛い敗戦に至った同じ年の八月十九日に隋の国母たる独孤《どっこ》皇后が死んだのだ。隋国王楊堅の皇后の死は、周辺諸国の動きを封じるには十分な力を持っていた。冊封された国々は、次々と隋へ弔問の使者を送った。八月中に戦闘を終えた百済や新羅、隋を恐れる高句麗が他の国と同じく隋へ弔問の使者を急いで送ったのは言うまでも無い事だった。

筑紫屯倉《みやけ》には有事に備えて食料を貯蔵する為の那津官家《なのつのみやけ》が、六世紀前半に設けられている。今回の来目皇子の筑紫への派遣は、新羅征伐だけでなく、その付近に海外から来る使者や来客接待に必要な一大施設の建設を大和政権が恙なく進行させるためでもあった。その施設には大和政権の出先機関の役所も予定され、来目将軍の下で工事は順調に進んでいた。

この様に筑紫付近で、施政庁を中心とした町並みが着々と整備されていく中で、唯一つ解決されない大きな問題は新羅との交渉だった。

来目将軍が筑紫に到着してから、半年が過ぎて秋になった。大和から来た者達は新羅への討伐もいつになるか知らされず、大和に残した家族の事などを思い出すようになっていった。この地の者達は新羅から帰らぬ者達が無事でいるのか心配だった。人々の心が晴れない中で、田畑での豊かな実りがいっそう郷愁を誘った。

士気が下がっていることを知った来目将軍は、大王軍の兵の一部にも豊かに実った稲穂の刈り入れを手伝わせた。また胸形氏に了解を得て大和から連れてきた祭祀を司る者達と共に盛大な豊穣祭を計画した。新羅へ送った使者が戻ったのは、稲の刈り入れが終盤を迎えた頃だった。

使者の報告によると新羅は国内に大変な事情があって、今は事情について話せないが帰せるようになったら、必ず無事に倭国の民は帰すからもう少し待ってほしい、という一方的な書簡での答えが返って来たとのことだった。

来目皇子は、この期に及んでこの様な答えしか出して来ない新羅に、もう交渉の余地などないと知った。

来目将軍は次の作戦を実行することにした。高句麗、百済に急ぎ使者を出し新羅との国境の辺りで、予てからの打ち合わせ通り少し新羅を刺激すると同時に、倭国は九州から新羅に向けて軍を送る用意があると見せつける計画を実行し始めた。

今まで高句麗や百済と国境を争って戦い続け、唯一倭国へ積極的に交流を求め続けてきた新羅は、倭国と離反することになった現在、唯一の見方は大国の隋だけだった。


来目将軍の元にやっと新羅が頼りとする隋国の内情が伝えられた。その隋国の状態はというと、中原の国々を平定して統一国家を造り、周りの小国を悉く冊封下に置き、外交に問題がなくなると内政に関することでいざこざを起こしていた。

隋暦・開皇二十年（六〇〇年）隋の宮廷内の混乱は、隋王楊堅《ようけん》の三男の俊が、あろうことか嫉妬に狂った妃に毒を盛られるという事件から始まった。俊は即死こそ免れたが、毒を盛られた身体は大いに衰弱した。そしてその様な事件を起こした不始末を父王に厳しく糾弾された。妃の盛った毒で身体を弱め、父からの叱責で心を病み、その年の六月に楊俊はとうとう死んでしまった。

その事件から時を経ずして、隋王楊堅《ようけん》は長男で皇太子だった勇を、世継ぎとして不適格者だと廃太子とし、身を慎んでいた次男の広を皇太子と定めた。隋の前皇太子の勇は贅沢な暮らしを父から、無類の女好きを母から注意されても聞かなかったのだ。楊堅の皇后独孤《どっこ》は、長男の勇、次男の広の実母だが、王の決断に異論はなかった。

楊堅は嫌な事ばかり続いた開皇という年号を、勇を廃太子とした次の年に改元した。仁寿《じんじゅ》元年（六〇一年）として新たに国政に取り組もうとした。

しかし仁寿二年（六〇二年）、王の楊堅と共に建国から歩んで来た独孤皇后が死んだ。独孤皇后に頭が上がらなかった楊堅の生き方は、皇后の監視が無くなったことで、大いに変化を遂げた。若い頃の質素倹約の生活を捨てて、享楽を求める生活へと一気に方向転換したのだ。譲位こそしなかったが、政治のほとんどを皇太子となった広や側近にまかせるようになっていった。

来目将軍が新羅征伐に赴いた時期は、隋の楊堅が一応全国を統一したとの安堵感と共に、後継者変更などの内政問題を抱えながらも享楽にのめり込んでいた頃だった。そのため、一度大失敗に終わった高句麗討伐に向かう気力は楊堅には残っていなかった。隋のこの様な事態は、隋を唯一の味方として頼る新羅にとって大変不利なものだ。

新羅が周囲の三国に対し強硬手段に出た時は、隋には未だこの様な問題が起こっていなかった。新羅は強い味方と思っていた隋に何度も使者を送ったが、隋からの返事はなかった。動かぬ隋の国内情勢を新羅がやっと把握できたのは、独孤皇后が死んだことが公になったことからだった。隋国内の状況を新羅の間諜が詳しく知った頃に、高句麗や百済、倭国も隋の国内事情を知ることになった。

常に難題をもたらす新羅を殲滅《せんめつ》するには絶好の機会だ。逃す訳にはいかないと、筑前の胸形氏に船を出すように命を下そうとしていたその時に、捕らわれていた民達の多くが新羅から送り返されてきた。新羅は隋の国内状況を知ると、素早く今までの方針を変更し、行動に移した。倭国と共に戦おうとしていた三国は、新羅に先手を打たれたのだった。


「将軍、どうされました。新羅からの書簡には何と書かれてあったのですか」

来目将軍が、新羅からの書簡を読んで一人黙ってしまったのを見た阿耀未が声を掛けた。

「阿耀未、太子様なら、如何に返事をするか、考えていた。これです」

そう言うと、新羅からの書簡を側に居る維奇羅と阿耀未に見せた。新羅からの書簡には、今回新羅国内に疫病が発生したため、新羅へ来た倭国の民の安全と倭国へ疫病を持ち込まぬことを考えて、倭国の民を隔離し留め置いたということが書かれ、疫病鎮静までに日数がかかり倭国の民の隔離が長期間になってしまったことに対して丁寧な詫びが述べられていた。そして、半島内の他国との外交的かつ軍事的な問題もあり、疫病については収束するまで説明できなかったのであり、民の長期隔離は悪意でした事ではないので、それを解って頂きたいと書かれてあった。

「ああっ。これは困りましたな。新羅も考えたものです。この様に言って来られては、責めようがございません。かえって、外交的には感謝せねばならない状況にされてしまいました。しかし果たして、これが本当かどうか疑わしいと、お思いなのですね」

「そう思う。だが、疫病も終息したから帰したとある。新羅で疫病が蔓延したかどうか、もし疫病が蔓延していたとしても隣国に知られてはならぬ事だ。秘密裏に解決したのだろうから、今となっては調べようがない。捕らわれていた者達に新羅の配慮があって、疫病がうつらなかったのだと言われても、違うと言い切れない。しかし何か判然としないな。

ところで、捕らわれていた民達が全て帰って来たのかどうか、胸形氏に調べて貰う必要があるだろう。それから帰って来た民の誰かが、何か知っている可能性もある。それらの情報を知った上で新たな対策を立てねばなるまい」

「承知いたしました。すぐに調べさせます。高句麗や百済に戦いの伝令を出す前で良かったかも知れません。隋に国内事情があることは、こちらには有利なのですが……。先程、高句麗の国内を探っていた紫鬼螺が戻りました」

紫鬼螺が来目将軍に直接報告した。

「高句麗も現段階では新羅を討とうと準備していた軍が、隋国境付近に回されるかもしれないとか、そうでないとか、情報が錯綜しております。隋のこの様な混乱はいつまで続くか分かりません。もし隋の混乱に乗じて突厥が隋に戦いを挑むなら、この際、突厥と組んで隋に攻め込もうという意見も高句麗にはあるようです。また前線に戻ります」

紫鬼螺がそう言ったのは、東突厥でまたも揉めているとの情報が入っていたからだった。真偽の程は、定かではなかった。

「紫鬼螺は戻ったばかりなのに、もう発つのか。そうかもっと詳しい情報を得る為なのだな。紫鬼螺の情報の通りならば高句麗がそう考えても、仕方がない。その様な状況なら、高句麗が隋を叩いておきたい気持ちも分かる。われらはここに来て新羅を討つかどうか、行動に出られず半年も過ごしてしまった。高句麗は新羅より隋が脅威だろう。脅威を除きたいと思うのは当然だからな。今すぐ動けば高句麗の戦力が半分でも、百済が全力で味方してくれれば新羅を何とか出来るだろう。

われは出来れば今の内に新羅を殲滅《せんめつ》しておいた方が良いと思っている。われは倭国の将軍としても人としても、新羅がどんな口実を設けて謝罪してきても新羅という国は必ずまた裏切ると思う。今までの新羅の言動を見れば信じられる国ではないと思うからだ」

百済が新羅と戦って、負けたのはつい最近の事だった。維奇羅は来目将軍の苦しい心の内を察した。来目は心の中で語り、目で阿耀末に話しかけた。

――出来れば戦わず、捕らわれた民が救えればと思った。捕らわれた人々の殆どが帰ってきたが、多くの時間がかかった。帰さなかった理由は、疫病を倭国へ運び込まぬためだと言われた。長い間、人々の無事を祈って、あらゆる策を講じながら心配する倭国の民達を、ひたすらなだめ、心落ち着かぬまま、焦燥感を抱きながら過ごしたのだ。このまま、新羅の言い訳にもならない言い訳を鵜呑みにして、何も抗議せず、われは黙って、新羅を許すなど今後の事を考えると耐えられない。

頑なだった新羅の態度が変わったのは、新羅が頼みとする隋国の国内が不安定になったからだ。高句麗や百済の味方をする我国に向けた刃《やいば》を今は引いたが、隋の国内が安定し落ち着けば、また同じことを繰り返すのではないかと思う。そしてその先の新羅はどう出るか――

阿耀末は来目皇子の心中を推測することができた。

「来目将軍のご懸念、この場に居る我等には分かります。高句麗からの要望もあり、また民を戦いで苦しめたくないとお思いになられた来目将軍が、交渉を続けていこうとされたお蔭で、時間は掛かりましたがこの地の民は戻りました。粘り強く交渉を続けていなければ、倭国の民は新羅の地で殺されていたでしょう。これは大きな成果です。今はもう新羅が倭国と戦うのは得策ではないと国内で決定した上で、和解の意志表示をしているのに違いございません」

来目皇子は阿耀未にそう言ってもらったが、未だ迷っている様子を見せた。

「来目皇子様には心配もおありでしょうが、この後は南加羅の人々が不当な扱いを受けないように、今一度狡猾な新羅に対して、強い態度で、倭国の大将軍として戦いではなく交渉をどうかお続け下さい」

維奇羅は、今まで長い時間を掛けて、今やっと解決できるかどうかの瀬戸際だと、若い将軍に説いた。

来目皇子は心の中で、阿耀未や維奇羅に感謝していた。今まで新羅国に対し早く攻めよと、せき立てていた周りの強硬派達を抑え、陰になり日向になりずっと支えてくれた者達に感謝した。上宮からも頼まれ、自らも交渉で終わらせられればと、ずっと願い続けていた来目にとって新羅国との今回の展開は、出来れば信じたいものだった。しかしこれまでの新羅の来《き》し方を考えると、来目将軍の胸の中には、すっきりとしない何かが残っていた。しかしこれ以上、どうすれば新羅から本当の事を聞き出すことが出来るのか。今の来目には、もう打つ手立てが残っていなかった。那津官家の建設は順調に進み、完成をみるにはあと少しだった。大和から連れて来た兵士達は少しでも早く元の地へ戻り、家族と再会したいと心の中で思っているに違いない。来目は決心せざるを得なかった。新羅征伐を終え、大和へ帰還する、と皆に言う時が来たようだった。

この新羅征伐軍の総大将を受けた時、上宮太子から出来る限り戦うことをせず、和平交渉での解決をと頼まれた。倭国軍の総司令官としての来目皇子は上宮の意向に一応分かったと返事をしたが、その様な生ぬるい交渉で新羅との問題が解決するとは思っていなかった。しかし自分でも不本意だった新羅との平和的な交渉での収束は、隋が新羅に味方となる軍を送れない状況下で、皮肉にも戦いを挑んで来た新羅側から齎された。

国主がどの様な方針で国を運営するかによって、民の幸不幸が決まる。しかし民が国主を支持しなくなれば、結局その国は滅びる。司馬遷による『史記』に、民の信任を得た国主の建国と、民から見放された国主の亡国が冷静に凄まじい形で書き連ねられている。一国の主たる者が民の信任を得られることの重大さが記述され残っている。

今は当に来目将軍はその粘り強い交渉で、倭国の民をほぼ無傷で帰国させることが出来たのだ。大和政権に対してこれまで以上に、筑紫の民や胸形氏達から厚い信任を得たことも大きな成果だったと言える。来目大将軍が倭国の代表として兵を率いて筑紫に来たからこそ、成し得た成果だった。

来目皇子は阿耀未や維奇羅に促される形で、漸く大和政権に今までの経緯を知らせ、上宮に最後の交渉に入る事の承認を得る書簡を送ることにした。上宮太子からの返書が届くまでに、来目将軍は捕えられていた全ての民が戻ったか胸形氏に調べさせた。また南加羅の人々の今後の処遇について新羅がどう考えているのか、問い質す書を持たせた使者を、新羅へ再び送った。

法興十二年（六〇二年）の冬を迎えようとする頃、大和の上宮太子から筑前の来目将軍の元に待ちに待った返事が届いた。

上宮太子からの返事には、来目皇子がこれまで行なってきた新羅との交渉の内容を大和の群臣も讃えていると書かれていた。また現在の周辺諸国の状況を熟慮し検討した結果、当分の間新羅も動きが取れない状態にあると判断し、来目将軍の最終判断は正しいと思うと、記されていた。この決定を上宮太子は勿論、大和政権の群臣達も来目将軍を賞賛した上で、了承していると続けられていた。

そして来目将軍が報告したように、現在新羅が置かれた状態を見ると倭国にとって今が確実に有利に交渉を進められる時期であること、今回の本来の目的であった南加羅の救済に関する件に重点を置いた上で確かな交渉の成果を期待していると結ばれていた。

「大和からは、来目将軍のご判断に委ねるとの返事だったのですね」

来目から、書を見せられた維奇羅が言った。来目の顔にもやっと明るさが戻っていた。

「筑前の胸形氏の民も新羅から解放されて、その上以前の様な交易が出来ることになって、今は新羅を相手に戦う気をなくしている。半年前に大和から連れてきた兵達も、戦いの無い平和な暮らしに慣れたようだ。我国も新羅が理不尽な事さえしなければ、半島へ進出して新羅と戦う必要もない。

　われらがここまで来ただけの甲斐はあった。迎賓の館も完成の目途が付き、役所も順次建設されている。飛鳥ほどではないが、我国の表玄関の那津官家を立派にしたこともわれらが受け持たせて頂いた大きな仕事だ。新羅の間諜が筑紫のこの様な様子を本国に伝えれば、新羅もこれまでの様な勝手な真似はそう簡単には出来なくなる筈だ。高句麗や百済と共に新羅の動きを封じられるよう、この地に以前より多くの兵を駐屯させて監視をし続ける。

　今回の交渉の最終段階に移ろう。大和政権も納得する成果を持ち帰る為の交渉だ。我国の決定に新羅を従わせる。

　奇羅。額田部連《ぬかたべのむらじ》比羅夫《ひらふ》と大伴連《おおとものむらじ》樺鎖練《かさね》、阿耀未《あようみ》と肘角《ひじかど》雄葛《おふじ》、雄岳《おだけ》を呼んでくれ。これから新羅との最終交渉のための会議を開く」

「はぁっ。畏まりました」

　この日の会議では、現在の隋の国内事情や、高句麗や百済と倭国との連携をどうしていくのかとの大和の方針も合わせて、あらゆる情報を元に新羅との最終段階の交渉方針を固める話し合いがなされた。勿論、南加羅の問題も論じられた。

来目将軍達が新羅に対して行なった交渉の成功と、筑紫に常駐させる対新羅の兵力増強などの施策を、百済は殊の外良い評価をした。この年の十月初旬に、百済国は倭国のこの貢献に対して、慧総に続いて高僧の観勒《かんろく》を倭国へ遣わせた。またその時、天文や地理の書物、遁甲《とんこう》や方術の書物も届けた。その一月後には、高句麗が感謝の意を表した書簡と共に、慧慈に続いて僧《ほうし》の僧《そう》隆《りゅう》と雲聡《うんそう》を遣わせた。

今回の交渉を終え、今後の友好を願った新羅は南加羅の貢ぎも含め多くの宝物と共に、新羅が信奉する弥勒信仰の仏像を倭国へ齎《もたら》した。新羅は南加羅の人々に対し監視の下での倭国との交易を認めると言ってきたが、これ以上の譲歩は新羅の国内事情から出来ないという一方的なものだった。

しかし来目将軍は、そんな新羅に強い態度で更に交渉を進めた。諸状況を考えた上で新羅は、倭国と和解したい旨を伝えてきた。和解に際しては新羅が倭国へ新羅産の良質の鉄鉱石やその他の鉱物資源の採掘術、また新羅が得意とする造船技術の熟練した技術者を倭国に齎《もたら》すと約束した。そしてこれからは高句麗や百済とも国境を争わないようにしていきたいと伝えた。

新羅とのこれからについては、友好国となった上でも慎重にならざるを得ないが、今まで半島の中で戦いに明け暮れていた南加羅の民人が、安らぐ時間を長く持てるようにと願いながら来目皇子は長く難しかった新羅との交渉を終えようとしていた。

来目将軍は新羅国に対し大和政権へ直ぐに使節を送り、倭国と公式に約条を交わすように強く要請した。新羅は倭国の来目将軍の申し出を聞き入れ、迅速に大和へ使節を送り、正式に大和政権と約条を交わした。大和政権は新羅との交渉を無事終えたことを、筑紫に止《とど》まる来目将軍に伝えた。来目将軍は大和からの報告を受けて、帰還することとなった。

大和政権は今回派遣された軍兵の内五千を、那津官家《なのつのみやけ》付近に常駐させることに決めていた。来目将軍は、残す軍兵の指揮官に久米直の同族佐木臣野洲《さきのおみやす》を任命した。また筑紫において海外からの賓客をもてなす迎賓館の長を、大和から派遣されてきた膳臣《かしわでのおみ》歌具良《かぐら》に任せた。

筑前で来目将軍に仕えていた肘角雄岳は、火の国の葦北辺りの守りを確固たるものとするために、火の国の長官となり、葦北に居を構えた。近くには亡き父の菩提を弔って建てられた墓がある。葦北は肘角雄岳の父祖の地であり、現在は母と姉家族が移り住んでいた。

上宮太子は、今回の新羅とのことが全て無事に終えられた暁には、肘角雄岳を葦北の役人として、その地域を任せたいと、来目皇子に相談していた。来目皇子も快く了解していて、肘角雄岳を任地へ向わせたのだった。肘角雄岳は筑紫の南の肥後国葦北に居ながら、大和政権に時折この地方の変化などの報告をする任務にも就いた。

法興十三年（六〇三年）春一月末に、来目将軍達は全ての任務を終えた。また筑紫の豪族達や筑前の胸形氏も来目の尽力で大和政権とより深い信頼関係を結ぶことが出来た。来目将軍達は、多くの人々に見送られながら、大和へ帰還する船に乗り込んだ。

大和では、新羅との交渉を大成功させた来目大将軍達を迎える準備が、夫々の部署で始められていた。上宮太子は来目皇子が帰って来るまでに、難波にも筑紫大府と同じような国外の要人を迎えられる立派な館を急ぎ建築させていた。上宮はこの頃その進捗を少しでも早めたいと、難波まで出向き建設途中の建物を自ら見て回っていた。

来目皇子達が凱旋してくる時に、自分達が素晴らしい働きをしたのだと、誇らしい気持ちになれるよう迎えてやりたいと思ったからだ。新羅との交渉で得た造船技術者達は来目将軍達より先に到着していて、武庫浦でこの次に隋へ向かう船の建造に既に関わっていた。

「この度の来目大将軍のお働き、誠に御立派でございました。来目大将軍は半島へ一兵も送ることなく、あの狡猾な新羅に対し、交渉において大勝利とも言える成果を勝ち取られました。上宮太子様、この大和に素晴らしい人材が育ってきておりますなあ。われはこの国の将来が、心から楽しみでございます」

馬子は斑鳩《いかるが》（平群）にいる上宮の元へやって来て、来目皇子を手放しで褒めた。馬子は上宮以上に真直ぐな性格の来目皇子が常に苦手で、普段はあまり来目皇子に関する話をしない。しかし軍を率いた将軍が戦いをせず難しい新羅との交渉を大成功させたことで、馬子の中の来目皇子の評価が思いの外良くなったようだ。上宮は、来目皇子の成長した姿が楽しみで、早く会いたいと一日千秋の思いで待っていた。

「到着日の予定が過ぎていますが、内つ海が荒れているのでしょうか」

「いいえ、その様なことは聞いておりません。もう直ぐお帰りになりましょう。さて、われも飛鳥へ戻って、来目大将軍のご帰還を祝う準備を致しましょう。御心配には及びません。明日にでも難波津辺りに何らかの知らせが届きましょう。ではわれはこれにて」

馬子は機嫌よく帰った。それまで黙っていた葛城鮠兎が、

「今日の大臣は大変ご機嫌でおられましたね。この頃の大臣は政務の他は、山背王子様方や最近お生まれになった王女様と、随分長い時間を楽しく過ごされていると聞きました」

「そなたにまでそんな話が聞こえているとは。刀自己も、来てくれるのは嬉しいが山背達を甘やかせ過ぎて困ると、大臣に直接言ったと話していた」

「刀自己様は何時までも刀自己様らしいですね。大臣にその様な事が言えるのは、大后様と刀自己様くらいではないでしょうか」

上宮も鮠兎の言い分に納得して、笑いながら、

「そうだな。刀自己は大臣の泣き所を知っている。この間は山背達と学んでいた恵彌史《えみし》も、何をしたのか刀自己に叱られていた。恵彌史は何時も母親に可愛がられてばかりだから、刀自己にいきなり叱られたことに驚いて泣きそうな顔をしていた」

上宮は鮠兎との何気ない話で心が少し和らいだ。

次の日、上宮の部屋の外から声を掛け、摩須羅が筑紫へ行っていた阿耀末を案内して入って来

た。二人の顔色は悪く、阿耀未ははあはあと荒い息をしていた。鮠兎が、

「如何したのだ。来目将軍が戻られたのか、それなら……」

言いながら異様な雰囲気の二人の顔色に気付き言い淀んだ。すると阿耀未が、

「来目皇子様が、来目皇子様が、申し訳ございません。身罷《みまか》られました」

「い、今何と言った。何を言っている。阿耀未、気は確かか。その様な事、ある訳が無い」

そう言った上宮の顔から、一気に血の気が引いていた。

「勇貴（来目皇子）が、死んだ……。嘘だ。嘘だ」

上宮は阿耀未の胸倉をつかむと、

「そなたが付いていながら、勇貴が死ぬなどという事がある訳がなかろう。一体何があったのだ。詳しく話せ。勇貴は誰に殺されたのか」

「来目皇子様は、誰にも殺されてなどおられません。突然高熱を発せられて、薬も何も受け付けられず、連れて行った薬師も出来る限りのことをしようとしましたが……」

いろいろと経験を積んで物知りの阿耀未にも、来目の病が何なのか全く解らなかった。来目の病は不思議な病だった。

上宮は土間に座り込んで、地面を手で叩《たた》きながら、大声をあげてしばらくの間泣き叫んだ。そして泣き終わったかと思うと、

「来目を迎えに行ってやらねばならない。鮠兎、一緒に行こう」

上宮はそう言った後ふらふらと歩いて厩《うまや》に行き、一番手前に繋いである馬に跨《またが》った瞬間、強

く馬の尻を叩いた。しかしいくら上宮が馬を走らせようとしても、その馬は主人の異変を感じたのか、動こうとしなかった。鮠兎が手綱を持ち、摩須羅と阿耀未が二人掛かりで上宮を馬から降ろした。鮠兎は二人に、

「上宮様を館の中へお連れして下さい」

上宮は一人では立つことも歩くことも出来ない様子で、摩須羅と阿耀未に抱えられて館の中へ運ばれ、夜具の端に座らされた。上宮はその後、泣くことも騒ぐこともしなかったが、突然襲った深い悲しみが上宮から言葉を奪っていた。鮠兎は摩須羅に上宮の側に居てほしいと頼んで、阿耀未と館の外に出た。

「来目皇子様の事は、大后様、大臣の所には誰か伝えに行きましたか」

「副将の額田部連比羅夫様が使者を出されましたので、既にこの事は知らされていると思います」

「では、穴穂部前皇后様には」

「いいえ、未だでございます。その時の為に、われの他に事情が分かっている者をもう一人そこに控えさせております」

西の山々に日が落ちて辺りから昼の明るさが消え、うす暗くなろうとしていた。何者かが建物の蔭からぬぅと出てきたので、鮠兎は驚いて一瞬後ずさりした。その者の影と共に、何かもう一つの影が動いたように感じたのだった。二人いるのかと、目を凝らしてもう一度見直すと、確かにそこには一人しかいなかった。

「そなたは誰に仕える者か」

鮑兎はその者に聞いた。

「われの主は維奇羅でございます。主の維奇羅と共に久米氏の配下となっております」

「そうか。ではそなたも来目大将軍と筑紫へ行っていたのだな。それで維奇羅は今、来目将軍に付き添っているのか。場所は何処だ」

「はぁっ。周防《すおう》の娑婆《さば》にございます」

「そうか。少し待っていてくれ。阿耀未、上宮様に今一度お目に掛かって来る。この者と少し待っていて下さい」

　鮑兎は上宮が未だ落ち着いてはいないと思ったが、上宮に何も指示されないままに大后や大臣へ自分の判断で向かい、これからの事をどうするか聞く訳にはいかない。

「上宮様、来目皇子様のことですが、大后様にご連絡を取らねばなりません。大后様にどの様にお伝えすればよいでしょうか」

　部屋の外から上宮に声を掛けたが、直ぐに返事はなかった。鮑兎が暫く待っていると、摩須羅が部屋から出てきた。

「先ほどは混乱されていましたが、今は落ち着かれました。今一度、阿耀未に詳しい話を聞きたいと仰せです。鮑兎様、阿耀未をここへ」

「承知しました」

上宮は鯱兎に側にいるように言って、阿耀未から詳しい話を聞いた。摩須羅には、阿耀未と共に来た維奇羅の従者から聞けることを聞いておくようにと言い付けた。

阿耀未は話した。

一月末に、来目皇子は難しい交渉を無事終え、海外の要人を迎える迎賓の館を含む都の建設にも目途を付けて大和への帰還の途に就いた。筑紫の港から乗船して直ぐ、来目皇子は体の不調を訴えた。高熱を発し、はあはあと苦しそうな息をして床に就いた。あまりに熱が高いので、汗が出ても直ぐに乾いてしまう。連れていた薬師が解熱の薬を呑ませようとしたが、本人が起き上がることも出来ないので、ほんの少量の薬湯しか飲み込めず、その効き目は期待できなかった。濡らした手拭いを額に当てても、来目皇子自身の体から発する熱であっという間に乾いてしまった。船は未だ周防（現在の山口県）の沖合を航行中だったが、船から降ろした方が良いという薬師の勧めで、周防の屯倉に近い裟婆（現在の山口県防府市）の港に船を着けた。周防の屯倉を管理している官長の館に来目皇子を運び、その辺りで一番の医師を呼び、診せて、そこで来目皇子の快復を待った。

三日三晩高熱を出し続けた来目皇子は、四日目の朝にやっと少し熱を下げることが出来た。しかし熱が下がると、体中に真っ赤な発疹が出始めた。首から始まって、手、胸、腹、足の先まで全て真っ赤な発疹で覆われてしまった。来目は身体のそこここが痛んで、節々が疼くと訴えた。薬湯は飲めども身体に合わないのか受け付けなかった。白湯を呑むのがやっとの状態で、病を得てから五日目の早朝、力尽きてとうとう亡くなってしまった。法興十三年（六〇三年）の二月四日、来目皇子は周防の娑婆で二十六年の生涯を終えた。

上宮太子は、阿耀未が来目皇子の最期を話し終えるまで、じっと目を閉じて口を真一文字に結び聞いていた。阿耀未が話し終えると、上宮は頭を左右に振りながら小さなため息にも似た小さな声で、

「夜が明けたら、大后様と大臣に連絡を取って今後の事を相談せねばならない。大后様の出される指示に従って、誰かに周防の娑婆へ向かってもらうことになる。その者と共に鮠兎も行ってくれ」

「はぁっ、承知いたしました」

「阿耀未は、鮠兎達の周防への案内を頼む……」

「はぁっ、畏まりました」

暗い部屋の中でも、上宮の肩が小刻みに震えているのが鮠兎と阿耀未にははっきりと分かった。鮠兎が上宮を一人には出来ないと思い、このまま夜が明けるまでこの場に止まろうかと考えていた時、維奇羅の従者の話を聞き終えた摩須羅が戻って来た。上宮を摩須羅に託して鮠兎は、

「それでは、夜が明けましたら直ぐ飛鳥へ行けるよう準備致します」

「ああ、頼んだ」

上宮の声に力はなかったが、確かに返事はした。鮠兎は摩須羅と一緒に館の外に出た。摩須羅が穴穂部前皇后に伝えなくて良いのかと、鮠兎に聞いた。鮠兎は、

「明日、飛鳥へ行く前、どの様にお伝えするか上宮様に聞いてみます。上宮様も動揺しておられ

るので、今直ぐには母皇后様にどの様にお伝えすれば良いかお考えになれないと思います」

鮠兎も上宮の前では何とか込みあげてくる悲しみを抑えていたが、阿耀未と二人になると気が緩んで、へたへたとその場に座り込んでしまった。来目皇子が眠る西の方角を仰ぎ見ると、天には数え切れないほどの星が輝いていたが、溢れ出る涙で鮠兎は星を見ることが出来なかった。


次の日、大后、上宮、大臣の三人が大后の館で、来目皇子の殯《もがり》の事や大王軍の大和への帰還について話し合った。大将軍亡き後の、大和への帰還の統率を額田部連比羅夫に任せ、大伴連《おおとものむらじ》樺鎖練《かさね》には三千の兵を残し、来目皇子の殯が終わるまで裟婆に駐屯させ見守らせることにした。大和の人々は、新羅との交渉を大成功に収めた大王軍を大いに評価し、その帰還を喜びで迎える準備を続けた。大和の人々に来目将軍が亡くなったことは未だ知らされていなかった。

上宮太子は葛城鮠兎を阿耀未の案内で周防に行かせ、大伴連樺鎖練の下で維奇羅にも将として五百の兵を与え、仮埋葬に関わることを手伝うよう命じた。また、来目皇子の殯を行う身内の者として、来目皇子の妃の桜井弓張皇女と来目皇子の実弟の殖栗皇子《えくりのみこ》を送った。

大后は土師連《はじのむらじ》猪手《いて》を来目皇子が亡くなった周防の裟婆へ遣わせて、大伴連樺鎖練と共に殯《もがり》の一切を執り行うよう命じた。その後、来目皇子の為に本埋葬の陵を河内の埴生山《はにゅうやま》の岡（現在の大阪府羽曳野市）に造らせる用意をした。

初夏四月、来目皇子の仮埋葬を終えた殖栗皇子と葛城鮠兎が周防の裟婆から戻った。桜井弓張皇女は来目皇子との長子と共に、仮埋葬から本葬に移るまでの期間、周防の屯倉に止《とど》まりたいと大后に願い、止まることを許された。この時から周防の屯倉の管理も任されることになった土師氏は、桜井弓張皇女と来目皇子の子を見守ることになった。

上宮は、来目皇子との突然の別れに対して深い悲しみを胸に抱きながらも、懸命に政務に取り組んでいた。しかし、一旦館へ戻ると一人部屋に籠り、そのまま朝まで誰とも口をきかず過ごすことが多くなった。政務以外の時は、常に堅く心を閉ざしている様子が見て取れた。

仮埋葬を終えて大和に戻った殖栗皇子と葛城鮠兎は、大后と上宮に仮埋葬を終えた報告をした後、斑鳩の里に居る穴穂部前皇后の館に向かった。

「紀世菟《きよと》（殖栗皇子）、鮠兎。この度のお役目、御苦労でした……」

「母様、周防の裟婆に居た時、勇貴兄様（来目皇子）が筑紫でどの様にご立派なお働きをされていたか、聞くことができました。御陵に来ていた筑前の国の胸形志良果《むなかたしらか》という人から新羅との難しい交渉を、勇貴兄様がどの様に切り抜けられたかを聞いた時、われは心底感動いたしました……」

殖栗皇子はそこまで話すのがやっとだった。後は堪え切れず突っ伏して泣いていた。聞いていた母もまた頬を伝う涙を流れるままにしていた。鮠兎は瞼を閉じて、来目皇子と過ごした懐かしい日々を思い出していた。

暫くして、

「鮠兎、上宮はどうしていますか。勇貴の訃報を聞いて以来、斑鳩へは戻っていないのです」

「上宮様は、朝議以外での外出はされなくなり、あれ程教えを請われていた慧慈師とも滅多に会われなくなったそうです。でもたまに、何かお聞きになりたい時には慧慈師とだけは話されていると伺っております」

「そなたとはどうなのですか」

「われも裟婆から戻ってまだあまり話しておりません。后様にお聞きしたところによりますと、よく部屋に一人で籠もっておられるようです」

「部屋に籠もって何をしているのですか」

「はぁ、はっきりは分かりませんが、書物や御経を読んでおられる時も御有りだと、お聞きしました」

「御経を……。一度訪ねてみましょう」

「お願い致します。お元気が無いと分かっていながら、何とお声を掛けたら良いのか、われにも分からないのです」

「和（私）も何を言って良いか分かりませんが、上宮がこのままではいけません。とにかく会ってみましょう」

　殖栗皇子は領地である山背国の殖栗郷へ戻った。葛城鮠兎は一旦葛城の自宅へ寄ってから、今上宮が居る橘の宮へ戻った。

葛城鮠兎が戻った日に、穴穂部前皇后が橘の宮に上宮太子を訪問した。鮠兎が何度か部屋の外から声を掛けたが、返事がなかった。穴穂部前皇后は鮠兎に部屋の戸を開けるように言った。部屋の中では、上宮が小さな仏像の前に平伏《ひれふ》して祈っていた。

「太子様、入っても良いですか」

「はぁっ、これは母様……。勇貴の事、すみません。この様なことになったのは、全て吾の責任です。申し訳ございません」

上宮太子は、大切な子を無くした母に唯ただ謝ることしかできなかった。

「勇貴はこの国のお役に立てたのでしょう。新羅との交渉、それは誰にでも出来ることではありません。和（私）も新羅との交渉が大変難儀であると知っています。それを一年もの長きに渡って、交渉し続けたのです。来目皇子は大した人物になりました。そうではありませんか」

「そうです。誰にでも出来ることではありません。勇貴だからこそ、討伐軍を連れて新羅に倭国の脅威を見せ、強かな新羅に対して粘り強く交渉を続けられたのです。本当にあれ程の交渉力を持っている人は滅多にいません。勇貴は倭国の民も新羅の兵も一人の犠牲者も出さずに、難しい交渉を成功に導きました」

「勇貴は、お役に立てたのです。大和の王家の一員として果たす役割を、きちんと果たして逝ったのです」

母はそう言って、上宮を抱きしめた。上宮は母の胸の暖かさで、頑なになった心が解ける思いがして、来目皇子が亡くなってから初めて心底来目の死に向き合うことができた。涙は、一度出始めると堰を切ったように流れ出て、上宮は母の腕の中で大声を出して長い時間子供の様に泣いていた。鮠兎は泣いている上宮の声を聞いて、やっと上宮の心が来目皇子との別れを受け入れることが出来たと感じた。泣き疲れるまで泣いた後の上宮は、きっとこれから来目皇子の分まで頑張るであろう。そんな上宮をこれからも一層しっかり支えていこうと、鮠兎は誓った。

筑紫から額田部連比羅夫将軍を先頭に一万有余の大王軍が帰還した。大和政権はこの度の大王軍の大いなる成果を讃《たた》えた。多くの民も倭国軍の勝利を盛大に祝った。大和政権は夫々貢献度に応じて褒美を取らせた。この度の最高貢献者は来目皇子だったが、本人は帰還の途中で帰らぬ人となっていたので、桜井弓張皇女とその長子に筑紫の屯倉と、父来目皇子の眠る地の周防の屯倉が渡された。

副将軍の額田部連比羅夫には出雲の屯倉近くの開墾中の郷とその郷の一山を、大伴連樺鎖練には豊前の地の一部の権利が渡された。秦河勝には山城の国を今以上に開墾し、拡大し自領とする事を許可した。筑前の胸形志良果は新羅との交渉や国の役所建設に貢献したと、大王軍が開墾した土地を褒美として下賦した。大王軍が開墾した土地は本来は屯倉となるのだが、胸形氏に下賦された理由は、胸形氏の協力が来目皇子達の成果に大いに貢献したと評価が高かったからだった。

六、理想を求めて

新羅との交渉と、来目皇子の殯《もがり》の件とが一段落した四月末、上宮太子は菟道貝蛸皇女と二人で館まで来るように大后から言われ、出向いた。大后は二人の顔を見ると直ぐに、

「先《さき》の年に、今年四月一日、上宮の大王就任の式典をすることに決め、その心算《つもり》で準備をしていましたが、来目皇子があの様に儚《はかな》くなって、太子も現在は喪に服している。そこで丁度そなたが三十歳となる年の正月に、群臣に向かい上宮の大王就任の宣言することにしました」

上宮太子は、

「畏まりました。吾からもお願いがございます。申し上げても宜しいでしょうか」

「何でしょう」

「今年の新嘗祭を終えての十二月に、我国初の冠位の授与を行なわせて頂きたいのですが。宜しいでしょうか」

「分かりました。冠位については、そなたから以前より聞いていましたが、いよいよ施行することになったのですね。もう随分前から準備していた、大和政権を中心とする国の形がやっと整えられることになったという一つの表れでしょう。ですが、もう一つの、憲とか法とかいうものは出来たのですか」

「申し訳ございません。法については、今少しお待ちください。ある限りの英知を集め、他国と

は違う倭国に相応しいものにするため、現在取りまとめている最中にございます」

「そうですか。楽しみです。冠位と法が整って初めて、大国の隋や半島諸国のように堂々と律令が整った国家となり、外交交渉できるようになる。もう蛮国と言わせません。でも生きている内にこの様に国が発展してくれるとは、そなた達の御蔭です。礼を言います」

太子は、

「大后様や皆様の御蔭でございます。吾は大后様はじめ皆様に感謝しております。一日も早くしっかりとした法を作り、確固たる律令国家として国を建てて参ります」

「そうですね。頼みましたよ」

大后は一息ついてから、

「話を替えましょう。大王軍の将軍ですが、当麻皇子《たぎまのみこ》（麻呂子皇子）に引き継がせると聞きました。就任式の日取りをと言われていましたので、急ですが、明後日に決めました。この後になると就任に関して良き日が、随分先になってしまうので、良いですね」

「はぁっ、畏まりました。直ぐに伝えます」

「ではもう一つ。来目皇子の遺児達の後見はどの様になっていますか」

少しの間とは言え、愛弟の死に打ちひしがれていた上宮は、来目皇子の六人の遺児達の行末を決めていなかった。

「未だ全ては決まっておりません」

「では、由利（桜井弓張皇女）の三人の子達のことは、和（私）が決めましょう。膳《かしわで》比里古《ひろこ》の高椅《たかはし》王子は膳《かしわで》加多夫古《かたぶこ》を後見にする。山村王子と登彌王女はそなたが決める。どうでしょうか」

「有り難い仰せ、感謝致します。山村王子と登彌王女は吾が責任を持って決め、高椅王子の事は膳加多夫古に頼むことに致します。あと、佐富王子は膳氏に、星河王女は星河氏に後見を来目皇子が決めておりました。お知らせするのが遅れて申し訳ございません。」

「では和はまだ決まっておらぬ摩侶子王子の後見を決めましょう。これで今現在にある問題は解決しました。今日は大変御苦労でした。ああ、斑鳩の母君はどうしておいでですか」

「お気遣い、有難う存じます。あれ以来、吾は斑鳩の母の元に行っておりません。如何しているのか……」

「母様は、気丈にしておられました。膳比里古が高椅王子とよく来ていると、話されておられました」

太子妃の貝蛸皇女が、太子をかばうように言い添えた。

「そうか、それは良かった」

貝蛸皇女が夫の上宮を心から大切に思っていることを感じて、母の大后も嬉しかった。三人は楽しげに夕餉を共にした。帰りがけに大后は、

「上宮、この国を頼みます」

そう言って、上宮を見つめた。短い言葉だったが、先人達の思いが籠った大后の重いその一言を、上宮は胸中深く受け止め、深く礼をした。

大后の館に行った次の日朝早くに、今度は大臣が上宮を訪ねてきた。大臣との約束は無かった。上宮は豊浦寺から完成近い法興寺に移り住んだ慧慈師を訪ねようと準備をしていたところだった。大臣が来たと告げられて、面談の部屋に行くと大臣が、

「早くに申し訳ありません。実は昨日、大王の蔵を整理させておりましたところ、今年二月に来目皇子様の貢献によって新羅との外交交渉が好転致しました時に、新羅国から和平の印として齎《もたら》された献上品の中に仏像と書かれた木の箱がございました。丁度その頃、来目皇子様が身罷られた事でわれも動転し、今まで仏像の箱の事をすっかり忘れておりました。申し訳ございません。

それで昨日、蔵から出して開けてみました。その仏像、われにはどうもあまり身覚えがない形をしております。そこで慧総師にお見せしようかとも思ったのですが、これは新羅に詳しい秦氏に見て貰った方が良いと思い、太子様に秦氏と共に蔵においで頂けないかと、こうして急ぎお願いに参りました」

馬子は見た覚えがないと言ったが、随分昔、敏達大王の時に少々違った形の石の弥勒仏を新羅からもらったことがあった。敏達大王は馬子にその石仏を譲り渡したが、仏像は物部守屋に打ち捨てられてしまった。今回の仏像は銅の弥勒仏だったが、前回の仏像と同じ弥勒仏とは思えないほど素晴らしいものだった。

「そうでしたか。秦河勝は周防から戻って、山城にやっと帰り着いた頃ではないでしょうか。五

日後の朝議には顔を出す筈です。もし急ぎなら、吾が見させて頂いて、分からなければ河勝に来るよう言いましょう。それから慧総師にも見て頂いた方が良いでしょう。大臣が思っておられるように、仏像ならやはり、その仏像に相応しい寺に置かなければならないでしょうから」

「左様でございますね。これから何かご予定がおありでしょうか」

「久しぶりに、慧慈師に仏教の話をお聞きしようと、支度をしていたのですが。未だ、慧慈師には使いを遣っておりませんので。今からその仏像を見せて頂いて、慧慈師にはその後御目に掛かると伝えさせましょう」

「有難うございます。では法興寺へ使いを遣ります。参りましょう」

大臣は上宮に怒られると思っていた。この頃は、自分よりも仏教を大切にしている様に見える上宮に仏像を粗末にしたことを責められると思っていたのだ。しかし上宮は考え事をしていた様子で、馬子のその様な心配を気にする風でもなく何も言わなかった。

仏像は上宮が今までに見覚えがない顔と姿をしていた。慧総は、

「これは弥勒菩薩でございましょう。しかし新羅でも余程熟練の仏師の手に掛かった弥勒像ではないでしょうか。素晴らしいものにございます」

と言って、座して手を合わせた。上宮と馬子も慧総に従った。

「太子様、現在我国では、この弥勒菩薩をどの様に扱えば宜しいでしょうか。仏像を安置するための新羅の寺も、祀《まつ》る新羅僧もおりません」

倭国の文化の移入は、仏教も含め殆どが長い付き合いのある百済国からであった。近年は高句麗とも親交を深め、多くの事を学べるようになったが、新羅との仏教文化の交流はほぼ無いに等しかった。上宮は、

「この弥勒菩薩を大切にし、信仰できる者は秦氏しかいないかも知れません。ともかく、秦河勝に見せてみましょう。そうすれば、寺の事も僧侶の事も解決するでしょう。この弥勒菩薩の事は、今後は吾が関わりましょう」

馬子は今まで仏像の事を報告し忘れていたこともあって、

「それでは宜しくお願い致します。秦氏が来るまではここでお預かりしておいていいのでしょうか」

「宝物蔵の中の仏具庫に、移しておいて下さい」

「はぁっ、畏まりました」

上宮は仏像を移す手配を配下に指示している馬子を残し、法興寺まで慧総を送った。その時とても深刻そうな顔をしている上宮に対し慧総が深みのある優しい声で、

「何か、お気にかかる事でもございましたか」

「慧総尊師の前で申し訳ないことです。新羅が何故弥勒菩薩像を送って来たのか、その意図が分かりかねております。慧総尊師は、どうお考えでしょうか」

「拙僧には、僧としての考えしかございませんが。新羅がこれから倭国との関係を相当大切にしていきたいとの思いではないでしょうか。あれ程、素晴らしい弥勒菩薩像を見たのは初めてでご

ざいます。新羅においても大変貴重な仏像だと感じました。倭国があの像をどう扱われるのか、新羅は見ているのかも知れぬとも思いました。あ、いやいや、これは出過ぎた事でした」

「いいえ、貴重なご意見を、有難う存じます」

上宮は河勝に会う前に、慧総の意見が聞けて良かったと思った。慧総を法興寺へ送り慧慈にも会った後、橘の宮へ戻った上宮は、山城の秦河勝に朝議の前に話したい事があるから、三日後には橘の宮へ来るように使いを遣った。


秦河勝が橘の宮に着くと直ぐ、上宮は大王家の宝物蔵に行った。蔵に行く途中で上宮は、

「今回新羅から届いた仏像を、慧総尊師に見て頂いたところ弥勒菩薩像だと教えて下さった。大臣は新羅の生活全般に詳しいそなたに最初に見て貰いたいと言ったが、周防から帰って直ぐだったから慧総尊師に見て頂いた。新羅が弥勒信仰をしているのは知っている。

しかし今回の弥勒菩薩像は、大変美しいものだ。百済の仏でもあれ程の像を吾は見たことがない。今更聞くのもおかしいが、秦氏と新羅仏教との繋がりは、深いのだろうな」

「はぁっ、恐れながら、蘇我氏が信奉しておられる百済仏教とは違い、わが氏は倭国に移住させて頂く以前の半島に居りました頃から、弥勒菩薩を崇《あが》める新羅仏教を信奉しております。豊前《ぶぜん》におります秦氏は倭国が公に仏教を導入される前から、新羅から持ち込みました仏教を私的に信仰させて頂いておりました。あの頃は未だ仏教が蕃神と呼ばれ、隠れて祀らなければならなかった時代でした」

今は一族が倭国の民となって久しい秦河勝は、申し訳なさそうに言った。

「そうか。そなた達にとって新羅仏教は倭国の豪氏族が氏神を持つのと同じだ。嘗《かつ》て仏教を認めていなかった倭国に来て、辛い思いをさせてしまったのだろう」

「いいえ、新羅国の中であのままおりましたら、新羅の奴婢となっていたことでしょう。わが秦氏は、倭国に救って頂いた御恩を忘れることなくお仕えせよと父祖から伝えられております」

「しかし仏教が公認されたとは言っても、これまでの経緯を見ると、我国の現在の仏教思想は以前から親交の深かった百済の仏教が基本となっている。近年やっと高句麗からの教えも導入された様な状況だ。新羅との交易による交流はあったが、新羅仏教の導入は殆どなかった。我国と新羅との歴史には常に、伽耶諸国の領有権を巡っての戦いがあったからだろう。これからは新羅国との距離も少しずつ詰めていけると良いのだが」

上宮は来目皇子を思い出して、立ち止まり空を見上げた。雲ひとつない真っ青な空に、上宮は手を伸ばして何かに合図している様に見えた。河勝も来目皇子の屈託のない笑い顔を思い出して、上宮と同じように空を見上げた。


「あそこの宝物蔵群の中の仏具庫に納めてある」

上宮は笑顔で先に進み、蔵の見張りに秦河勝と倉庫に入ることを告げた。木の箱から出されていた仏像は、絹の布ですっぽりと覆われていた。上宮は慎重にその布を取り除いた。

「おお、こ、これは何とも美しいお姿、神々しい。何と、顔形の整われた弥勒菩薩様であります事かぁ……」

河勝は、その仏像を目の前にして感動し、感嘆の声を上げながら手を合わせ、仏像の前にひれ伏した。上宮は河勝が感動で胸一杯になっている姿を見ながら、この仏像は秦氏に祀ってもらうのが一番良いと思い、秦氏に下げ渡そうとこの時決めた。

二人は、仏具庫を出て橘の宮へ戻った。

「河勝、あの弥勒菩薩様はそなたが御祀りするのが一番良いと思うのだが、どうだろうか」

「えっ、あれ程の像をわれが頂いて宜しいのでございますか。蘇我大臣に、いえ大和の群臣の方々に前もってご了解して頂かなくては……。後々、問題にされて、太子様が何か言われる様なことがあってはなりませんから」

「ならば、大臣には前もって河勝に渡して良いか聞き、良いとなったら朝議にて群臣に問う。しかし安心せよ。大和の群臣はその殆どが、蘇我が推奨する百済仏教を信奉している。秦氏もそうだが、一度信奉した仏を易々と替えることなど出来ないだろう。だから大和の地において新羅信仰における弥勒菩薩は誰も祀れないのだ。かといって、やっと友好的な交流を始めようとしている新羅に対し、我国は百済仏教を信奉しているので新羅仏教の信奉する弥勒如来像はお返ししたいとは言えない。お互い相手が大切に思うところを否定されたくないからな。

そこでだ、大臣は考えたのだろう。我国には以前から、新羅仏教を信仰している秦氏が居る。つまりは吾を通じて秦河勝に渡せば良い、ということだ」

「有り難いことです。あの様に素晴らしい弥勒菩薩様がわれらの処に来て下さる事が現実になりますならば、われだけでなく秦一族がどんなに喜びます事か」

「しかし群臣の前で、唐突にそなたに仏像を下げ渡すとなれば、問題が生ずるだろう。そこで河勝に頼みたい。そなたの領地の山城《やましろ》で、良き場所を選びこの仏像をお迎え出来る寺を建てて貰いたいのだ。出来れば大和の地から遠く離れた場所がより望ましいが、出来るか」

「はぁっ、畏まりました。仰せの通りに致します。ですが、一つ懸念がございます。新羅国から友好の印として送られたこの弥勒菩薩像を秦氏が頂いたという事実を知れば、新羅国ではどの様にとらえるでしょうか」

「心配はない。新羅国は倭国の大和政権内で仏教と言えば百済が主流だということくらい知っている。我国は常に各国の間諜が自由に行き来しているのだ。新羅国は、この仏像をどうするか、我国を試しているのかも知れない。まあそこまでは考え過ぎかな。

吾は倭国の国主であり、そなたは吾の側近だ。しかも秦氏は我国にとって大切な氏族であり、これからの倭国には無くてはならない存在だ。今や我国の産業の担い手でもあり、秦氏の絹織物は、国内は勿論のこと海外でも超一流だと評判も良い。我国の国庫への貢献度もいたって高いのだ。自信を持て。新羅も、半島から倭国へ移住してからもずっと弥勒信仰を続けている秦氏が、大和政権に弥勒菩薩をもらうことになっても大切に祀るだろうと、分かっているから文句は無い筈だ。それから、見せておいて申し訳ないが考える所あって、群臣に問うのはもう少し先にしたい」

河勝は納得し、朝議に出席した後、自領の山城北部にある葛野《かどの》（現在の京都市右京区太秦《うずまさ》）のそのまた北方に寺（後の広隆寺）を建てるための開墾をし、整地をし始めた。

大和政権が威信をかけて造り続けている大都の最重要部分である大宮が完成した。後に朝堂院と呼ばれるその施設は、即位、新年の祝賀、外国使臣の引見などの重要な儀式が行われる正殿である。上宮太子は出来あがったばかりの大宮に、大后と太子妃を案内した。

大后は少し驚きながらも嬉しそうに、

「ここがこれから倭国の政事の中心となる大宮ですか。歴代の大王がこれをご覧になったら、倭国も近隣諸国にもう引けを取らないと誇らしく思われたことでしょう」

上宮は、

「大后様、これはまだほんの始まりでございます。まだまだ、この宮は大宮とはいうものの倭国の政事の中心を担うには小さいのです。民への負担を考えて、吾は少しずつ毎年計画的にこの宮を大きくして行く心算でおります。今は百済や高句麗の都の規模よりも、我国の都は小さいのです」

「そうですか。和にとっては、随分大きいと見えましたが。そうですね、以前大臣と甘樫の丘から、大路を見ました。上《かみ》つ道《みち》、中《なか》つ道《みち》、下《しも》つ道《みち》と言いましたね。この様な大路を持つ都が外の国の都だと言っていた。随分大きなものになるのですね」

太子妃の菟道貝蛸皇女は、

「これはまだ始まりの一歩ですか。国全体の事を、国内の豪氏族達が集まって合議し、それを多くの役人に伝え、役目を果たさせる場所も建てなければなりませんね。それだけでも、多くの建屋がいるのでしょうね」

大后は、来し方を思い出して胸が熱くなった。上宮は目を輝かせて、しかし地に足をしっかりつけながらも壮大な国家の夢を語った。

「又、外つ国からの客人達を迎え、今までに育った幾多の人材を大いに活用していくためにもこれ以上の設備が必要になってまいります」

「全て整うのに、何年もの時がかかるのでしょうね」


新しい大宮を訪れた後、上宮達は大后を館まで送った。その時、大后から話があると言われて、館の大后の部屋に入った。

「今年の新嘗祭から祭事をそなた達に委ねます。十二月には予定通り冠位を決定し発表すると言っていましたね。そちらの準備は出来ていますか」

「整っております。位階を定め、冠と衣服の色彩を揃え整えました。新しき大宮で、正月の参賀に於いて、新しい国の体制を公表致します」

「それからもう一つ、大切な事があります。そなたが大王として引き継ぐ以上、後継者を誰にするか決めておかなければなりません。貝蛸皇女に未だ子がない上は、現在そなたの長子である山背王子を太子として名を挙げてはどうでしょうか」

「しかし未だ生まれる可能性もございます。日嗣の皇子の事はもう少しの間保留としても、良いのではないでしょうか」

上宮は菟道貝蛸皇女をかばった。

「山背王子に決めておかれた方が、良いと思います。これからもし和（私）に子が出来ましても、日嗣の皇子となるには十五年以上掛かります。山背王子なら、きっと……」

貝蛸皇女はそこまで言うと、口籠もった。それを引き受けて大后が、

「そうです。そなたと刀自己の長子の山背王子なら、そなたと同じように、大王家にとって誰がその時王位を引き継ぐべきか正確に把握するに違いない。そして山背の後ろ盾には、殖栗皇子を考えました。そうすれば、山背が王位に就いた後も安泰です」

山背王子は今後大王となる上宮の長子であったが、母である刀自己は大臣の娘で皇女ではなかった。しかしそのような身分の母から生まれた王子が大王となった先例はある。欽明大王《きんめいおおきみ》に、時の大臣であった蘇我稲目《そがのいなめ》の娘堅塩媛《きたしひめ》が嫁ぎ、生まれた橘豊日皇子《たちばなとよひみこ》である。後に用明大王《ようめいおおきみ》となった。大后（炊屋姫《かしきやひめ》）の同母兄である。大后は欽明大王と堅塩媛の皇女として生まれた。敏達大王《びだつおおきみ》に嫁ぎ皇后となり、菟道貝蛸皇女や竹田皇子達を含め皇子二人と皇女五人を儲けた。菟道貝蛸皇女は上宮太子に嫁いだが、十年経っても子宝に恵まれなかった。

次の太子を誰にするかは、上宮にとっても大切な事だが菟道貝蛸皇女の気持ちを考えると複雑な思いがしていた。大后は続けた。

「これは王家だけの問題ではない。安定した王位継承は国の安寧の為でもあるのです。王位を巡

っての争いはもう終わりにしなければなりません。だからこそ、そなたの後を確実に引き継ぐ者の事を決めておくのです」

「分かりました。日嗣の皇子には山背を指名し、殖栗皇子を政権の重臣として迎えましょう。ですが、山背を日嗣の皇子として公式な場所に出すまでには、それに相応しい薫陶を致さねばなりません。今は皆と共に学んでおりますから、それに加えて将来大王となる学問も必要だと思いますので」

「それは尤もな話です。しかし皆との学びは、それなりに役に立つでしょうから、出来る限り続けた方が良い。ただこれからは、山背は皆が休んでいる時も、皆が学べない事を教わらねばならなくなる。山背はそなたに似て強い子だから大丈夫であろう。

今度の新嘗祭からそなた達の側に呼び寄せて、早々に祭事にも関わらせるように。そなた達でしっかり指導していきなさい」

上宮太子と太子妃は、大后から大きな役目を委譲されて身が引き締まる思いがした。

上宮は橘の宮に戻って、蘇我大臣に宮へ来るよう伝えた。大后から日嗣の皇子を山背にと提案があったことを告げると、大臣は静かに喜びを見せた。流石の馬子も菟道貝蛸皇女の前で、刀自古から生まれた山背が日嗣の皇子に指名されることに対し、大きく喜びを現すことは憚られた。

馬子は島の館に帰り着くと一人しみじみと喜びをかみしめた。

新しい大宮に大后を案内した次の日、上宮は斑鳩にいる山背王子に会いに行った。午前の武術と儒教の学びを終えて、学友達と談笑の最中だった山背王子は上宮太子の姿を見つけると、歓談していた場所から皆と共に急いで出て来て、上宮の前で頭を下げ畏まった。上宮は、

「皆、励んでいるようだな。頭を上げて、しっかり顔を見せよ」

一人一人の顔を確認しながら、いずれは彼等がこの国の中枢を担う者達になるのかと感慨深く眺めた。そして、上宮は十人程並ぶ若者達の中から山背の直ぐ右側にいる者に聞いた。

「そなたの名は」

と聞いた。

「はぁっ、三輪《みわ》拓玖人《たくと》と申します」

「では父は三輪阿多玖かな」

「仰せの通りにございます」

三輪拓玖人と名乗った者は、少年というより青年に近い年齢のようだった。次に山背の左側にいる少年に、

「そなたの父は境部摩理勢であろう。名は何と」

そう言われた少年は、摩理勢そっくりだった。

「はぁっ、確かにわれの父は境部摩理勢にございます。境部摩理勢の次男で耶摩《やま》にございます」

「そうか、皆、夫々に励め。期待している」

上宮はその日、岡本の館に泊ると山背に告げて、青年達が学ぶ場所から刀自己等が暮らす館に

向かった。

「お帰りなさいませ。山背達をご覧になられましたか」

刀自己は何時もの明るい顔で上宮を迎えた。

「ああ、見てきた。皆、溌剌としていた。吾も若い頃を思い出して懐かしかった。目を輝かせて学んでいるあの子達を見ると、この国の将来はもっと発展するだろうとの期待に胸が膨らむ」

上宮は真面目な顔をして、

「久瑠実《くるみ》（刀自己）、来月朔日《ついたち》から正皓《まさひろ》（山背）を橘の宮で養育することになった」

「えっ、あっ、そ、そうですか。大后様から山背をというお話だったのですか。では、お后様も了承なさっての事なのですね」

「そうだ。大后様からのお話であり、后も前もって大后様から聞いて了解していた」

「分かりました。正皓の身の回りの支度をいたしましょう。父は知っているでしょうが、義母様にはもうお伝えになられましたか」

「いや未だだ。明日、正皓を連れて母様には報告に行きたい。そなたも同行してくれ」

「承知いたしました。では今日はここにお泊り頂けるのですか。では沙羅《さら》（片岡王女）にも、ゆっくり会ってやって下さい」

「おお、そうだ。可愛い沙羅は元気にしているか」

「ええ、それはもう元気です。女子にしておくのは勿体ない程の元気さです」

「元気なのは良い。それだけで周りが幸せになる」

最近生まれた沙羅は元気だと言いながら、刀自己は先程までの笑顔が少し暗く変わった。

「久瑠実、そなた沙羅に元気を奪われたのか」

「いいえ、やっと念願の女子を授かりましたが、もしかして沙羅も幼くして手放すことになりはしないかと思ったものですから……」

「久瑠実、そなた、もしや正晧が日嗣《ひつぎ》の皇子《みこ》となることに不安なのか。そして沙羅が幼くして斎宮になるかもしれぬと思い不憫なのだな」

二人で沙羅の処へ行こうとして席を立った上宮だったが、座りなおして刀自己に質問した。

「正晧はこれから自分の事を考える前に、国や群臣達また民の事に思いを馳せられるようになる教育を受けねばならないのでしょう。そして、正晧が日嗣の皇子様として正式に群臣の前でお披露目される時には、斎宮となる正晧の近しい王女が決まるはずです。それは沙羅になるのではありませんか」

「吾は昨日、大后様から正晧をいずれは日嗣の皇子とし、吾の次に大王に推薦するとのお言葉を頂いた時は複雑な気分だった。だが、今はそれがこれからの国と民にとって一番良い事だと思うようになった。

正晧は強く正しい心を持つ人に育っている。又、人に優しいところもある。そなたの教育の御蔭だろう。今までこの自由な岡本で暮らし、民との交流も幼い頃から持てたのだ。幼い頃から、民の暮らしを知る者が今度は視野を広げて国中を見て国の事を考える。これはある意味国主となる者の理想の形だ。

しかし現実国主となる者は、多くの臣下に民との交流を阻まれた様な形で、現実の民の世界を知らぬまま王になる。正晧は大王となっても、国や民の現実をしっかり見定め、的確にこの国が将来どの様に進むべきか判断し、国を正しく導いていけるだろう。

正晧が大王と決まれば、彼を支える斎宮は自然と沙羅が指名を受けることとなる。それは古《いにしえ》からのしきたりだ。しかし沙羅はまだ幼い。ここに居る間に、そなたの愛を一生分感じさせてやってほしい」

刀自己は上宮の言葉を聞く内に、少しずつ寂しさが増して、子供達がこれから背負わなければならない重い責任を思うと不安でいっぱいになった。そして、

「上之宮で暮らした頃が、和（私）にとって一番幸せでした。もうあの頃には戻れないのですね。上宮様は、今幸せでしょうか。これから正晧や沙羅は幸せと感じる時を持つことができるのでしょうか」

刀自己の頬を幾筋もの涙が流れた。

「久瑠実、すまない。国の王というものは、自らや自らの身内の事より、国の行末や民の暮らしの事を優先させねばならないのだ。

吾は様々な事の後に、いきなり太子に指名されて、もう直ぐ大王となる。誰にも話したことはないが、この度、いずれ日嗣の皇子となる正晧の母のそなたには、正晧がわれの後を継いで大王になる意味を、いや意義を心底分かってもらいたいのだ。強い心で正しく事を判断し他者を慈しむ優しい正晧は、きっとこの国にとっても、国の民にとっても立派な大王となるに違いない。吾

がこれから側に置いて直々に薫陶していく。どうか正皓を吾に預け、沙羅の将来に悲しみを持たないでほしい」

刀自己は分かっていた。飛鳥から斑鳩に移り住むようになって、政事に直接触れなくて良い日々が増え、身の回りも精神的にもすこし穏やかだった。しかしこのまま穏やかな日々のままでいられない事は、上宮が太子と成った時から分かっている心算だった。山背の為には、后の菟道貝蛸皇女に皇子が生まれることを、心から祈っていた。刀自己は幼い頃から慕っていた上宮が、考えてもみなかった国の太子と成り、もう直ぐ国の王になる事だけでも心に重い石を放り込まれた様なのに、我が子までと思うと、何とも言えない気分に襲われた。山背を葛城鮠兎達の様な優秀な臣下として育てようとの覚悟は出来ていたのだが。

それに山背が大和政権に仕えるのは、現在よりもっと先だと思っていた。上宮がいずれは大王となって、菟道貝蛸皇女所生《しょせい》の皇子が日嗣の皇子と指名されれば、山背はその皇子を支える側近となるだろう。その時まで、刀自己は手元に置いて大王に仕える側近として、出来る限りの事を学ばせようと考えていたのだ。しかし山背が日嗣の皇子になるのだと聞かされて、刀自己の心は大いに乱れた。

今までこの国の王や日嗣の皇子となった人達の様子が分かるところに居る刀自己は、この国の頂点にいる人々が何を生きがいに生きているのかと不思議でならなかった。彼等が、常に次々と起きる内外の問題に苦悩し対応している姿は、とても幸せそうには見えない。そんな日々の営みの中で、何が彼等を突き動かしているのか、と思うのだ。夫の上宮も太子となってからの苦労や忙しさは生半可なものではなかった。

「上宮様が幸せと思われることは何でしょうか。そして正皓はこれから何を幸せと感じれば良いのか、お教えくだささい。和（私）はそれを知らなければ、この国に大切な和が子を差し出すことなど出来ません」

「久瑠実、分かった。吾は今、幸せかと聞かれれば、幸せではないと答えるだろう。吾の幸せは、この国が隋国の様な大国から蕃国だなどと言われなくなることであり、民が常にひもじい思いをしない豊かな国になること。全国に海石榴市《つばいち》の様な大きな市が常にあって、人々がそこで楽しげにしている姿を想像すると嬉しくなる。吾の幸せは、国が豊かになり民が喜んで生きられるような世の中を造り上げることだからだ。

今この国はまだそうではない。そうなった時初めて吾は民と共に幸せを感じるのだ。国主の幸せと喜びとはこの様なものだ。自らを安んずるより国の安寧を、民の喜びは自らの喜び、それこそが天からこの国を預からせて頂く大王としての役割だ。そして現在吾のこの思いを引き継げるのは、そなたが育ててくれた正皓より他にはいないのだ」

刀自己は直ぐには答えなかった。上宮の言葉を一つ一つしっかり聞き、心の中で反芻するように繰り返し、自らに言い聞かせた。

「分かりました。正皓、いいえ山背王子様は、これからは国の発展と民の喜びを我が幸せと感じ生きて行くのですね。上宮太子様と同じ思いとはそういうこと。

ではもう一つだけ、聞くことをお許しください。正妃の菟道貝蛸皇女様に、皇子様がお生まれになった時、山背はどの様に処遇されますか」

「山背が日嗣の皇子として群臣の前で公認された後は、必ず大王となり生涯を大王として生きる。また正妃に皇子が今直ぐ生まれたとしても、群臣に公認済みの山背の大王継承は動かないし、吾が必ず山背に王位の継承はさせる。この事は大后様と大臣にも確認済みだ。ただ、山背の後の王位は、正妃の皇子が継ぐことになるだろう。それは分かっていてほしい」

「それは分かります。山背が成長し子を儲けたとしても、その子が王を引き継がないとなれば、その時、誰かの手で山背の子供達は争いに巻き込まれたりはしないでしょうか」

「先の事が不安だろうが、誰にもまだどうなるか、何も分からない。しかしその様にならぬよう、必ず将来も揉めることが無い王位の継承の法則を定め、吾が責任を持ってその様な事で争わぬよう導こうと、心に決めている」

上宮は口にはしないが、菟道貝蛸皇女との間に子供は出来ない可能性は高いと思っていた。しかし、子が出来る可能性も全くないとは言い切れなかった。

「それなら、山背がもう少し成長しましたら、必ず今仰せになったことを話して聞かせ、王位継承問題など決して起きない様にすると、お約束下さい」

「約束しよう。その様な事が決して起こらぬようにする。国の為にも、山背達の為にもその様な問題を起こしてはならないのだ」

上宮の強い意志を知り理解はしたが、まだ不安そうにしている刀自己に、

「まだ納得していないようだな。吾は、山背が日嗣の皇子と選ばれたことが、国にとっても、民にとっても、そなたや山背自身にも本当に良かったと言えるようにして見せよう。吾を信じよ」

刀自古は頷いて、頭を下げて薄水色の衣の袖で静かに涙を拭った。


次の日、上宮太子は山背王子（後の山背大兄皇子）と刀自己を連れて、穴穂部前皇后の館を訪れた。母の穴穂部は来目皇子が亡くなってから一時は気を張っていて周りには元気だと見せていた。しかし矢張り子を失った悲しみは深く、病がちになって床に伏せる日が多くなった。そして以前は無理をしてでも通っていた飛鳥の大后の館へ行けない日が多くなっていた。大后も竹田皇子を亡くした経験から、穴穂部の現在のこの様な状態はある意味仕方がないと、菟道貝蛸皇女を通じて上宮に伝えていた。

上宮達が、上宮が大王となる事や山背が日嗣の皇子に決まったことなどを伝えると、力なく微笑みながら、

「そなたも大変なお役目を授かりましたね。しかしこれもそなた達の使命なら、しっかり受け止めるしかありません。身体に気を付けるのですよ」

と言い、山背をじっと見つめた。

上宮は帰る間際に、刀自己に時々は母の処に泊って話し相手になってほしいと頼んだ。

上宮太子は律令による新国家の建設に向けての第一弾となる冠位について、蘇我大臣達との最

終会合を持った。

「旧来の豪氏族への、冠位の授与はどうされるお心算なのでしょうか。今回はその件に関して、群臣の代表として確かな答えを頂戴したいと思います」

蘇我大臣は、近隣諸国のように未だ中央集権国家としての形を整えられていない大和政権が、群臣全てに冠位を授け王の完全なる配下として支配するには、まだ多くの問題を解決しなければならず、時間も掛かると以前から言っていた。上宮太子は、

「豪氏族の子弟にも官吏への道は開いてあります。世襲が良い役割もあり、それについては氏の特性を活かした役に就けることを同時に行ないます。しかし、初めから全ての豪氏族へ一度に冠位を授けるのは、難しい事は分かっています。今までの臣や連を一度に廃止する様な事は致しません。残しながら、少しずつ冠位制度を導入していくようにしたいと思っています。

そこで初回は、吾が太子に任命された後に国政に貢献した者達に限り、冠位の授与をすることにしました。ここに候補者達の名と位階を挙げました」

そう言いながら、葛城鮠兎に候補者達の名が記された木簡を卓上に並べさせた。

「この様に少数の者達に冠位を授けたところで、何が変わりましょうか。豪氏族に無視されるだけです。この者達が今後どれ程の成果を上げることが出来ますか」

「少なくとも、この者達は私利私欲ではなく、国や民のために出来る限りの力を尽くしたいという心があり、実力もある者達です。吾はその気概に期待し、この国の将来を託そうと決めたのです。彼等と共にこの国の新しい形を造ろうと思っています。

そこで、現在、人材育成している者達を、氏族間で守ってきた伝統的な職責に捉われることなく、その人物の才能に応じた人材の登用をします。そしてその人材達を国家運営の為の官僚として育て、今までの様に豪氏族の下ではなく、直接国の王の指揮下に置きます。将来国を律令国家として運営していくためには、今までの様なただ単に豪氏族の集まりではない、中央に権力を集中させた国としての組織がどうしても必要なのです。しかし現在はこれ位の事から始めるのが、大きな反対もなくて良いのではないかと思っています」

上宮は馬子には、新しい国家の建設に今着手しなければならない事を分かってもらいたいと思った。馬子も今まで豪氏族達からの反対意見ばかり聞いていて、それを抑えるのに苦慮していたが、内心では倭国も新しい国家体制に成らざるを得ないだろうと感じていた。

新国家体制への移行が決まれば、豪氏族達は今まで以上の反対をするだろう。しかしこの難しい局面を乗り切れるのは、上宮しかいないと考え始めていた。そして今この事に目を瞑《つぶ》り、手を着けずやり残していたら、今度は可愛い孫の山背や蘇我氏の嫡男の恵彌史達が一層困難な場面に出くわすことになる。馬子は親心としても、問題解決を引き延ばしてはならないと考えた。上宮達の実行力への信頼も含めて、蘇我氏としても今が、反対勢力を抑え、新体制を導入する為の第一歩を踏み出す最善の時だという事は充分理解していた。馬子はしばらく黙って考えてから、決心したように、

「分かりました。大変ですが始めましょう。ですが、折角始めるなら、もう少し頑張ってみませ

んか。せめて、上宮様側の者達や、われらが関係する者達に、それなりの冠と衣服を決めて支給するのです。そして政権に貢献した者には、一目で貢献した者だと分かる様に姿形を整えさせれば、群臣が国へ奉仕する一つの励みともなりましょう」

「大臣、そこまで考えて下さって、感謝致します。大臣のこの様な賛意は非常に心強いものです。それで、もし宜しければ、大臣からも冠位を授けて良いと思われている候補者の名を挙げて下さい」

馬子が今までの全面反対の姿勢から、やっと少し理解を示し始めてくれたと、上宮達は喜んだ。蘇我以下の豪氏族にもいつかこの蘇我氏と同じように理解が広まっていくことを、上宮は願わずにはいられなかった。隣国は既に、倭国より一歩も二歩も中央集権国家として先へ進んでいるのだ。早く追い付く事が肝要だった。その様な事は上宮達より、長年大臣の地位に居る馬子の方が身に沁みてよく分かっていることだった。

しかし倭国は今まで、氏《うじ》や姓《かばね》の制度による政事から進歩出来ず、大王があまり力を持たない連合政権の時代が長い間続いた。今やっとまともな国家と呼べるようになりつつあるものの、連合政権の時が長く続いたために、これまでの制度から脱却することはなかなか難しかった。国が発展を遂げるために何か新しい制度を導入しようとすると、何時も旧勢力によって強い抵抗が起きるのだ。

馬子は、父稲目の時に仏教を導入するか否かの問題で、新興勢力だった蘇我氏達が、旧来の勢力と熾烈な戦いをしたことを覚えている。大和王権の王位と政事の主導権を懸けて穴穂部皇子達や物部氏等と生きるか死ぬかの戦いを、馬子はしなければならなかった。

　馬子はもうこんな歳になってまで、政権が新しいことに取り組むことで、他の豪氏族達の反対に遭い、昔の様に揉め事に巻き込まれるのかと思うと気が重かった。その様な理由で、中々若い上宮達の様に前向きな気持ちにはなれなかった。上宮達がここまでお膳立てをして、漸く新国家建設へ向けて重い腰を上げようとしていた馬子大臣は、

「今直ぐここで、名を挙げることはできませんが、必ず一両日中には、われも何人かの名を挙げて参りましょう。われもこれから我国がより一層中央に権力の集中をして参らねば成らないと分かっております。ですが、それは急ぎ過ぎてはなりません。少なくとも主な豪氏族を取り込んで、その他の豪氏族にも強い反対をさせぬようにせねばなりません。そこでわれに一つ良い考えがあるのですが」

「何でしょうか、良い考えとは。聞かせて下さい」

　上宮は、馬子が真剣に中央集権国家のことを考えていると知って、馬子の考えに深く興味を持った。

「現在、大和政権で育成している人材の多くは、近隣地域の豪氏族の子弟が殆どです。極端に言えばその豪氏族の臣や連の子弟達に、いち早く国家の官僚として冠位を授けることによって豪氏族を取り込むのです。

　後は時間をかけて豪氏族の臣、連以下の造《みやつこ》、直《あたい》、首《おびと》等からも優秀な人材を登用するようになされば、徐々に新しい冠位制も定着するのではないでしょうか。一度にすべての豪氏族を新制

度に切り替えるのは反発が大きくなるので避けるべきです」

蘇我大臣から、今の政権には、全ての群臣に新しい制度をそのまま受け入れさせるだけの強い力が無いとはっきり言われて、上宮太子には返す言葉が無かった。悔しかったが、この十年大和政権の中枢を担ってきたからこそ、群臣がこの新しい制度を素直に受け入れる体制がまだ出来ていないと理解していた。

蘇我大臣はもう随分前子供の頃に、新興勢力の一番の出世頭だった父や自分達が旧勢力の豪氏族から、事あるごとに酷い仕打ちを受けたことを思い出さずにはいられなかった。あれから数十年の歳月が流れ、大王も含め政権の中枢をほぼ独占した蘇我氏だった。しかしその蘇我氏が支える大和政権は、未だ完全に倭国全域の権力を掌握している訳ではなかった。

馬子は今回の冠位制度を施行することが、全権力の掌握を早めることになるのか、はたまた後戻りする結果となるのか少し不安があった。だが冠位制度が上手く運ぶかどうか、暫くは上宮太子を見守ることにした。上宮が多少の反対があっても乗り切れればそれで良し、駄目ならば少し引いて、時間を掛ければ良いと考えた。

「仕方がございません。この歳になると新しい事を始めて、他の豪氏族と争いになるのが億劫《おっくう》でございました。しかし太子様がそこまでの覚悟をされておられるなら、この年寄りももう一働き致しますか。ですが、くれぐれも緩やかに始めて下さいますように。後の事は、明後日に」

これ位が落とし所だろうと、馬子は上宮達に釘を刺す一方で、具体的に豪氏族が譲れると思われる範囲を教えた。

馬子が先に帰った後、残った者達は上宮の言葉を待った。上宮は、

「大臣の発言にはそれなりの根拠がある。吾も今は大臣が言った以上に推し進めるのは難しいと思う。焦ることはない。しかし先ずは始めること、そして粘り強く続けることが肝要だ。一歩を踏み出すことに、大后様も大臣も賛成してくれたのだ。これで、第一回の遣隋使達の苦労も報われる」

今は未だ上宮は倭国の大王ではなく、大和王権の権威の象徴は大后（炊屋姫）であり、大和政権の権力は蘇我本宗家の長の大臣蘇我馬子が握っている状況をはっきり認識していた。上宮達は、大和政権の各分野で特に貢献度が高いと思われる人物を、氏や姓に捉われることなく名を挙げて、この日の内に候補者を何名か決めた。

二日後の蘇我大臣との会談で、冠位を授ける人や位階が決定した。

葛城鮠兎は冠位の発表を前に上之宮の斎祷昂弦を訪ね、上宮から託された書類を届けた。

「お久しぶりにございます。お身体の方は、如何ですか」

髪に白い物が目立ち始め少し前には寝込んでいた斎祷昂弦を鮠兎は労った。

「ご心配をお掛けしました。歳のせいか、以前より治りが遅いようですがもう大丈夫のようです。われより、太子様は来目皇子様の事以来、お元気がなさそうに見える。このままでは心身ともに壊されてしまわれないかと心配でなりません。何かして差し上げられることはないでしょうか」

「現在、来目皇子様の事で上宮様のお心が暗くなっているのではないと思います。確かに大切な弟君を亡くされてお寂しいでしょう。ですが来目皇子様は誰もなし得なかった偉業を成し遂げられたのですから、お心の中はご自分でそれなりに収めておいでなのだと思います。また今、太子様は……」

鮠兎は昂弦に近付いて、外に話が漏れない様にひそひそと話し、そして少し離れて、

「明日に、上宮様が来られます。ゆっくり話がしたいと仰せですので、明日は一日空けておいて下さい」

「分かりました。お待ち致しておりますと、お伝え下さい」

上宮にまた新たな難問が降り掛かっているのだと、昂弦は察した。

「どんなことがあっても、必ず皆で支えましょう。われもあなたもその為に居るのです。あなたがその様に元気が無いようではいけません」

昂弦はいつもより弱々しくみえる鮠兎に意見した。

「そうですね。元気を出さねば。明日、太子様のお供をして参ります。今日よりはずっと元気な姿で参ります」

鮠兎は昂弦が意見してくれたことが嬉しくてはにかみながら胸を張って見せた。

「そうそう、その調子で。では明日」

馬上で上宮が鮠兎に話した。

「もう秋なのか。今年は多くの事があり過ぎて、時が経つのが早い。幼い頃から、そなた達と共に学び歩んで来た。こうしてみてみると、子供の頃には想像だにしなかった事が多い。飛鳥の地にあの様な大寺が建立され、これまでには無かった大規模な宮ももう直ぐ完成する。

しかし建物は建っても、大和政権の内情は以前とあまり変わらないな。早く変えなければ、益々隣国との色々な事の差が開くのに、何故、分からないのだろう。葛城氏の中では、その様な事が話されることはあるか」

倭国はこの時期素晴らしい勢いで進歩していた。しかし隣国や大陸の国々の発展からはまだ遠い所にあると思う上宮太子は、旧態依然としている大和政権の人々の心をどうすれば動かすことができるのかと、苦慮していた。

「義父はわれには何も言いませんが、妻からは、これからどうなるのか分からなくて不安がっている豪氏族もいる、と聞きました」

「そうか。どうなるか分からないのは、誰でも不安だろうな。どうなっていくのか、はっきり示さねばなるまい」

二人は馬の首を上之宮へと向けた。

斎祷昂弦は上之宮の館から外に出て、二人が来るのを待っていた。館の入り口近くには柿の木があった。柿の実は未だ濃い緑色で、美しい柿色からは程遠かった。上宮と鮠兎は馬から降りて、手綱を昴弦の側に控えていた若者に渡した。若者は二人に礼をして、厩へ向かって行った。

若者の馬の扱いの旨さと手早さとに感心している二人を見て、昴弦は嬉しそうににこにこしていた。鮑兎が、

「先日来た折は、あの者は見ませんでしたが、最近ここへ来たのですか」

「左様にございます。あの者は未真似《みまね》と申します。阿耀未が従者として仕込んでほしいと、連れてきたのです。教えれば何でも一度で覚えます。阿耀未が見込んで里から連れてきただけの事はございます。育てられ方が良かったのか、性格もよく出来た若者です」

「昴弦氏がそれ程褒める若者も滅多にいませんね。未真似か、覚えておきましょう」

「どうぞ、こちらでございます」

昴弦が二人を案内した部屋は、昴弦自慢の部屋だ。上宮が昴弦に、国の重要な書類を保管できる蔵をと造らせた。上之宮の地は丘の上にあり湿気は少ないが、風が強く吹き火には弱い。その環境と地形を活かして、蔵は石と木とを巧みに組み合わせて造られていた。

「昴弦氏は、新しい制度の問題点をどう解決すべきだと考えますか。冠位について豪氏族がどう思っているのか。解決の道筋をどう作ればよいのか、昴弦氏と鮑兎の考えを聞きたいのです」

昴弦は暫く考えて、

「新しい制度は、上宮様が思われているよりもっと、豪氏族にとって受け入れることが難しい問題だと思います。豪氏族にとって、今までの生活の基盤であった父祖から受け継いできた領地や領民、そして今まで大和政権に仕えて担当してきた役割や家業を、新しい制度の下では両方共に

国から召し上げられるのではないか、と不安なのです。全部とまではいかなくても、少なからず無くなるとすれば大問題です。それらはいわば彼等の生きるためのものですから、新制度は彼らにすれば理不尽この上ないことでしょう。しかも、それは大和政権から頂いたものではなく、豪氏族の先祖が自分の手で勝ち得たものであり、先祖から受け継いできた私的な財産が主なのですから。

ではその不安や不満を希望に変えることは不可能でしょうか。もし、希望に変えることが出来れば、彼らは新制度に反対どころか賛成するでしょう。さてその賛成に変えるための希望でございますが、鮠兎様、あなたはどう考えておられますか」

「本格的な律令国家になる為には、豪氏族からどの様な反対をされましても、この新しき制度は取り入れねばなりません。しかし先ず初めに、懸念を抱く豪氏族達の不安を一掃することが大切です。豪氏族には、現在治めている地の変更や家業の没収はないと明言し、倭国を国として発展させるには今迄なかった仕事が増えるので、新しい制度はその仕事を受け持たせる為のものだ、と説明なさってはいかがでしょうか」

鮠兎の言い分に対し、上宮は、

「今すぐ土地も家業も没収されてしまうと不安に思う者もいるのか……。まずはその不安を除くのだな」

「上宮様、豪氏族達も新制度の採用が時代の趨勢であり、かつこの国にとって良いことであろうと、少なからず分かっておるのです。ただ、それが自分達の得になるのか損になるのかを考えると、どうも損に繋がると、今現在の多くの豪氏族達はそのような結論に至っているのです」

「そうか、そうだったな。大臣は常に言っていた。豪氏族は自らの氏族にとってどうなのかという事が最も大切なことだと。良いか悪いかではなく、自分にとって得か損かで動く者が多い。それは人の行動形式の基本だと。善いことをして、善く生きるという風には、未だこの国の人の心は育っていないのだな」

「その通りです。豪氏族が得だと思うように持って行くことができれば、この制度は反対をされることはございません。

そこで考えるべき事は、豪氏族がかかえている問題、困っている事は何かということでしょう。それは一族の中での財産分与問題です。今まで、豪氏族の長達は戦いで他の領地や領民を奪い財産を増やすことで、嫡男だけでなくその他の子弟にも分け与える事が出来ていました。しかし現在倭国は、半島諸国とも和平の条約を結び、国内もやっと平穏な時期となり、以前の様に戦いで勝ち得た財産の分配ができない状況になっています。豪氏族達の抱えるこうした問題の解決策に、新しい制度は成り得るのではないでしょうか」

鮑兎は上宮と馬子の推挙もあって葛城氏という豪族に婿として入った。そのこともあって、豪氏族が内に抱え、自分も関係する不安や問題を、上宮に直接話せずにいた。上宮から意見を求められるまで、問題を整理しどう解決すれば良いか常に考えていたのだ。しかし自分でもどう考えれば良いか迷った時には、自分が知り得る豪氏族の抱える問題点を、時々昴弦には話し相談していた。昴弦が言った。

「家を継ぐことができない子弟達にも、これからは領地争いや戦場での戦いではなく、国家運営の優れた官僚として能力を発揮することで競わせるのです。国には色々な部署を設けられるのでしょうから、訓練を受け能力を身に付けた後は夫々に活躍できる場があるのだと説くのです。そうすれば豪氏族達も、新しい制度に賛同する者も増えていくのではないでしょうか。上宮様が認められた若者達は困難が有ってもきっとやり抜くでしょう」

上宮の顔が、鮠兎や昴弦の意見を聞きながらどんどん明るくなった。

「豪氏族達は今までの地位や財産を何としても守りたい。しかもこれから新しい国造りの中でどう生き残れば良いのか分からず、子弟達の行く末も不安だという事を分かっている心算でいたが、吾は本当の意味でそれらの事が理解出来ずにいたのだろう。鮠兎が葛城氏へ入って、その中で色々な問題に気が付いてくれたのだな。有り難い。

これからは、行き場のなくなった子弟達もこの新たな制度の中で頑張りさえすれば、自分達の将来を自ら勝ち得ることができる。新しい制度はその為にも大いに役に立つと知れば、親として子の将来が心配だった豪氏族達も分かってくれる者が出て来るに違いない。

しっかりと説明し、少しずつ理解者を増やしていこう。それはこの国の素晴らしい将来への一歩となるに違いない。やる気のある若者達に早く良き師を出会わせてやりたい」

昴弦は穏やかな面持ちで、

「良き答えが導き出せましたね」

「有難うございました。吾もやっと自分が納得できる答えを導き出すことができました。大后様にも今度は安心して頂けると思います。昴弦氏と鮠兎に感謝します」

「分かりました。では一つだけわれわれから上宮様にお願いがあるのですが、言わせて頂いても宜しいでしょうか」

昴弦の真剣な眼差しに、上宮は、

「吾に、何でしょうか」

「近頃、眠る時間はきちんと取られているでしょうか。お忙しいのは分かります。しかしたまには、心身共に安らかな日をお持ち頂きたいと思います。これは地方から集め書き起こしました読み物です。面白い物を集めましたので、お気休めになればと。是非お読みください」

「そうですか。この頃、少し疲れたと感じる時もありましたが、皆吾よりもっと頑張ってくれているので、そんなことは言っていられないと自分を鼓舞していました。しかし昴弦氏には、隠しごとは出来ませんね。何でもよくお解りです」

「いえいえ、われだけではありません。太子様を大切に思う者は皆そう感じていた筈です。でも皆はわれの様に、ずけずけと言えないのです。いつも遠慮なく申し上げてしまう失礼をお許しください」

昴弦の優しさが上宮には身に沁みた。

「いいえ、有り難いことです。これからも変わらず、遠慮などせずに何でも言って下さい」

上宮は鮠兎と共に昴弦に礼を述べて、上之宮から飛鳥へ戻った。

上之宮から戻った次の日、上宮太子は大后と大臣に、冠位制度の内容がほぼ決まったことなどの報告をしたい旨伝えた。二日後、上宮と大臣は大后の館を訪れた。上宮は、大后と大臣に、新制度が豪氏族にあまり反対されずに受け入れて貰える方法を説明した。昂弦達と考えた案を話した上宮に大后は、

「いよいよ本決まりですか。これならば豪氏族にも反対なく受け入れられるでしょう。よくそこまでの気遣いが出来ましたね」

そう言って、微笑《ほほえ》んだ。

「はっ、御理解いただきまして、感謝致します。冠位は予《か》ねてからの考え通り、十二段階と致しました。この様に、大徳を最上位に、二番目は小徳、続くは仁、礼、信、義、智に大小に分けて、衣服の色彩はこれ等です」

と言いながら、上宮は大后と大臣に、冠位が書かれた木簡に布の見本を付けて見せた。

「成程、そなたのことだ。位階に込めた思いも深いのでしょう。今日はゆっくり話してもらいましょうか。それにしても、この布の美しい織り。秦氏の仕事は、いつも見事ですね」

大后は女性らしく美しい布に一時関心を持ち、手で触れながらゆっくり見た。その後で、上宮太子の方を向き、王族の衣冠のことを尋ねた。

「ところで、王に連なる者達の衣冠についてはどうする心算ですか。豪氏族達と同列にする訳にはいかないでしょう」

「王族は、衣も冠位も豪氏族と同じには致しません。別な組み合わせで考えております。主に正式な場では黄金色を基調とした物に刺繍をするようにしております。今日のお披露目には間に合わず、申し訳ございませんでした。見本が出来ましたら、必ずお持ちいたします」

「是非、見せて下さい。楽しみですね。今年中には、お披露目は出来るのですか」

「大丈夫でございます。大后様に承認して頂けましたので、今年中に必ず間に合わせるように致します」

上宮は大后と大臣に冠位を十二段階に分けて、豪氏族の子弟達も国家機関に多く登用し、その他にも優秀な人材を広く求め、王を中心とした集権国家を築いていく等の話をした。

一連の話を終えて上宮太子は、

「大后様、吾からお願いしたい事があるのですが、お聞きいただけますでしょうか」

「願いとは、聞いてみないと叶えて上げられるかどうか、分かりません。言って御覧なさい」

大后は何を言うのかと、怪訝そうな顔をした。上宮は、

「大后様が仰せになられた、大王就任の件でございますが、もう少し待って頂けないでしょうか」

「その事なら、もう決まっていることです。今更、何故待てというのですか。そなたもその方向で、準備をしているのではないのですか」

大后の心は随分以前から決まっていた。上宮は大王に就任して何の支障もない年齢に達しており、上宮が日嗣の皇子に決まった時と違って、群臣も上宮太子が大王となることに賛成する者達

の方が多くなっている筈だった。

「左様にございます。大后様の仰せの通りです。何故、そのようなことを。もう決まったことでございましょう」

大臣は、上宮太子が大王に就任すれば、孫の山背王子が日嗣の皇子として公に承認されるという誇らしい事態を楽しみにしていた。それなのに、なぜ上宮がいきなり大王に就任する時期を遅らせたいと言うのか訳が分からなかった。

「吾の話をもう少しお聞きください。新しき国造りには難しい問題が次々と出てきます。政事を担わせて頂いて、まだ十年にもならない吾一人がその問題の数々を解決していくことは至難といえましょう。どうか今しばらくの間、未熟な吾にお力添えを願えないでしょうか」

上宮は、王族達には大后が、豪族達には大臣が、大王と成る上宮の全面的な味方であるとの保証を願った。大后は少し驚いた顔をしたが、

「そなたが、大王に就任したからと言って、いきなり何もかもから手を引き、力添えを止めるという訳ではありません。ただ、年が明けた正月朔日には、必ずそなたは大王と成り、一人でこの国を背負う覚悟をせねばなりません。われ等はもう随分長い間、その様にしてきたのです。

この上まだ手伝えと言われれば手伝わないでもないが。大臣、そなたはどうですか」

「大后様がそう仰せなら、われに異存はございません。われはまだ大臣を退任する訳には参りませんので」

「有難うございます」

上宮は大后と大臣に心からの礼を述べた。
大臣の長子善徳は国寺と成った法興寺の長官として承認されていた。大臣の後を継ぐのは次男の恵彌史だとしていたが、恵彌史は未だ大臣の後を継ぐには若過ぎた。それに馬子は、山背王子が、日嗣の皇子として群臣に紹介されるのを、側でその目と耳とでしっかり確認したかった。馬子は敏達大王から数えて四代の大王に仕え、やっと五代目の大王の外祖父という誇らしい地位に上り詰めることが出来るのだった。出来れば、そうなるまで大臣でいなくとも生きていたいと思う馬子だった。蘇我馬子はこの日心から、上宮に刀自己を嫁がせた自分をよくやったと心の中で褒めていた。馬子は上機嫌で、島の庄の館へ戻って行った。

上宮は橘の宮に戻りながら、新たな国の基本となる多くの事柄を早く軌道に乗せなければならないと思っていた。明日にでも皆に召集をかけ、ある限りの知恵を出して貰うのだ。これまでも数々の困難な出来事に対し、上宮は大臣達や上宮の側近達と乗り越えてきた。しかし、国を近隣の諸国に並び立てるための律令を基本とした国家建設には、それ以上に難しい問題が山積していた。

先ず当面の課題は、大国の科挙制度に合格できるような人材が、どれ程集められるかだ。隋国が文帝の時に始めた科挙制度は、遠い昔から四書五経の教育が広まっていたからこそ実施できた制度だった。大陸では、長い歴史の中で多くの国々の文化を積極的に取り入れ、多くの人材が育っていった。多くの優れた応募者がいる中から選別し、その人材をまた篩《ふるい》にかけて、優秀な中から最も優秀な者を選び抜くのだ。そうした者達は、即戦力として国の為に働かせることが出来る。倭国に比べて何倍もの人を抱えた隋国には、大和政権に居る五経博士や高僧に匹敵するような人材が数多く存在する。大陸の国の様な長い間に培われた文化が倭国には未だ無かった。こうしたことは国造りにおける人材登用という問題にも、大きな影を落としていた。倭国は人材育成から先ずは始めなければならなかった。

上宮は橘の宮に帰ると、葛城鮠兎を呼んで明日側近達を集めるように言った。阿耀未には配下の者達を全国の主要な地域へ直ぐに遣って、地域に居る優れた人材の有無を調べるようにと指示を出した。


「次の朝議までに、新しい冠位制度の次なる候補となる人材を全国から集めたい。各々各地に行って、面接をし、合格した者達を連れて来てもらいたい」

上宮太子は、皆の顔を見ると我慢できず早口で言った。年長の三輪阿多玖は、

「太子様、もう少し詳しく話して下さいませんか。豪氏族の推薦等が必要ですか。学力は、どの程度必要でしょうか。字が読める程度で良いのでしょうか」

上宮は大きく息を吸い込んで、今度は落ち着きを取り戻して、

「今回は即戦力に重きを置きたいので、文字の読み書きは必須です。豪氏族の推薦者を全て受け入れるのではなく、そなた達の目で確かな人柄かどうか見定めてほしい。豪氏族にはこう話すこと。一、あずかった人々は大和政権が責任をもって育てる。二、豪氏族達が推薦した人物が育

ち、政権に貢献できるようになれば、その者の地方にも貢献に見合った報奨を与える。三、豪氏族の子弟で優秀な者は、国の機関で働き、生涯役人として国が雇い入れる。

既に阿耀未の配下の者達を、人材がいそうな地域に遣ったので、任地に着いたら先遣隊の調べた結果を、人材の確保に役立てるようにしてくれ」

上宮は一息置いて、

「その他、即戦力の人材となり得る候補がいたら教えてほしい。河勝、そなたどう思う」

秦河勝は、少し迷ったようだったが、

「大陸などからこの国へ移り住んだ者達の中には優秀な者がおります。しかしわれらの様に、大和政権の中央に組み込んで頂いている者は少ないのです。全国に暮らす外《と》つ国《くに》から渡来した者達は、その殆どが地方豪氏族の配下となっていますので、大和政権に直接お仕えするのは、かなり難しいかと存じます」

河勝は、これまでの政権では、河勝達の様な渡来人集団にはどうしても越えられない身分制度の壁があり、優秀な人材でも中央の大和政権まで辿《たど》り着けないまま終わると氏族の長老から聞いていた。地方で低い身分のまま便利使いされて終わる。しかし秦氏の長老達の中には、目立つより穏やかに慎ましくその地に馴染む生き方を選ぶ方が良いのだ、という者達もいたと聞いていた。これから大和政権が地方の豪氏族に、優秀な人材を推薦するように命じても、優れた人材はいないと言い切る事も大いにあり得る。それを後から大和政権に知られたとしても、そんな優秀な人材がいたことなど知らなかったと、白《しら》を切ることなど簡単に出来てしまうという事等を詳しく説明した。

　上宮は氏姓制度の大きな弊害を思い知った。豪氏族が地方に主権者として君臨している地方分権社会だった。最近までは、土地、人民《たみ》も含め、地方の財産はすべて彼らの意のままだった。大和政権が外つ国と同じ様な国家の形である中央集権国家にいくら早くしたいと思っても、抵抗する力は多いのだ。上宮は河勝から今迄聞かなかった話をされて、改めて自分の考えている理想の国造りの難しさを実感した。

「分かっている。しかしこのままにしていたら、何年経っても何も変わらない。これからの国には多くの人材が必要だ。少しずつでも、変えるために新しい制度を導入するべき時なのだ。何とかしたい」

　上宮は現在の状況を打開したいと、心の奥底から皆に訴えた。

「阿耀未の配下の者達が、地方の豪氏族の中から将来の国の為に協力してくれる者達を探してくれるのではないでしょうか。われらが今地方のあちこちへ向かうより、その知らせを待ってからにされては如何でしょうか」

　大后から少しでも早くと言われたことが影響してか上宮の焦っている様子が鮠兎には見えた。来目皇子という強い味方が亡くなって以来、感情の起伏が激しく感じられる上宮が心配だった。

「そうだな。地方の人材については、阿耀未からの報告を待って何処へ向かわせるか決めよう。それでは、この付近、大和の近くでの報告から聞きたい。鮠兎、記録を皆に見せてくれ」

「はぁっ、これにございます」

鮑兎はそう言いながら、名前の書いてある何枚かの薄い木片を並べた。

「これは大和政権内で、協力を取り付けた豪氏族の配下にいる優秀な人材の中から、大和政権に預けても良いと、名を挙げて貰ったものです」

三輪阿多玖が、

「ほほう。流石蘇我大臣には子弟にも配下にも優秀な人材が多くおられるのですね。三輪氏から後何人集められるか分かりませんが、兄の高麻磋と相談して近しい氏族にも、もう一度声を掛けてみます。大和の近隣で、後何人くらいを目標とすればよいでしょうか」

「現段階で、まずは百名欲しい。一年に凡そ百人程度を毎年募りたい」

上宮が伝えると鮑兎が、

「それでは法興寺の寺司の蘇我善徳氏に、受け入れるための準備をお願いしておきましょう。斑鳩寺は未だ受け入れるための建物の準備が出来ておりませんので」

「鮑兎、斑鳩の建物は、秦氏から引き継いだ巨勢氏に急がせてくれないか。出来れば来年の四月には、斑鳩でも飛鳥と同じだけの人数を受け入れさせたいのだ」

「河勝、何か腑に落ちない事でもあるのか」

上宮は、秦河勝の不思議そうにする仕草が気になって尋ねた。

「実はわれらが巨勢氏に引き渡した時には、既に整地が終わり、柱を建てる段階まできていたのです。あれから随分と時が経っております。まだ出来ていないとは、少し時間が掛かり過ぎかと思いまして」

秦氏が斑鳩から飛鳥の方を担当するようになったのは、秦河勝が来目皇子将軍と一緒に新羅征伐という名目で筑紫へ向かう前だった。斑鳩に関しては巨勢氏以外に膳氏や平群氏も担当していて、夫々に担当した館等はほぼ完成の報告を聞いていたが、巨勢氏が担当した箇所だけ何故か何の報告も入っていなかった。

「鮠兎、われも明日は斑鳩に行こう。ここ暫く斑鳩へ行っていないから、様子を見て来よう」

鮠兎は、巨勢氏が大和政権内で活躍出来ていない状態の時に、上宮が太子になってやっと与えられた名誉挽回の時を、何故棒に振る様な事をしているのか疑問に感じた。

「はぁっ、畏まりました」

「河勝は、引き続き飛鳥で新宮の建設及び、斑鳩に続く路造りに参加してくれ。ああ、河勝も斑鳩へ共に行って経緯を説明してもらおう。

摩理勢は蘇我大臣を通じて寺司の善徳に、次の年から受け入れる人材の事等について斑鳩から帰ってから詳しく打ち合わせをしたいと伝え、日程の調整を頼む」

「太子様、斑鳩からの御戻りは、いつ頃になられますか」

「三日で戻る」

前大王に仕えていた境部摩理勢は、今では上宮の側近として、昔から仕えていた者達とも馴染み、素晴らしい働き手と成っていた。

「畏まりました。その場に大臣の同席は、必要でございますか」

「大臣にも来て貰ってくれ。その方が何かと後々都合が良い。では、阿耀未からの報告があった後に、また皆には集まってもらう。

あ、そうだ、摩理勢の処の勢津《せつ》は中々優秀だと聞く。慧総師が褒めておられた。良き人材として育っているようで頼もしいな」

「はっ。親に似ず物覚えが良い様でございます」

摩理勢は皆の前で子供を上宮から褒められて、顔を真っ赤にしながら嬉しそうに答えた。皆の顔にも笑みが浮かんで、初めは暗かった場の雰囲気を摩理勢の赤い顔が明るくして、この日の話し合いが終えられた。

七、伝わらぬ思い

　朝夕はすっかり秋めいて涼しくなり、田の稲の穂は日に日に頭を垂れてもう直ぐ刈り取る時期が来ると教えていた。上宮達は飛鳥から斑鳩に通じる新しく出来た道を、夫々の馬に揺られながら行った。上宮が突然馬の歩みを止めて、馬から降り、実っている稲の穂を手で触れた。

「大和の稲穂を来目の陵に届けよう。勇貴が好きだった、栃餅、栃の実茶や柿も届けてやりたい。河勝、頼めるか」

「上宮様、われがお届け致します。秦河勝氏はこの後も飛鳥に戻って、新宮の建設に関わらなければなりません」

「ああ、そうだった。しかし鮠兎は吾の側に居て補佐してもらわなければならないから、誰か他の者に頼もう」

　上宮は青く澄み渡った空を見上げながら涙を流した。鮠兎と河勝も生前の来目皇子を思い出し、上宮の心に来目皇子の死を悼む気持ちが深いことを知った。鮠兎が言った。

「周防《すおう》の裟婆《さば》へはわれが参ります。行かせてください」

　上宮の本心は自らが裟婆《さば》の来目皇子の葬られている陵へ今直ぐにでも行きたいのだと解かったからだ。

「いや、駄目だ。そなたは、吾の側にいなければならない。何処にも行くなっ」

上宮は、駄々を捏ねる子供のように激しく言い放った。河勝は、

「上宮様、鮠兎様。われに行かせてください。飛鳥の方の采配は、蘇我大臣がなさっておられますので、われが少しの間居なくても大丈夫です。それに兄忠勝が近々来てくれることになっていますので、われが来目皇子様の処へ伺う事は可能でございます」

「良かった。では頼んだ。これで勇貴も寂しくはないな。昨夜、勇貴が夢に出てきた。何も言わず寂しげに立っていたのだ。吾が話しかけても何も答えてくれなかった。勇貴の目は寂しそうだったのだ」

そう話す上宮の目にまた涙が滲んだ。上宮は河勝が来目皇子の陵へ行ってくれると聞いて安心したのか、少し微笑んで、

「さあ、行こうか」

と声に出して、再び馬上の人となった。二人もそれに従い、三人は斑鳩への道を急いだ。

斑鳩に着くと、秦河勝に案内され斑鳩の学舎《まなびや》へ向かった。学舎の場所に着くと、皆驚きの声を出した。

「こ、これは。何という事だ」

「河勝氏、確かにここでしょうか」

一番驚いていたのは、整地を担当していた河勝だった。

「まさか、このようなことに。荒れ地になって仕舞っております。しかし建てかけたのでしょ

う。柱を建てようと定位置に、石が置かれた跡。ここには柱は残っていませんが、切れ端がございます」

河勝はあちらこちら、背の高い草が生え放題になっている土地を歩き回りながら検証した。

「確かに建設に取り掛かろうとした形跡はございます。場所を変えることはないと思いますが、これは巨勢氏に直接聞いてみませんと、何故この様な状態になっているのか皆目分かりません」

「河勝、確かにここなのだな。そなたが思い違いしているという事は、無いのだな」

「ございません。この風景は、われが確かに目に焼き付けてございます。間違う筈はございません。その証拠に、こちらに井戸も」

河勝が草を分けて、被せられている板をずらして上宮に見せた。そこには確かに、井戸が掘られていた。

「ではこれはどういう事なのか。なぜ学舎を建てていないのか。巨勢氏に直接聞くほかあるまい。これから聞きに行く」

「上宮様、少しお待ちください。膳加多夫古氏が何か知っているかも知れません。巨勢氏へ行く前に、膳氏をお訪ねになり、この学舎の事を何か知っているか聞かれても良いのではないでしょうか」

鮠兎は、いつもの状態ではない上宮と事の次第に憤慨している河勝に、冷静になって考えてほしかったので、膳加多夫古に会うことを提案した。加多夫古の妻は巨勢氏から嫁いできている。しかも斑鳩（平群）の開発を上宮が秦氏に頼んだ後を受けて、現在は巨勢氏が主に、膳氏がその手伝いをする形の二氏で担当していた。

「そうか、それが良いかも知れないな。巨勢氏にいきなり乗り込んで、こちらに何も情報が無いのでは何から聞いて良いか分からない。ところで、河勝。確認しておきたいのだが、吾の記憶によると、学舎の資材はそなたが全て調えてくれたのでは無かったのかな」

「はぁっ。確かにわれわれが担当させて頂いていた時は石材、木材の他、建設に関わる道具類などもわが配下の鍛冶に指示し、作らせた物を調えさせて頂きました。しかし担当を外れた後の事は、巨勢氏や膳氏にお願いをし、主に資材の調達は膳氏が行なうと聞きましたが……」

「膳氏が資材の担当なら、資材の調達は間違いなかろう。では巨勢氏は直接建設の指揮をとり人足を集めるということになる。それならば飛鳥の建設もあって、人足の取り合いになったかもしれない。巨勢氏には、建設に関わる人足はどれ程いたのだろうか。河勝、聞いているか」

「お聞きした事はございませんが、その事に関しては、担当を引き継がれた巨勢高須《たかす》氏からは何もお話しが無かったと記憶しています。もし建設担当者や人足が足りない場合には、繋がりの深い膳氏から借り受けるなど方法はございますので」

「そうか、その様な事情があるとすれば膳氏を頼ることもあるかも知れない。では巨勢氏に質問するにしても、膳加多夫古に聞いてからにした方が良さそうだな。行ってみよう」

　上宮を先頭に、膳加多夫古の屋敷のある方向へ、川沿いの道から離れて、北西へ向かった。膳氏の宅《たく》に近付くと、中から何か楽しげに笑う賑やかな女達の声が聞こえてきた。秦河勝に膳加多夫古を呼びにいかせると、加多夫古が急いで宅から出てきた。

「これは太子様。この様な所まで、何かわれに急ぎの御用でもございましたでしょうか」

「聞きたい事が有って来たのです。でも今日は何か特別な日なのですか。随分遠くまで笑い声が聞こえていますが」

「これは、近頃まで臥せっていた比里古郎女様が、あ、いえ。久しぶりに嫁いだ娘二人が戻り、寂しがっていた母親と歓談しておりまして……」

比里古郎女は膳加多夫古の次女で、来目皇子のたっての願いで嫁いだ。来目皇子が新羅征討の大将軍として筑紫へ向かい帰らぬ人となってから、食事もほぼ摂れなくなり半年の間に見る影もないほどやせ細りこのまま死んでしまうのではないかと、加多夫古達は心配した。しかしその様な中で幼い子供達の成長を目の当たりにし、周りの者達の励ましもあって最近少しずつ快方へ向かっていたのだった。加多夫古が、来目皇子の妻比里古郎女の事を言い始めた時直ぐに言い直したのは、上宮の顔に影を感じたからだ。加多夫古は上宮が来目皇子の死に深く責任を感じていて、比里古の悲しみと同じ悲しさを感じていると、思い至ったからだった。

「そうか、いや楽しんでいる者達はそのままで良いのだ。そのままにしておけばよい。そなたに聞きたい事も直ぐに終わる。一昨年、巨勢氏が秦氏から引き継いだ斑鳩の学舎建設に関して、そなたが何か聞いているかどうか知りたい」

加多夫古は怪訝そうな顔で、

「学舎は、巨勢氏が引き受けることになったと聞いては居りますが、それ以来何も聞いておりません。われらは同時期に、この地周辺を手掛けておりましたのと、飛鳥の新宮の造営に関する資材の調達にも関わっておりました。その為この地を留守にすることも多く、巨勢氏から何か、あっ、し、暫くお待ちくださいませ」

加多夫古は、上宮に説明する間に何か重大な事を思い出したらしく、一瞬にして冷や汗を掻き、慌てふためいてその場を辞した。その場に残った三人は何が起きたのか分からず、お互いに顔を見合わせた。

少し経って戻って来た加多夫古は、顔が真っ青で頻《しき》りに額の汗を拭いていた。上宮の顔を見ると、いきなり土間に手と顔を擦りつけて、

「ま、誠に申し訳ございません。われが留守にしている間に、巨勢高須《たかす》氏が妻の絵緋《えい》に資材と人足が足りない旨、われに連絡してほしいと言ってきた事があったそうです。絵緋は従者に木簡を持たせ伝えたと申しております。しかしその木簡をわれは受け取っておりません。その事が何か巨勢氏の難儀を生んだのでしょうか」

上宮はふーと、ため息を漏らした。

「巨勢氏の要請を聞いていない結果が、あのような事態を生んだのか。そなたも知っての通り人材育成は急務だ。そして飛鳥では法興寺近くに学舎が次々と建設されている。その際、巨勢氏に斑鳩の学舎の建設を担当させた。この地を主に監督していた膳に資材の調達などの事に関して相談するよう言ってあったのは、知っていたと思う」

「存じておりました。われが留守の際には、必ず何かあれば伝えるよう家人にも申し付けており

ました。我が妻もそれを守り、従者に伝えさせたと申しておりますが、われに伝わっていないというのは事実でございます。何処でその伝達が消えてなくなったのか、今は探しようもございません。

しかし、国から命じられた大切な人材育成の学舎造りが滞った事実に対してわれらの責任が有ると知り、どの様なお叱り、罰もお受けいたします。更に巨勢氏が成そうとして成し得なかった斑鳩における学舎は、もしお許し頂けるなら、われにその後を任せて頂けないでしょうか」

「もしそうするとしても、その前に巨勢氏にも問い質さねばならない。何故一年以上もの間、資材の調達や建設に携わる人足の手立てを膳氏に頼んでおいて、返事が無いのにも関わらず放置していたのか。やる気があるなら、催促することもできたはず。そなたのところとは、親戚の仲でもある。普段から行き来もしているのではないのか」

上宮の斑鳩の里に対する期待は大きかった。飛鳥と共に将来の国を背負って立つ者達を育成する場所にしようとしていた。期待が大きいだけに、周りの者達が中々同じ思いにならないことに落胆し、少なからず怒りが込み上げていた。しかも膳加多夫古は上宮の元に嫁いでいる菩岐岐美《ほききみの》郎女《いらつめ》の父なのだ。全ての豪氏族が新しい制度の事を後押ししてくれるとは思っていないが、義父までもが足を引っ張るような事態になっていることに心が折れる思いだった。

そんな太子の何時にない雰囲気を感じた膳加多夫古は、

「申し訳ございません。巨勢氏との付き合いは、専ら妻（絵緋）任せでございました。しかしこれまではこの様な行き違いはございませんでした。これからは決してこの様な事態にならぬように、われも巨勢氏とは懇意に致します。どうか今回ばかりは、御容赦ください」

「ところで、その使いに出したという従者は、現在もここにいるのか」

「いいえ、その者は既に暇を取って郷里へ戻りました」

「詳細を聞こうにも本人が居ないのでは致し方ないな。その者の郷は何処で、何という名だ」

「すみません。今は……。その者の郷も名も家人に聞けば分かります」

「では直ぐに聞いてきてください」

膳加多夫古は急いで家人に聞きに行った。

しかし巨勢氏の後を引き受けるにしても、膳氏の方から巨勢氏に対し謝罪をするのが先だ。そうせねば巨勢氏も気分が悪いだろう。その後を膳氏で引き受けるなら、それなりの話し合いをしなければならない。巨勢氏に何も話さない訳にはいかないと上宮は思っていた。

今まで黙っていた鮠兎が、

「上宮様、われの考えを申し上げても宜しゅうございますか」

鮠兎がこの場を収拾するために良い考えが浮かんだと思った上宮は、

「聞こう」

「今回の件の収拾は全て膳氏に任されては如何でしょうか。本件は膳氏が資材の調達などの事を、巨勢氏から連絡を受けていながら、今まで膳氏の中での連絡不行き届きによって放置した事から始まっております。

巨勢氏も今まで膳氏から連絡がない事を気にもせず、再度の連絡を怠ったという失態はございます。しかし飛鳥における新都の建設に資材も人足も大いに不足している事態を、大和で知らない者はおりません。巨勢氏が膳氏も調達しようにも出来ないのだと思って、膳氏からの連絡があるまで催促しなかったとも考えられます。

膳氏にも巨勢氏にも悪意はなかったと思いますので、もう一度初めから巨勢氏と膳氏にお任せになってみては如何でしょうか」

「悪意が有ったなどとは思っていない。だが、国から依頼された仕事だ。任された限りは、責任を持って遂行するのが臣下たる者の道であろう。連絡の確認をしなかった巨勢氏は無責任であった。膳氏は巨勢氏から依頼された事案を、従者の不手際とは言え処理できなかった。普段から従者をしっかり教育していなかった事で、この様な失態に繋がったと言えるだろう。

斑鳩の開発と斑鳩の建物建築をこのまま、膳氏と巨勢氏だけに任せるのは、何か不安だ。河勝何か良い案はないか」

「これからは上宮様がここ斑鳩の地に出来る建物群の完成を楽しみに待たれているお姿を、皆に示すのが効果的かと存じます。お忙しいと思いますが、上宮様が時々は斑鳩の建設現場へ行かれて、開発や建設に関わる者達に励ましの声を一言掛けられるだけでも随分違うと思います」

「そうか。吾は河勝にもう一度斑鳩全体を任せたいと思ったのだが、どうだろうか」

「それは一番いけないことと思います。随分位の低いわれらの後を任されて、膳氏はともかく、誇り高い武人巨勢氏はその時から気分を害していたのかもしれませんから。その上、又われらが出ていくことになれば、今度は巨勢氏だけでなく膳氏も共に面目を丸潰れにされたと思うのではないでしょうか。後を引き継いだわれらだけでなく、われらに指示された上宮様にも恨みを抱くかもしれません。

余程の人物でない限り、自らの失態を反省などいたしません。普通の人は自分が失態を演じても、他人のせいに致します。まして今回は、巨勢高須氏も膳加多夫古氏も直接的に自分達が悪いことをしたとの自覚はないと思われます」

「では、河勝はどうすれば、今回の事態が収拾できると思うのか」

「先ず初めに膳氏には、巨勢氏に頭を下げて頂かなければならないでしょう。その後、これまで通り巨勢氏に学舎は任せ、膳氏には巨勢氏から依頼が有った事を早急に調えて頂くのが最も良い方法ではないでしょうか。膳氏が調えられない部分は、われの方で何とか調達できるように致します。この度の事態を穏便に済ませられれば、今まであまり交流が無かった巨勢氏とも懇意になる機会を得られるのではないでしょうか」

秦河勝は、上宮の人柄に直接触れれば、蘇我氏とあまり芳しい仲と言えない巨勢氏も少しはこの政権に寄り添ってくれるのではないかと思った。その良い機会になるとも思ったのだった。

「そうだな。鮠兎と河勝の意見、参考になった。早くここの建物の完成を見たいと焦っていたようだ。少し気持ちに余裕を持たないと、色々と判断を誤るようだな」

上宮は自分に言い聞かせるように言いながら、馬子が法興寺、新都の大路、新しい宮の建設現場に足繁く通っていた事を思い出した。あの時は頻繁に訪れる馬子を、周りの者達が少なからず煙たがっていたが、その時の馬子はにこにこと嬉しそうにしていた。現場の人々にたまに差し入れをして、働く者達を労ってもいた。上宮は鮑兎や河勝の意見を聞きながら、今回の問題の解決方法を自分なりに見つけた。

膳加多夫古は家人に聞きに行くと言って席を離れたが、直ぐには戻らず、上宮達が話し終えた時にやっと戻ってきた。

「お待たせして申し訳ございません。使いに出した者の名は九呂《くろ》で、里は南河内と和泉の境の山村だと聞いております。九呂は難波吉士《なにわのきし》氏の紹介でした。暇を取らせたのは、親元で父親と長兄が相次いで亡くなり次男の九呂が後を継がねばならなくなったからだそうです。それ以上詳しい事は今のところ分かりません」

「そうか分かった。それ以上の事が必要なら、こちらで調べよう」

上宮は鮑兎に目配せをして、その九呂なる者を直ぐに調べるよう指示した。九呂の行動が、何らかの意図を持ったものだったかどうか調べておく必要があった。

「それから、今回の件ですが。不本意かも知れないが、膳加多夫古氏から巨勢氏に詫びを入れて貰いたい。その後、巨勢氏から依頼が有った資材や人員の不足に関しては、そなたが調えられるものに関しては速やかに調え、足りないものに関しては吾の方で用意させよう」

「勿論、巨勢氏に分かってもらえるよう、誠心誠意謝ります。資材や人足の補充に関しましては、われに出来る限り調えさせて下さい。そうさせて下さいませ。太子様にはこれ以上のご迷惑を掛けとうございません。

今回は従者の教育もまともに出来ていなかった我が氏の不徳の致すところでございますれば、今一度の機会をお与えくださったことに、心から感謝申し上げます」

膳加多夫古は太子に深々と頭を下げて、反省と詫びの意を示した。

「分かりました。今回は斑鳩の学舎の建築を膳氏や巨勢氏に頼んだままにしていました。吾の身にも色々な事が起こっていて、任せっぱなしだった。

少し考えれば、今回の事は皆が皆、誰かに任せてそのまま確認をせずに、この仕事を自分の仕事とせずに放置した結果だったように思います。

しかし今日、学舎の建築が何故捗《はかど》っていなかったか分かったのですから、今から始めれば良いのです。今度は間違いなく、迅速に工事に取り掛かるようにして下さい」

「有難うございます。直ぐに、今まで放置していた事を巨勢氏に謝罪し、巨勢氏から依頼のあった事柄について手配致します。

これ以後は巨勢氏とも密に連絡を取り合い、二度と太子様をがっかりさせる様な事の無いよう肝に銘じますほどに」

加多夫古は、何度も何度も頭を下げて詫びた。

「宜しくお願いします。ところで、今日のこの件を全て巨勢氏に話して良いものやら。義父様として、吾に良き知恵をお貸しください。巨勢氏にはどう話せば気分を害さないか、お分かりでしょうか」

上宮の怒りが収まったのを感じた加多夫古は義父として、

「さぁーて。巨勢氏は以前から大王に武官としてお仕えしている誇り高き氏族です。膳部《ぜんべ》である我が氏よりも格上であるとの自負も御有りでしょう。蘇我大臣が縁を取り持って下さいまして、我が妻の絵緋は我が膳《かしわで》氏に嫁に来てくれたようなものでございまして。巨勢氏は、言いにくいことですが、昔の誇りを大切に持ち続けています。

もし出来ましたら、太子様から一言、巨勢氏に今回の学舎を頼むとお声を掛けて頂ければ、われも、これ以後巨勢氏とやり取りがし易くなるのではないかと思います」

加多夫古は申し訳なさそうに言った。

今は、娘の内の一人菩岐岐美郎女が上宮太子に嫁ぎ、続いてもう一人の娘も来目皇子に嫁いで、大王に近い存在となった膳氏だ。娘の婚姻によって今までより箔が付いた膳氏だったが、巨勢氏はそれでも膳氏よりも優位に立っていると、完全に思っていると加多夫古は感じていた。

「成程、では先ず吾が巨勢氏へ行き、改めて斑鳩の学舎を宜しく頼むと言いますか」

「その様にして頂ければ、われも巨勢氏に行き易うございます」

「では、吾は明日必ず巨勢氏へ行き、その後、こちらへ連絡を入れますから、その後に巨勢氏を訪ねるようにして下さい」

上宮はその日、菩岐岐美郎女にも会わず、刀自己の所にも行かずに飛鳥へ戻った。明日の朝早くに、巨勢氏を訪ねるためだった。上宮は飛鳥へ着くと膳加多夫古から貰った土産を河勝に預け、橘の宮へ届けさせた。上宮は橘の宮へも寄らず鮑兎を伴って、上之宮に斎祷昂弦を訪ねた。

上之宮に着くと斎祷昂弦に、

「巨勢氏について、今分かる事を教えて下さい」

「巨勢氏の何がお知りになりたいのですか」

「現在の巨勢氏の財政状況、巨勢高須、及びその子弟の人となり、どの氏族と親密か、などです」

「少しお待ちください」

昂弦はそう言うと、書棚のところへ行って二、三の書物を取り出し持ってきた。それは分かる限りの過去から現在までの、巨勢氏に関する事柄を記した物だった。昂弦はその書を開きながら、

「二、三代前からの、巨勢氏の系譜にございます。巨勢氏は、許勢とも表記いたします。この記録によりますと、凡そ百年ほど前に許勢男人《こせのおひと》臣は、継体大王がまだ男大迹王《おおどおう》と名乗っておられた頃に、越の国から大伴金村《おおとものかなむら》大連と物部麁鹿火《もののべのあらかひ》大連らと共に大和へお連れしたとございます。その後、許勢臣稲持《こせのおみいなもち》、猿《さる》と続き現在は巨勢臣比良夫《こせのおみひらふ》、高須《たかす》兄弟の時代でございます。

一族の者はほぼ、武官として有事には軍を率い、半島へも派遣されております。親密な氏族は、大伴氏や紀氏でございますが、以前は物部氏とも婚姻等を、また中臣氏とも行き来がございました。高須の妻は大伴氏から来ており、一族の財政状況は、以前ほど豊かなものではございませんが、現在は中級で良好と言えましょう」

「そうですか。では巨勢高須氏は、どの様な人物でしょう」

「武将、という言葉がそのまま歩いている様なとでも申しましょうか。実直な人柄で、情にも厚く、信頼できる人物だとの評判です」

「子は何人いますか」

「先年ただ一人の男子を亡くしました。その者に子が居りまして、高須氏にとって孫達はまだ幼い兄弟でしたので、引き取り育てております」

「成程、では高須氏はもう高齢と言ってよいですね。大臣位でしょうか」

上宮の頭の中に、巨勢高須を訪ねた時に自分がどう振る舞えば良いか想像してみた。昴弦はそうだと頷いた。

「分かりました。有難うございました。話は変わりますが、国の記録はどこまで進んでいますか」

「資料を集めるのに手間取っております。しかし以前よりも、ここの人員を増やして頂きましたので、少しずつですが資料も集まり以前の三倍程にはなりました。ですが未だ、全体の半分にも至っておりません」

「そうでしょうね。他の仕事も色々お願いしていますから。現地に行って、各地の伝承や古くからの民話を書き留めて来なければならないのです。時間が掛かる事は分かっています」

上宮は、斎祷昴弦一人に出来る仕事の量ではないと思いながらも、つい心許して何でも頼んでしてしまうと反省した。昴弦も上宮の頼みをこれまで一度も断ったことが無かった。

「それもこれも人材が育てば、各地へ遣る人員も増え、資料ももっと集め整理もしてもらえるのです。吾は優秀な人材を早く一人でも多く育てなければなりませんね。斑鳩に建てようとしている人材育成の場所も、やっとこれから建設に取り掛かる事が出来ると思います」

昴弦には上宮が少し疲れている様に見えた。

「上宮様、今宵は昔懐かしいこの館にお泊まり下さい。久しぶりに、鮑兎様と三人で酒でも飲みませんか」

「そうですね。鮑兎、そうさせて頂こう。膳氏から貰ってきた物をお渡ししてくれ」

直ぐ話しに入ったので、上宮は膳加多夫古からもらった土産の一部を昴弦に渡すのを忘れていた事をやっと思い出し、鮑兎に言った。

その夜、昴弦はその昔若狭で聞いた海の向こうから渡って来た者達の伝承で、各地の海岸沿いの村には似た話があると幾つかを二人に話して聞かせた。上宮も鮑兎も心癒され、心地よく深い眠りについた。


次の日の朝早く、上宮は鮑兎を伴って巨勢高須の住む郷へ向かった。

「随分登って参りましたが、この様な所に屋敷が有るのでしょうか」

「大丈夫、この様に道が続いているのだ。しかし未だ先かもしれないな。少し休もう」

上宮と鮑兎は馬から降りた。道端に座るのに丁度良い石を見つけて座ろうと、二人分の手綱を鮑兎が道沿いの木にくくりつけた時だった。少年が丘の上の方から駈け下りて来るのが見えた。

その少年の後から年配の男が追い掛けながら叫んでいる。

「待てー、待つのだー。未だ終わっていないぞ。今日こそ勘弁ならあん。戻れ、戻れよ」

鮠兎は咄嗟に、駈け下りて来る少年を抱きとめた。少年は鮠兎を押し退けて逃げようと、じたばた鮠兎の腕の中で暴れた。

「離せ、離せ。お前は誰だ。爺の味方なら、わが敵だ。離せ、この奴《やっこ》っ」

「はあ、はあ、はあ。ど、どうも。この子が大変失礼な事を申しまして。有難う存じました」

男は鮠兎から男の子を受け取ると、鮠兎の方を向いて礼を述べ立ち去ろうとしたが、側にいる上宮太子に気が付いて驚いた。

「こ、これは、上宮太子様。この様な所に、何故、太子様が……」

「確かにこちらは上宮太子様です。われは葛城鮠兎と申します。あなたが巨勢高須氏ですね」

鮠兎が男に尋ねた。三人に直接の面識はなかったが、巨勢氏が上宮を遠くからでも見たことはある筈だ。巨勢高須は、会った人物が太子と分かっても他の者に比べて、あまり謙《へりくだ》ったりはしなかった。寧ろ堂々と、

「いかにも。われは巨勢高須にございます」

「秋の風景が素晴らしいと噂に聞く巨勢の里を、一度見てみたいと思っていたのです。見せて貰えますか」

上宮は、昨日斎祷昂弦から聞いていた巨勢高須の人柄に応じた申し出をした。

「どうぞ、見るにはわが屋敷が最高の場所でしょう。直ぐ其処ですので、われと共にお越しくだ

さい」

高須は、子を追い掛けて乱れた息がやっと整ったらしく、上宮太子に丁寧に答えた。高須はその子の手を離さないようにしっかりと握り、上宮と並ぶような形で歩いた。鮠兎は二頭分の馬の手綱を持ち、上宮達の後ろをゆっくり歩いて行った。


今まで鮠兎と登ってきた場所から少し先へ行くと、道は丘に沿って右手にぐっと曲がっていた。曲がり始めた時、左手に視界が広がった。眼下に広がる景色は、実り豊かな稲穂が黄金色に輝き、その周りを緑の木々が縁取っていた。

よく見ると、ちらほらと紅葉しはじめた広葉樹が見える。反対の右手の丘の頂上を見ると、開かれた台地が有り、そこは柵で囲われていて入口には門と思しき二本の太い柱が立っていた。前面には広場が有り、右には兵舎が左には厩らしき建物が建ち、その奥に古いが立派な屋敷が建っている。門の中に入って直ぐに物見の櫓《やぐら》があった。

巨勢高須はその物見櫓を指差しながら、

「そこに登りますと、この美しい景色が隅々までよくご覧になれます。宜しければ、どうぞ」

上宮はもう一度振り返って、巨勢の里の実り豊かな景色を美しいと思ったが、ここに来た本当の目的は、景色を見るためではない。上宮は、

「いえ、ここからで十分です。もっと早くに見せて頂けばよかった。この美しい景色は見ているだけで幸せになります。ここまでのものにするには、多くの歳月を掛けられたのでしょう。見事

な景色です。又、春には春の景色があるのでしょうね」

巨勢高須は、太子に手放しで褒められ悪い気はしなかった。

「では、どうぞ屋敷の中へ」

二人は勧められるままに、高須の屋敷の中へ入った。裏に高い樹木が何本も生えているからか、昼に近いというのに屋敷の中は、冷《ひん》やりとしていた。部屋の中には、一度に二十人は座れると思われる長い机とそれに合わせた長い椅子が置かれていた。

上宮と鮠兎は勧められて、その長い椅子として置かれている板を跨《また》ぎ、腰を掛けた。二人が座ると、奥から白髪の老女が何か運んできた。

「先ずは、どうぞ。こちらから」

そう言うと、高須は温かそうな白湯の様な物を一気に飲み干し、もう一つのとろりとした飲み物を旨そうに少しずつ飲んで見せた。

「どうぞ、こちらは熱いので、ゆっくりこの様に」

「鮠兎、頂こう」

鮠兎は高須に勧められるままに、白湯を飲み干した後、高須の真似《まね》をしてとろりとしたもう一つの飲み物に口を付けた。一方、上宮は白湯に少し口を付けて、

「実は今日、景色を見せて頂く他に話があるのです。話というのは、斑鳩の里の学舎《まなびや》の建築のことです。先ずは、吾から直接お願いしなかった事をお詫びします」

上宮は、頼みごとをした本人が頼む相手へ直接声も掛けずに済ませた事が、この度の本当の原

因だと思い至っていた。上宮は多くの事で巨勢高須に対し礼を失していたと謝ったのだった。

「詳細については膳氏から聞いております。膳氏が依頼には必ず応じると言っておきながら、行き違いが生じたこと申し訳ありません。建設資材や人足を直ぐに用意できず申し訳ありませんでした。早急に用意し、近々届けさせますので、農の閑期になったら、また建築をお願いします」

「分かりました。膳氏に使いを遣ってから何の音沙汰もなく、われ等からもう一度催促して良いものやらと考えている間に農の繁期に入ってしまいました。われがもっと迅速に動いておれば、これ程の遅れは無かったかも知れないと、少し申し訳なく思っておりました」

豪族が公の工事を受け持たせて頂く時の常の定めに従い、この稲刈りが無事終えられましたら、必ず斑鳩の学舎建設に取り掛かりますので、もう暫くのご容赦をお願い致します」

巨勢高須は、今度は丁寧に事の次第を話して聞かせた。

上宮は重要な話を終えて、高須に質問した。

「先程の元気な男子《おのこ》は、巨勢高須氏のお子ですか」

「ああ、まあその様な者です。先年に亡くしたわれの長子の子でして、あれの上にもう一人おりますが。その子は飛鳥の法興寺の学舎に入ることが出来、今はそこで学ばせて頂いております」

「そうですか、飛鳥で学舎におられるとは優秀なのですね。ではいずれ、あの子も飛鳥の学舎にと、お考えなのですか」

「いいえ、兄と違って、あの者は学問より武術が性に合うと申します。われが教えておりましても、中々学問が身に着きません。直ぐに先程のように、逃げ出す始末です。これからの世には、学問が必要だといくら話して聞かせましても、少しも言う事を聞きません」

「そうなのですか。しかし武術と学問は表裏一体ではないでしょうか。父から吾も幼い頃、武術も学問も大切だと教わりました。先程のお子は世辞ではなく、吾にはとても利発そうに見えました。その上、根性もある様に感じました。もし宜しければ、斑鳩の学舎が出来た暁には、斑鳩の学舎でお預かりいたしましょう。如何でしょうか」

「えっ、武人《たけと》を、でございますか。ですが……」

巨勢高須は、孫にとって大変良いと思われる上宮太子の申し出に、思うところある様子で直ぐには良い返事をしなかった。

「ゆっくりお考え下さい。無理にとは言いません。それこそ、まだ斑鳩の学舎はこれから建つのですから」

「はぁっ。有り難き仰せ。しかと考えさせて頂きます」

上宮は斎祷昂弦から巨勢氏の詳しい事情を聞いていたので、素直に引き下がった。

「分かりました」

武人《たけと》のことで巨勢高須と少しでも打ち解ける切っ掛けになればと思ったが、たった一度の出会いではそれは難しいことだと感じた。朝議では顔を見ているとは言っても、お互いに今日、初めて面と向かって話したのだ。

上宮に関わる問題を、例え太子の上宮が直接謝ったところで、それはそれだけの事だ。今までの蘇我氏と巨勢氏の深い溝が一気に埋まる訳ではない。蘇我氏に積年の恨みを持っていたとしても不思議ではない巨勢氏だという事を忘れてはいけない。巨勢氏にとっては、上宮も蘇我氏の一員だった。

上宮は、今回の高須との出会いが、今後の巨勢氏との良い縁と成るように何とかしていきたいと強く思った。

「斑鳩の事、宜しくお願いします。今日はこれで失礼します。先程の温かい飲み物は、葛湯ですね。ほんのりと甘く、旨かったです。用意して下さった方にも、お礼をお伝え下さい」

持て成しを褒められた高須の顔から、会った時の硬い表情が消えていた。上宮は高須から受けていた敵愾心に満ちた眼差しを今はもう感じていなかった。巨勢高須が閉ざしていた心の門に自ら手を掛けてくれるのは、これからのこちら次第だと上宮は思った。

「今頃の季節になりますと、飛鳥よりここは少々冷えますので」

そう言った高須の言葉の裏に、上宮はほんのりと人の温かさを感じた。


上宮と鮠兎は巨勢高須に別れを告げ、巨勢の郷を後にした。帰り道で、上宮は何か考え事をしているようで、鮠兎にも上宮の考えていることが想像できた。鮠兎は黙って、二頭の馬の手綱を持って上宮の後ろを歩いた。

巨勢氏の館から、少し下った所に集落が有る。蘇我氏と昔からの付き合いがある東漢《やまとのあや》氏達の住居と田畑があるのだ。急だった下り坂が緩やかになった所で、鮠兎は上宮に馬に乗るよう促した。

「そうだ。この辺りには東漢氏の所領が有った筈だな。未だ日が陰るには時が有ろう。東漢氏も覗《のぞ》いてみるか」

「今日は、このまま宮に御帰りになられた方が良いと思います」

普段は上宮に反対しない鮠兎だったが、疲れている様子がはっきり分かる上宮に言った。

「そうか、吾が疲れたように見えるか。自分でも分かっていたが、そんな時は自分にもっと負荷を掛け、もっと頑張らねばならぬ身だと思うのだ。吾には未だ頑張りが足りない気がする。もっと頑張れる気がする。そうすれば今以上に強い自分になれそうな気がするからだ」

「そんな。何故、その様に無理をなさるのですか。太子様もご自分が生身の人であることをお忘れになってはなりません。過ぎたるは猶及ばざるがごとし、ではありませんか。この様な分かり切ったことを、われが申すまでもございませんが」

上宮は鮠兎の話を聞いてなかったのか、それに対する返事とはとても思えない事を言った。

「鮠兎、おかしいと思わないか。何故、子が親より先に死ぬのだ。年老いてゆく親を残し、幼い子を残して逝くのは、さぞ辛かったであろう。巨勢高須の長子もそうだが、勇貴（来目皇子）もそうだったに違いない。先立った者も、残された者も共に辛い。子は親より先に死んではならない。そんな世にしてはならないのだ。

母様の悲しみはいかばかりか……」

上宮は大きなため息をついて、

「吾が勇貴と共に筑紫に行っていれば、勇貴は死なずに済んだかもしれない。吾が側にいれば、勇貴を一人で無念のうちに死なせなどしなかった……」

上宮の乗っている馬が突然歩みを止めた。その馬の鬣《たてがみ》には上宮の涙が、ぽとりぽとりと落ちていた。来目皇子が亡くなってから時々、上宮は不安定な気持ちを抑えきれずに突然泣き出すことがあった。それは決まって心許す鮠兎と二人きりの時の出来事だった。鮠兎は上宮に掛ける言葉も無くただ上宮の側に付いていた。

上宮の不安定な状態がこのまま続くのは、上宮の為にも国家の為にも良くない事だ。鮠兎は新羅との交渉を成功させた来目皇子の命を懸けた成果を無駄にしてしまってはならないと、来目皇子が亡くなってからずっと長い間考えに考えていた。

どうすれば、上宮をこの悲しみの淵から助け出すことが出来るのかという事を考え抜いた揚句、鮠兎はその救いを仏教の師慧慈に求めた。慧慈なら慈悲深い仏教の教えで、人の生死について納得のいく話をしてくれるのではないかと思ったからだ。

鮠兎は上宮に、

「この頃は政務がお忙しく、仏教のお話を聞けませんでした。これから慧慈師を訪ねましょう。未だ、日も高《たこ》うございます。実は先日、慧慈師から国の法の事も具体的に、上宮様と話したいと言われていたのです」

上宮は鮠兎から慧慈という言葉を聞くと、また手綱をしっかり握り直した。上宮の馬が自然に歩み始めた。

「慧慈師が吾に話したいと言われたのか。吾も気になっていたことが有った。慧慈師に勝曼経《しょうまんぎょう》を取り寄せるようお願いしていたのだ。もう手にされたのだろうか」

勝曼経とは、かつて天竺（印度）の阿踰闍《あゆじゃ》国の王妃であった勝曼夫人《しょうまんぶにん》が、仏教の師釈尊と仏教に対し、どの様に接していたかが書かれた経典のことである。大后からの依頼もあって、上宮は大后達にとって何か良い経典を探してほしいと慧慈に頼んでおいた。慧慈はその時、勝曼経が良いと上宮に話した。そこで上宮は慧慈に頼んで、勝曼経の経典を探して貰っていたのだった。

「お話の内容までは伺っておりませんので、分かり兼ねます」

「そうか。これから慧慈師の所へ行こう」

「はぁっ。参りましょう」

慧慈は学舎《まなびや》で講義中だった。上宮は慧慈の仏教講義が終わるまで、法興寺の本堂脇の小部屋で待った。少し経って現れた慧慈は、何時ものように上宮と鮑兎に挨拶をし、

「本国に問い合わせせましたが、勝曼経の写本は見つかりませんでした。勝曼経は拙僧が隋国で学んでおります時に、是非写経したいと思った御経の内の一つでした。拙僧は法華経の写経に時間が掛かると思いましたので、その時側にいた僧に勝曼経の写経を頼んだのです。しかしその後、急ぎ高句麗へ戻ることとなりました。本国へ戻ります際に、写経させて頂く目録には確かに入れ

ておいたのですが、高句麗の書庫を隈なく探しても見つからぬとの答えでございました。未だ頼んだ僧が、帰国していないのかもしれません」

と申し訳なさそうに言った。

「そうでしたか。では隋国に行かなければ、勝曼経を写経することは出来ないのですか」

「そうなのですが、今隋国に滞在している我国の学僧達が写経した御経の中には必ず有ると思います。国に使者を送り、隋国に居る者に問い合わせて貰いますので、もう暫くお待ちください」

「有難うございます。では宜しくお願いします」

慧慈となら何時も長くあれこれと話し込む上宮だが、この日はあっさりと橘の宮へ戻った。鮠兎は上宮を送った後、もう一度慧慈に面会を求めた。

「ああ、これは葛城鮠兎様。何かお忘れの事でも、ございましたか」

「少し相談したいことがあるのですが」

「どうぞ、こちらへ」

切羽詰まった様子の鮠兎を心配して、慧慈は誰も簡単には入って来ない奥の部屋へ招き入れた。

「どうぞ、ここは誰彼なしに入ってきません。何をお話なさっても大丈夫です」

「有難う存じます。実は上宮様のことなのです。来目皇子様が身罷られて以来、笑われなくなり疲れ易くなられました。以前に比べお気持ちにも強さがない様に思います。家族の中に若くして亡くなられた人の話を聞かれると、必ずと言ってよいほど、その後涙を流され、不安定なお気持ちになられる様です」

「そうですか。太子様は心を許された友の鮑兎様の前では、緊張を解かれご自分の気持ちを抑えることがなくなるのでしょう。上宮様が泣いておられる時、どうされていますか」

「どうすることも出来ません。どんな言葉を掛けて良いかも分かりません。ただお側に居るだけです」

「鮑兎様はそれで良いと思います。大切な方との別れは、誰も辛く悲しいものです。その悲しみが癒えるには、時を掛けなければならないでしょう。ですが、太子様はご自分が今、何を成さねばならないかという事を誰よりも分かっておられる方です。それに太子様には弟君の死を共に悲しむ事の出来る鮑兎様が側においでなのですから、少しずつ元気を取り戻されていかれるのではないでしょうか」

鮑兎は少し気が楽になった。悲しい時は悲しめばよいと、慧慈が許可してくれた気がした。上宮の悲しみは深かった。鮑兎は上宮の側で上宮の身の上を襲う身近な人々との永遠の別れを何度も経験してきた。上宮にとって、共に切磋琢磨しながら育ってきた自分より若い来目皇子との別れは、今までで一番つらい事だったのではないかと鮑兎には思えた。

巨勢の郷へ行った数日後、上宮は蘇我大臣に橘の宮へ来るように伝えさせた。蘇我大臣はその日身体の具合が悪いのでと、太子からの呼び出しを二日後に延ばしてほしいと伝え、二日後約束どおり橘の宮に来た。

「大臣、身体の具合はもう良く成られましたか」

「われの身体の具合が思わしくなく、日延べをお願いして申し訳ございませんでした。もうこの通り、快復致しました。

それで急ぎの御用とは何でございましょうか」

「以前から取り組んでいた冠位のことです。概《おおむ》ね纏《まと》まってきましたので、一度詳しく聞いて頂きたいと来てもらったのです」

「左様にございますか。ではお聞きいたしましょう」

馬子は快復したと言ったが、その顔色からまだ完治していないと窺《うかが》えた。

「大臣、お身体の具合、本当に大丈夫なのですか」

「大丈夫です。説明をお続け下さい」

強く言う馬子に、冠位の詳細を説明した。

「太子様、分かりました。これが現在の我国に相応しい冠位であると、お考えなのですね」

「そうです。これなら、この国初めての冠位制として、誇れるものとなると思っております」

「そう思われるのでしたら、われも踏み込んでお聞きします。財源をどうなさるお心算ですか」

「国家の税の一部と後は大王家の蔵から捻出すれば、賄えるのではないかと考えていました。しかし実際に計画書を出させてみたところ、吾が考えて用意していたものは、掛かる費用の半分にも満たないということでした」

馬子はいつになく沈んだ声で、

「それでわれに相談ということは、その費用の事でございますか。われは確かにこの国の大蔵を担当しております。太子様が次々と新しい政策を打ち出されるのは、国の発展につながる事で大変喜ばしい事でございます。ですが国の蔵の中は、非常時に備えての蓄えを別にしますと、後はもう如何ほども残っておりません」

「冠位に関する費用については、以前から決められていた事です。大王家の蔵からも勿論出しますが、国の政策であるものに関して国費で賄うのは当然のことです。その用意をしていないとはどういうことですか」

「分かっております。筑紫まで二万有余の兵を派遣した費用は、当たり前ですが多額の出費でございました。それらは全て大王家の蔵と国の蔵からの出費でした。

今回は冠位の制度を発表するだけに止めて頂いて、次の年から実際の任命に移るという案は如何でしょうか。来年になりますれば、冠位に掛かる予算を何よりも優先させる様に致します。これは国の大蔵を預かる者としてのお願いでございます」

「大臣、冠位の制度を発表する段階で、誰にも冠位を授けぬとすれば、この制度は有名無実の制度だと初めから言っているのも同然になります」

「太子様、そうではありません。この度の冠位制度はこの国始まって以来のものです。急ぎ過ぎると、多くの問題が一気に噴出いたします。まずは、国を一つに纏め動かしていく上で、この様な制度を作り徐々に官吏を増やす。制度の中に豪氏族からも登用すると明言して下さり、彼等を味方につけて下さい。

この国は、大陸や半島の国々とは国自体の出来方が違います。太子様もよくご存知でしょう。他国のように、争い奪い合って戦い勝ち抜いた一人の王が平定した国ではございません。我国でも、これまでに小競り合いはございました。しかし現在に至る王家は、利権も含め、話し合いや婚姻に依って誕生した国と言っても過言ではありません。

われが言うまでもございませんが、この国の大王が倭国の全権を掌握された事はございません。そうでありますので、他国のように中央集権国家となる事を豪氏族に承認させるには、彼等を納得させられるだけの方法を考え出さねばならないのです」

「分かっています。だからこそ、他国と違った我国独自の、国家を管理出来る冠位制度を導入せねばならないのです。そして、反対をするかもしれない豪氏族を巻き込む為にも、大臣の力を借りたいのです」

「元々いま、冠位を授けることに乗り気でないこのわれに、財政のやりくりと冠位を授ける者をできるだけ多くするという相反することを成し遂げよ、と仰せになるのでしょうか。やっとこれからはゆっくりとして、少しずつ落ち着けると思っているのです。われはもう、太子様のように若くは無いのですよ。このわれにこれからは以前よりもっと豪族達をなだめる役目を果たせと仰せになるのですか」

「大后様と大臣が御元気な内に、王族にも豪族方にもこの制度を認めて頂かなければなりません。そうでなければ、われらの後継者達に多くの課題を残してしまう事になります。国として成り立たせるためには、どうしても今この制度を発表し、軌道に乗せる必要があるのです」

「太子様、われは十分理解しております。しかしそれでも今直ぐにこの制度を本格的に始動させることには反対です。それに、われよりも先に、大后様を説得なさって下さい。大后様が王族の方々を説得しようと仰せになるなら、われも喜んで豪族の皆を説得致しましょう」

上宮は一度目を閉じた。そして再び眼を開き、

「分かりました。大后様には、この制度を発案の頃に一応ご許可は頂いておりましたが、完全な形となってからは報告が未だでした。明日にでも、伺って報告します」

馬子は、大后が自分と同じように言ってくれることを望んだ。馬子は上宮とのやり取りに少し疲れて、ゆっくりとした歩みで家路についた。

上宮は馬子を見送りながら、その後ろ姿の頭髪がほぼ白髪であることに、馬子が歳を取った現実を知った。国の機関の構築を急がねばならないと改めて気を引き締めた。


「大后様。太子様が来られました」

近江納女は表の侍女から伝えられた事を大后に言った。

「ここへ、お通しして」

大后は朝の祈りの後に、来客の為の身繕いを整えて待っていた。そこへ上宮太子が入って来た。

「太子、何か難しい事でしょうか。そなたから、改まって話したい事とは何でしょう」

「冠位についてのことでございます」

「冠位のことですか。もう決めて発表の段階ではなかったのですか」

「それが、大臣から未だ早いということで、反対されております。大臣は大后様にお話しして、納得して頂いてからでないと冠位制度の本格実施はしてはならないと言いました」

「和（私）は納得していますよ。そなたが冠位制度を始めるに当たって、しっかり説明してくれたではありませんか。その時と制度の変更はないのでしょう」

「ございません」

「では大臣が反対する理由は唯一つ。豪族の反対でしょう。豪族達の中には、賛成している者達もいますよ。国としての将来を考えるなら、大陸の国に習って冠位制度を取り入れ、新しい形の国造りをしなければならないこと位、少し学べば分かります。

　これから対等に交渉しようとする国の体制が盤石で無いと知って、何処の国がまともに交渉しようとするでしょう。

　でも、新しい試みは必ずと言ってよいほど反対されるものです。それは自分達の今の地位や領地等の利権が失われてしまうのではないか、という事への恐れや不安からでしょう。そなたは豪族達のそんな不安を一掃してやらねばなりませんね」

「不安を無くす。それは彼等の地位も財産も、全て今までのままにしておくということでしょうか」

「そなたは、一度に全てを彼等から奪おうとは思っていないかもしれませんが、彼等の持ち分から少しずつ減らし、いずれは多くを国の所管にしていく心算ではないのですか」

「全てを国の物にしようとは思っておりませんが、冠位を授け国の役人として働いて貰う者にはそれなりの報酬を与えねばなりません。また、国中に派遣する役人を養うには、それなりの費用が掛かります。全国にいる豪族の全てに今のままの状態で領土を占有させていては、国として成り立たないのは事実です」

「そうでしょうね。少しものの分かる者ならば、それ位のことは想像できるでしょう。豪族の全てとは言いませんが、今後そなたの強い味方となる者を選んで冠位を授けるのです。その者達にも冠位の制度推進の担い手となってもらいましょう」

「では大后様は、豪族達の中からそれなりの人に冠位を授け、国の中で働かせるようにと仰せですか」

「そうです。そなたは以前この話を持って来た時、冠位を授けても一代限り、つまりその本人に冠位を授け、代々に引き継がせる事はしないと話しましたね。そして冠位は報奨でもあると言いました。国の利益になる様な事をした者達に与えるのか、これから国益を生むであろう者達に与えるのか。どちらですか」

「どちらにもと考えております。貢献した者、これから貢献できるであろう者のどちらにも。そして一代限りではありますが、その者がその上を目指す事も出来る道を付けておきたいと思います」

「授けた冠位から更に上げることも検討の余地に入れているのですか。しっかり考えているのですね。安心しました。そなたが頭を痛めている王族達の不満は和が引き受け、豪族達の不平不満は大臣に引き受けて貰いましょう。そなたは国のことや民のことの全般を引き受けなさい。

大臣や和が元気な間に、盤石な態勢を整えなさい。今からならば、多くの問題を残さずに後継者達に確固たる政事のあり方を示してやることが出来るのではないですか」

「大后様からの新しい制度への様々なご教示、有難うございました」

上宮は席から立って、大后に深々と礼をした。

「そなた一人の為ではない。新しく出発するこの国と、民の為です。そなたは太子になる前に、和が王とは何のために誰の為に有るのか聞いた時、そなたはそう答えました。箔杜（竹田皇子）が逝ってしまって何も手につかなくなった和にとって、そなたとのあのやり取りは新たな希望が生まれた瞬間でした」

大后は、上宮の顔をじっと見つめた。

「そなたはこの頃元気がないようですが、箔杜を亡くした時の和と同じ様子ですね。大切な人を亡くすのは、深い悲しみをもたらすものです。しかしその悲しみを胸に仕舞って、そなたは国のために前を向いて進まねばなりません。立ち止まることは許されないのです。それが今生きているわれ等の使命なのです。志半ばで、身罷った方々に今われ等が出来ることは、後を全て引き受けてやり遂げることではないですか。

上宮、それが王たる者の定めです。そなたには思い悩んでいる時間はありません」

大后の言葉の一つ一つが、来目皇子を亡くして暗く沈んでいた上宮の心の奥底に響いていった。竹田皇子達を亡くした大后の悲しみの深さを改めて知った上宮は、深い悲しみを抱きながら強く生きて使命を果たすことこそが、自分より先に亡くなった者への何よりの供養になるような気がした。十年経っても癒されていないが、深い悲しみと共に強く生きる大后の在り方は、弟を亡くしたばかりの上宮の心を奮い立たせてくれた。何故か上宮は誰に何を言われた時よりも、初めて素直に来目皇子の死に向き合った自分を感じた。これからは何が有ろうと、この国の将来を開くためにも強く生きていこうと決意した。

八、鬼退治

　上宮は大后と話し合った二日後、冠位を発表する日程等について大臣や側近達と話し合いを持った。大臣は大后と上宮から事前に報せを受けていたため、大和に近い主な豪族達に対しての夫々の対処法を事細かにまとめてきて、上宮達に教えた。大后は大后で、王族達に対し全面的に上宮太子の政策に賛意を示すように強く指示していた。上宮達への大臣の説明が終わろうとした時、部屋の外が急に騒がしくなった。上宮は何事かと、家人の維摩須羅を呼んだ。

「摩須羅、何があったのだ。何を騒いでいるのだ」

「はぁっ、額田部連《ぬかたべのむらじ》比羅夫《ひらふ》氏が急ぎお伝えしたい事が御有りだとのことです。重要な会議とお聞きしておりましたのでその旨お伝えしましたが、それでもと仰せになりましたので、押し問答になりまして。この様な騒がしい事になりました」

「あの冷静な額田部氏が、急ぎ伝えたいという事だ。余程のことであろう。通してくれ」

「畏まりました」

　摩須羅は直ぐに額田部氏を連れて戻って来た。上宮が入ってきた額田部氏の顔を見て、

「額田部氏、急ぎ伝えたきこととは何でしょう」

「はぁっ、われが何時ものように出雲の視察を終え、戻ります時の街道のそこここで、はっきりと襲われたとみられる幾つかの村がございました。不審に思い、従者と辺りを見回ってみました

ところ、荒れ果てて人の気配が全く無く廃墟と化しておりました。出雲へ向かいます時には郷人も居て田畑を耕す姿を見ておりました。街道沿いには、その様になった村が幾つかありましたので、現在近辺を隈なく調べさせております。ですが、未だ、誰がどんな目的でしたことなのか、分かっておりません。盗賊なのか、他国の侵入か、判明するまでには至っておりません。ともかく、この様な状況であることを出来る限り早く、お知らせせねばならぬと思い、参った次第でございます」

額田部比羅夫は早口で言い終えた。その場に居た人々がざわつき始めた。

「そうでしたか。分かりました。それは詳しくはどの辺りですか」

上宮は聞いた。

「はっ、吉備国から播磨国に至る辺りでございました」

「それでは、屯倉《みやけ》の場所に近いのか。白猪屯倉《しらいのみやけ》は無事か。出雲からの街道沿いかと聞いているのだ」

驚いた馬子は上宮の言葉を待たずに、矢継ぎ早に額田部比羅夫に質問した。

その辺りは敏達大王の時代に、馬子が大王の命で吉備国へ向かい、白猪屯倉《しらいのみやけ》の改善を行って収益を倍増させた、馬子にとっては思い入れの深い場所であった。

「はっ、白猪屯倉に近い所でございました。白猪屯倉は無事なことを確認し、従者の剛の者を配置して参りました」

「そこは、吉備の物部氏の所領に近い……」

馬子の怒りは頂点に達している様子で、顔から頭に至るまで真っ赤にしていた。

「確かその辺りは物部連《もののべのむらじ》琢磨《たくま》が治めている所だ。直ぐにここからも人を遣って、調べさせましょう」

「そうですね。鮠兎、あ、いや、屯倉近くのことだ。三輪阿多玖に、手配してもらった方が良い。阿多玖、頼む」

「畏まりました。直ぐに、それなりの者を行かせましょう」

鮠兎も、上宮が阿多玖にと言った意味が直ぐに理解出来た。屯倉については、大王家の中で直接に管理を司っている者が、堂々と調査に行くほうが相手方にも警戒されないで済むのだった。

不穏な動きがある場所が物部氏の所領の近くと聞いて、上宮は緊張していた。もしかしたら、当麻皇子《たぎまのみこ》（麻呂子皇子《まろこのみこ》）が率いる大王軍を派遣せねばならないかもしれないと、上宮は又ふと来目皇子の事を思い出した。

蘇我馬子は、十数年前の悲惨な戦いを思い出していた。あの時、馬子は宿敵の物部大連守屋をこの世から抹殺したが、物部氏一族を一掃しなかった。全国に住み着き生きる物部氏達の全てが物部守屋と思いを一つにしている訳ではなかったからだ。彼等は物部氏という括《くく》りではなく、個別に大和政権との繋がりを持っている。その一方で、馬子は守屋の嫡子の久梨埜《くりや》がどうなったか、気に掛かっていて今も調べさせていた。久梨埜の消息は、守屋の死と共にふっつりと途絶え、馬子の情報網をもってしても未だ不明のままだった。

「吉備国等の不穏な動きについて、第一報が入って参りました」

　三輪阿多玖が上宮太子に告げた。連日の冠位制度を纏める会議と並行して、各地の様子が伝えられた。

「三輪阿多玖、報告を直ぐに」

　上宮が促した。

「はぁっ。大和から西だけでなく各地に人を遣り調べさせましたところ、普段の年よりも盗賊に五穀を強奪された地域が多くございました。地方のこの様な状況は、今年だけでなく長年続いていたことも分かりました。しかしこれまでに把握できなかった原因は、一つには、盗賊どもが郷を荒らしまわった後その地には留まらず、他の場所に移動し、本拠地を何処に置いているか知られない様にしていたこと、二つには、その地の豪氏族達が中央への報告を怠っていたからでした」

「盗賊どもが移動していたとしても、何故今まで報告がなされなかったのだ」

「収穫を終えたこの時期、盗賊の出現は過去にも少なからずあったのです。しかし夫々の国は自国の事に関して大和政権から介入されるのを嫌い、政権への報告は殆どされませんでした。しかし近年、大和政権と地方の関わりが密になるにつれ、地方のあらゆる様子が分かる様になったのです。今回の盗賊の件もその一部でございました」

　額田部氏の様に、中央から地方を視察に行く者や、直接国宰《くにのみこともち》として地方へ赴き地方に関して良いことも悪いことも正直に報告をする者が居るには居た。地方の国主達も皆が皆、盗賊等を野放しにしていた訳ではない。地方でも以前から、それなりに退治したり、追い払ったりはしていた。


「夫々の国で、それなりに対処していたのではないのか」

蘇我大臣は今までと、その盗賊がどう違うのか知りたかった。

「これまでは、夫々の国でそれなりに退治しておりました。しかし、その国では捕まらず、国境の山奥に逃げた盗賊の一部の者が、何処の郷にも下りず山中に寄り集まり盗賊集団となったようです。これまでの盗賊と、その盗賊群の規模とは明らかに違います。人数もさることながら、現在各地を荒らし回っている盗賊群は組織化されているのではないかと思われます」

「それは放っておく訳にはいかない。その場所はほぼ分かったのか」

「丹波と丹後の国境辺りが数十人規模で一番大きな集団です。吉備地方や播磨から因幡へ向かう道沿いにも十数人の盗賊団を認めました。しかし調べました範囲が狭いため、全国にはもっといるのではないでしょうか。もしかしたら、全国各地にこの様な盗賊どもがいるのかもしれません」

三輪阿多玖は自ら感じた心配を口にした。

「分かった。そなたが調べさせた範囲で一番大きな集団の丹波と丹後地方の盗賊集団を一掃しよう。懸命に生きる民達に、これ以上の不安を与え難儀をさせるわけにはいかない」

上宮の動きは早かった。直ぐに、大王軍の新しい将軍になった麻呂子皇子を呼び、丹波と丹後の国境に居ると報告のあった盗賊集団を早急に退治するよう命じた。

当麻皇子は上宮太子の命を受け、先遣隊に盗賊集団の居場所を詳しく捜索させた。そして詳しい場所を知ると、盗賊集団に気付かれぬように討伐へと俊敏に動いた。当麻皇子は大和政権の大将軍として盗賊の集団を一網打尽とし、大和に帰還した。盗賊に今まで苦しめられていたその地の国主や民達が、当麻皇子率いる大王軍に感謝したのは言うまでも無く、彼を派遣してくれた大和政権に対し今まで以上の帰服も認められた。

「太子様、全国にはまだまだ多くの盗賊どもがいる様です。われは今回、千丈《せんじょう》が嶽《たけ》（丹波と丹後の国境の大江山《おおえやま》）の盗賊等を退治致しましたが、これで全ての問題が解決したわけではありません。平穏に暮らす民人の暮らしを守る為にも、われに時々地方への視察をお申し付けくださ い」

盗賊退治から戻った当麻皇子は、盗賊等に荒らされた村の現実に深い悲しみと怒りを覚えたと告げた。

「そうだったか。吾もこのままではいけないと思っている。いずれは中央から夫々の国を守る人を差し向け、民の暮らしを守る役人も派遣しようと思っているが、現在は未だ全国へ送る程の人材が育っていない。しかし現状の多くの盗賊等を放っておくことは出来ないだろう。

大王軍のこれからのあり方だが、半島の三国と夫々に外交を持つようになった今、筑紫には国境を守る兵を駐屯させる形を取ろうと思う。勿論、半島の有事には、その兵達を速やかに派兵できる様にしておくが、これからは国内に目を向け国家の治安を確かなものにしていきたいと思っている。

そこでそなたには大王軍の総大将として、国内の治安の安定と維持を受け持って貰おうと考えている。その一環として、今回の様な大規模な盗賊団が現れた際には、そなた率いる大王軍に頼みたい」

「はっ、畏まりました」

「先ずは、今報告されている、吉備地方や因幡と播磨の国境辺り等の盗賊集団壊滅を命じる」

当麻皇子は落ち着いた口調で、

「承知いたしました。では、準備が整い次第、出発いたします」

当麻皇子は数日間の休養を終え、兵士と兵器が整ったと上宮太子に告げて大和を出発した。


上宮太子は当麻皇子との会談で、中央集権国家におけるあらゆる方面に必要な官吏の養成を急ぐことを決めた。全国へ派遣する、地方を見回り守護にあたる地方長官の人選も急務だった。養成期間を終えた者達は、予め所属する部署へ紹介され、配置される場所を決められる。大和政権は政権内部での部署の長官を決める段階に入った。


法興十三年（六〇三年）十一月、今までの大王が政事を行っていた宮よりも立派な大宮が完成した。上宮太子は蘇我大臣と共に、大后達を新都へ案内した。

「この宮は、未だ仮だと言いましたね。もっと大規模な新都とは、大路の中央に現在も建設中のものですね」

大后は、何故一度に大きい都の建設をしないのかと不満に思っていた。馬子も上宮のやり方に苦言を呈した。

「いくらお急ぎでも二度手間ではございませんか。多くの国費を費やしては、勿体のうございましょう。ここは大都の完成を見た後は、どうされるお心算ですか」

「新都が完成した時には、この宮は官吏達の学問所や宿舎として活用しようと考えております。国中の官僚がここで寝食を共にし、あらゆる事を学び合いながら切磋琢磨し、ここから全国へ旅立ち、戻り来た時に全国の情報の交換をする場としても利用できるようにと、考えています」

大和政権の現在置かれた財政状況を考慮しながら、将来の事を見据えた上宮のこの新しい宮の造り方に大后と馬子は感服した。大后はそんな上宮が考えている大都の完成を、是非見たいと思った。

「では建設中の大規模な都は、どの様なものになるのですか」

「国の政府機関として、政事《まつりごと》の一切を決める場所になります。百済や高句麗の都を参考にしつつも、この国に合った都にしようと考えております。いずれは隋国の様な大都も夢ではないと思うのです。しかし一度に都の建設にだけ多くの予算はつけられません。国費は限られております。限られた中から、色々な方面に向けなければなりません。そのため、都の建設にも時が必要となります」

「分かりました。この国始まって以来の立派な大都は、そなたが一番急ぎたいはず。大臣等とよく相談して、しっかり着実に進めていきなさい。和（私）も、楽しみなのです。この国が新しく様変わりしていく様子を、間近に見る事が出来て。出来れば生きている内に見てみたいものですね。大臣」

大后は穏やかな表情で、二人の方ではなく遠くを見て言った。

その後、徐《おもむろ》に上宮の方を向いて、

「上之宮に斎祷昂弦という者が居るときいています。和はその者に会っておきたい。明日にでも上宮、斎祷昂弦と館に来るように」

上宮は大后に思いもしない事を言われ、一瞬戸惑う表情を浮かべたが、

「畏まりました」

と、いつもの表情に戻り返事をした。

上宮は大后と大臣の二人と別れた後、直ぐに斎祷昂弦が居る上之宮へ、葛城鮠兎を使いとして向かわせた。

鮠兎は、

「大后様が明日館まで来るようにと仰せだと、上宮様からの伝言です」

「われに、大后様が何の御用であろうか。何か聞いていますか」

「いいえ、何も聞いておりません。ただ、大后様ご自身が、会っておきたいと仰せだったとか伺っております。何か思い当る事でもありますか」

「われが若狭から大和へ来てもう十数年にもなるが、今更大后様が上宮様にわれのことをお聞きになられるとはどういうことなのか。上宮様から特段話される訳もない。ましてや大臣から話すことではない。ただ大后様は亡くなった用明大王から、われの事を聞いておられたとは思う。が、今になって何故突然、大后様から会いたいと仰せになったのだろう。われには、そのことがどういうことなのか皆目見当が付かない。しかし、大后様の仰せであり、上宮様からの知らせとあらば、行かない訳にはいきませんね」

「上宮様もご一緒だと聞いております。ご不安に思われるようなことは何もないと思います」

「そうですね。では、上宮様に明日、朝日の出ない内に橋の宮に着くようにすると、お伝えして下さい」

「いえ、今からわれと共に橋の宮までお出で頂くようにと、上宮様から仰せつかりました。どうかご用意なさって下さい」

「今、直ぐ行かねばなりませんか」

「大后様の朝は早い事を御存知でしょう。明日の朝に日が出ぬ内に橋の宮に着くのは無理です。夜道は危のうございます故、われと今参りましょう」

「分かりました。大后様の前に出るには、さて何を着れば良いですか」

「われが常に用意して有る物が橋の宮にございます。御身一つで、お出でになっても何の不都合もございません」

鮠兎は暗くなるからと、昴弦を急がせた。

「では、出掛ける事をここの者に伝え、留守を頼んで来よう」

次の日の朝は底冷えし、田畑の地表には霜が降りた。斎祷昴弦は、上宮と葛城鮠兎に付き添われて、朝日が昇る前には、大后の館に到着した。大后は朝の拝礼を終えた後、初めは斎祷昴弦一人を拝礼所の控えの部屋に通すよう指示した。

「斎祷昴弦様、どうぞこちらへ」

侍女頭の近江納女《おうみのめ》が、来客の間に控えている昴弦を迎えに来た。

昴弦は、上宮と鮠兎の方を見て少し不安げだったが、速やかに近江納女に従った。上宮と鮠兎はお互いに顔を見合わせたが、何も言わずただ頷き合った。

斎祷昴弦が大后の待つ部屋へ入ると、意外にも大后は席に着かず立っていた。昴弦は恐縮して、床に平伏《ひれふ》そうとした。

「斎祷昴弦氏、今はそう呼ばれているのでしたね。そのまま、そのまま。さあここへ。掛けましょう」

そう言うと、昴弦に席を示し自分も座った。昴弦は大后が座り終えるまで立っていて、いつまで経っても座ろうとしなかった。大后の前で、自分は席に着ける様な高位な者ではないと思うからだった。

「何をしていますか。掛けよと言っています。さあ、どうぞ」

「はぁっ。で、では、失礼いたします」

昴弦は、大后が全体から発する何者も逆らう事の出来ない雰囲気に気圧され漸く座った。昴弦が席に着くと、

「急に呼び立てて驚かれたでしょう。こちらに来られて、何年になりますか」

大后は、恐縮している昴弦に優しく問い掛けた。

「はっ、十六年になります」

「そうでしたか。用明大王がそなたをこちらに呼ばれることは聞いていました。あれ以来、ずっと歴代の大王を側で支えて下さっていたのですね。感謝しています」

「いえ、大后様が感謝して下さるなど、とんでもないことでございます。寧ろ、われは大后様の前に出られるような者ではございません。本来なら大罪人として処罰されていた身を、敏達大王と用明大王にお助け頂いたのです。何処かの片田舎で、ひっそりと生きておるのが身の程と弁《わきま》えなければなりませんでした。用明大王から都に呼んで頂きました際に、臆面もなく飛鳥へ来てしまいました。もしそれを御咎《おとが》めでしたら、それは全て愚かなわれ一人にございます。罰せられるのは、この身一つで、御勘弁下さい」

昴弦は、飛鳥に来てからずっと恐れていたことが、今やって来たのだと観念して座っていた位置から立ちあがり、その場から後ずさりして額突《ぬかず》いた。

「顔を上げて下さい。こちらに来てからずっと目立たぬように生きて来られたのですね。随分長い間、不自由で不安な日々だったことでしょう。葛城鮠兎と親子だという事を、皆には知れぬよ

うにしてこられた。そなたの言うとおり、ひっそりと生きて居られればそんな苦労もなかったでしょうに。都になんぞ来たくはなかったのではありませんか。

しかし都へ来たくなかったそなたを、用明大王が突然罪を許しここへ呼びたいと、無理を言われました。普段は優しいというか強く主張せぬあの兄が、そなたをここへどうしても側近として呼びたいと、和（私）に相談されたのです。最初は勿論反対しました。もし、そなたが貴椋皇子《たかむくのみこ》だという事が反対勢力の誰かに知られたら、用明大王やそなた自身、大和政権さえも安泰ではないと思ったからです。

でも用明大王は、そなたを公の場には決して出さないと言われました。それでも、誰かに知られた時には敏達大王が余呉の郷に隠した方々のことも公表し、朝議の場でこれまでの斎宮の在り方について意見を戦わせるとまで言われた。斎宮の事は、大王家自体のことなので朝議で話すことではないが、その様な事まで持ち出して、そなたをここに呼びたいと言う用明大王の強い決意を思い知りました。

そして、そこまで用明大王の心を動かしたそなたという人に、和も強い興味が湧いたのです。敏達大王にそなたをここへ呼ぼうと和からも頼みました。結果、このことは兄用明大王の素晴らしい提案でした。兄の目に狂いはなかった。

そなたは、上宮にも良い影響を与えていますね。大臣からも、そなたの人となりについて少なからず聞いています。これからも変わらず上宮を支えてやって下さい。そして、そなたの罪については、斎宮の件に関する事でもあり、大王家にも事情が有ったことですから、今更騒ぎ立てて罪に問う事は致しません。ですがあの事件自体を不問に付すことはできませんが、ん。貴椋皇子という名はあの事件以来王族の名簿からも抹消されていますので、そなたが王族に戻ることはできません。

ではそなたのこれからの処遇ですが、名は現在そなたが名乗っている斎祷昂弦のまま、出自は越の江淳臣丹功《えぬのおみたんこう》の縁戚で、優秀な故に用明大王の目に止まり飛鳥に呼ばれ側近と成り、現在は上宮太子の側近であるという事で良いでしょう。

これからも上宮を支え大和政権に貢献して下さい。葛城氏には鮑兎の父だという事を既に知らせていると聞いています。しかし飽く迄も江淳臣丹功の縁戚の斎祷昂弦として、これからも元の出自は公言せぬようにした方が良いでしょう」

大后は、長い間の自らの胸のわだかまりを一気に吐き出して、ほっとしたと同時に虚脱感を覚えた。

「はっ。このようなわれには、身に余るお言葉でございます」

斎祷昂弦は震えながら大后の話を聞き、大粒の涙で床を濡らした。

「昂弦氏、この事についてはお終いにしますが、今日の話はこの事だけではないのです。しっかり聞いてほしいので、もう一度席に着いて下さい」

「はっ。申し訳ございません」

斎祷昂弦は、居住まいを正し着席した。大后は、

「大臣から聞いたのですが。そなたが主になって国の史《ふみ》という物を編纂しているというのは、

真《まこと》ですか」

「はっ。真にございます。初めは上宮様からの依頼でございました。そしてその後に、大臣からも、しっかり書きとめるようにと仰せつかりました」

「そうですか。その事について、一つだけ頼みがあります。出来る限り、起こった事をそのままに書き残してほしいのです。歴代大王と今の上宮に至る大王家の系図や、主な豪氏族の系図なども必要です。地方へも調査する者を遣っていると聞いています。地方の事も出来る限り正確に調べて下さい」

「承知いたしております。史《ふみ》はありのままに書き記《しる》す事こそが大切であると、上宮様も仰せでした。多くの証言を聞き取ること、われら自身が公正な立場に立脚した上で書き記す心算でおります」

　地方にもその地の伝承を代々語り継ぐ者達が居ると、中央の政権に伝わっていた。しかし伝承は語り継がれる内に、実際にあった事から遠く離れた大げさな話になってしまったものもあった。その中から、現実にあったことを探し出せる場合は、探し出して書き留めることにした。しかし、どうにも出来ない場合も、その地に伝わる寓話として残していると言い添えた。長い間伝わっている話には、例え寓話であっても残っていたことには其れなりの理由があると説明した。大王家にとって聞くに堪えない話もあるが、それも残して良いかと鼎弦は聞いた。

「そうして下さい。少々辛い事柄であっても、書き記さなければなりません。史は善《よ》きことも悪《あし》きことも残す。そして善きことは習い、悪きことは二度とその様なことが起こらぬように。史は先人達が必死に生きた大切な軌跡なのです。正しく書かれた史《ふみ》こそが、後世の政事を行う者達に、より良い判断を促す材料となり、また生き方の手本となるに違いない。

だからそなたは、後進の人々へ多大なる影響を与えることになる国の歴史の編纂に、覚悟を持って当たらなければなりません」

斎祷昂弦はこれ以上ない程の真剣な表情で、

「畏まりました。大后様のお言葉をこの胸に刻み、真のことを書き残す正式な史《ふみ》としての国史の編纂に当たらせて頂きます」

「国家として初めての正式な歴史の編纂です。後の時代の者達の手本となるような確かなものにして下さい」

大后は斎祷昂弦との話に夢中になっていたので、随分時間が過ぎていた事に気が付かなかった。上宮を待たせている事を思い出し、急いで部屋の外に控えている侍女に向って、

「上宮をここへ」

上宮が部屋に来ると大后は、

「今、昂弦氏に言いましたが、国史を編纂するに当たって、和が思うところを述べました。これからは正式に国家の事業として、国史の編纂の長に斎藤昂弦を任命します」

大后は大王代行として、上宮が王となるまでの間の国家君主としての権限に基づき命じた。大后の賛同を得て国家事業となったからには、編纂に掛かる費用や人員に困ることは無くなったのだ。初めは、上宮が斎祷昂弦に頼んで少人数で始めた王家の系図作りや国史の編纂は、大臣を通

じ大后の知るところとなり、今、国家事業として大きく踏み出すことになったのだ。

「承知いたしました」

　上宮はそう答えてから、大后に勧められて帰弦と共に座った。

「それから先日、そなたが話していた国の基本方針や、群臣や役人達への働き方の指導を纏めたものは未だですか」

「申し訳ございません。今年中に仕上げるには問題が多く、少し難しいと思われます。もう暫くお待ちください」

「では、矢張りそなたが言っていた様に、冠位だけでも今年中に発表してはどうですか。何処から漏れたのか知りませんが、巷では冠位がどうだとかこうだとか、うるさく言っているそうではありませんか。冠位の方は先日そなたが言っていた通りで変わりないのでしょう」

「その通りでございます。では大后様の仰せの通りに、新嘗祭を無事終えた後の十二月に、冠位だけでも発表させて頂きます。

　吾の考える国の理想を示し、それを実現するための仕組みと取り組みを明らかにし、そのことに違反する者を取り締まろうと思っております。しかし我が国独自の初となる憲法でございます。色々な案や考えが出て参りまして、どれも重要な事項だとあれこれ悩みます内に長き時が掛かってしまっております。申し訳ございません」

「国の新しき行き方を定めるのです。この国にとって、より良きものにと考えての事でしょう。十分皆で議論し、ゆっくりと時間を掛けて、良い法にして下さい。楽しみにしています。

しかし、その事について、一つ聞いておきたいことがあります」

「何でございましょうか」

「そなたはこの国をどの様な国にしようと考えているのですか。その基本となるものは何でしょう」

「吾の考えの基本でございますが、善良な人々が豊かで争いなく、日々を穏やかに暮らせる国にしたいと思っております」

「そなたの理想とする国のあり方が、どの様な言葉になって表れてくるのか。益々、早く知りたくなってきました」

「有難うございます。ご期待に添えるよう、早くお見せできるよう頑張ります」

大后は、上宮に向かって頷いた後、

「憲法といいましたね。斎祷昴弦氏、国の史にこの事をしっかり記しておいて下さい」

恐縮して二人の話を聞いている昴弦に、最後に大后は優しい面持ちで言葉を掛けた。

「はぁっ、畏まりました」

それでも昴弦は大后の元から辞するまで緊張していたのか、この時も極度に身体を硬くして答えていた。


二人を待っていた鮠兎は心配で居ても立ってもいられなかった。上宮と昴弦が戻って来ると、戻って来た二人にいきなり早口で鮠兎は、

「大丈夫でしたか。何かお叱りでも。いえ、何かの罪に問われることはございませんか」

上宮も昴弦も驚いたが、昴弦は鮑兎の顔を見てほっとしたのか目を潤ませて、

「いいえ、違います。落ち着いて、鮑兎様。お叱りではなく、これからも上宮様のお側で働いて良いと。勿論、もう罪には問わぬと言って下さった」

そう話すと、鮑兎に抱きついて嬉し泣きした。鮑兎は、今まで殆ど上之宮から出ずに、陰に隠れ続けた父昴弦が辛い日々を耐えて、今やっとその労苦が報われたことを知り心から喜んだ。上宮はそんな二人に声を掛けた。

「昴弦氏、さあ戻りましょう」

それは斎祷昴弦の逃亡者としての日々が、大后との面会によってやっと終わった日だった。帰り道で上宮は二人に、

「今宵は、ゆっくり二人で過ごして下さい」

昴弦は鮑兎と顔を見合わせて、嬉しそうに何度も頷き合った。そんな二人を見ていた上宮の心は久しぶりに温かいもので満たされていた。

九、冠位十二階

法興十三年（六〇三年）の十二月に、何年も練りに練った冠位制度が漸く形を整えられて発表された。冠位は十二の段階に分けられていた。徳、仁、礼、信、義、智を大小に分けて十二階。冠の色を徳は紫、仁は青、礼は赤、信は黄、義は白、智は黒とし、大小を色の濃淡で分けるというものだった。衣も冠の色に準じたものにした。

儒教において最も重要なものは仁である。しかし、上宮達は、仁より先に徳という事をおいた。それは徳を以ってして初めて仁を得ることが出来るからだ。仁は己のあらゆる事に打ち克《か》ち、己よりも他を優先する心を持つことだが、それには精神的道徳的に高い優れた人格を持っていなければならないからであった。

慧慈は、仁とは仏教で言う十界の上から二番目の菩薩界の境地で、普通の人はよくよく頑張って学んでも声聞縁覚《しょうもんえんがく》界の境地に至ることさえ難しい。ましてやその上位にある菩薩界には、殆ど到達することは出来ないと、仁たる人格者の少ないことを説いた。

仏教の十界とは第一位を仏界、二位を菩薩界と続き、三位縁覚界、四位声聞界、五位天界、六位人界、七位修羅界、八位畜生界、九位餓鬼界、十位地獄界と続く。仏教では普通に暮らす全ての人々はこの内の五位以下の六つの界で生死を繰り返すとして、六道輪廻と呼び、仏の教えを聞いて私利私欲の六道からの脱却を促したのだと、彗慈は話した。
儒教の師の覚哿は、仁こそが孔子の言うように人として一番具えていなくてはならないものだと教えた。しかし、この仁はその人が元々生まれ持った人格に含まれるもので、育つ内に修養で具えられる人格ではない。孔子も仁について聞かれた時、仁を具えた人は非常に稀であり、自分の多くの弟子の中でも仁を具えた者は顔回《がんかい》ぐらいしかいないだろうと答えている。
つまり、徳は素養が有る者が、よくよく修養を積めば具わっていくものだが、仁は修養で身に付くものではないということなのだ。

上宮は、天性の仁を具える人格者を探し出すことも大切だが、今は自らに打ち克つ力で徳を具えられるような善人を集め、その人格を高めるための教育をしていくことを、この国の課題とし、冠位の一位に天性の仁よりも修養の徳を置こうとした。そうすることは、自らを高め人格を磨こうとする人々に、多くの希望を与えることになるからだ。

年の末に緊急に集められた豪氏族達は、これから誰がこの冠位をいち早く貰う事になるのか。そしてこの冠位を貰うと、どんな利権が発生するのか興味津々の様子だった。だがこの時は未だ、冠位の発表が行なわれただけで、冠位が授けられた者はおらず、冠位を授与された後の利権についての詳しい説明も無かった。冠位の発表に集まった豪氏族達は上宮太子から、冠位の授与は年が改まって後の朝賀の式典で行なうと告げられた。

冠位制度の説明が終わり、三々五々引き上げる豪氏族達は夫々に、親しくしている者と冠位の制度自体についてお互い知っていることを囁き合いながら帰った。しかし朝賀の式典でどの様な形でどんな人物が冠位を授与されることになるのか、冠位によってこれまでの地位がどの様に変化するのか等は、まだ上宮太子達一部の者しか知らなかった。


上宮は隣国と少しでも早く並び立つためには、倭国が中央集権国家としての形を整えなければならないと考え行動してきた。中々実現出来なかった中央集権の一つの象徴とも言える冠位制度には大きな問題が立ちはだかっていた。それは、倭国に長く続いた内乱の中で各地に強い勢力を持った豪族達の存在である。強い勢力を持った豪族達は、中央集権にしようとする大和政権を何とか弱体化させようと、事あるごとに反乱を起こしその勢力拡大を阻んで来たのだ。

しかし上宮太子の祖父欽明《きんめい》大王の勢力が、他地方の豪族達より強固なものとなった。これは欽明大王の一代前の継体《けいたい》大王の時に、本格的に大和周辺を掌握することが出来たこと、続いて欽明大王の時代に、筑紫の大豪族だった磐井《いわい》氏を物部氏に平定させたことが九州にまで力を及ぼすことに繋がったからだ。

用明大王の時代になって、大和は王権を中央集権の大和政権へと変貌を遂げる。大和政権は、国を一つに纏めるために幾多の争いの中で多くの犠牲者を出していた。上宮はもう二度と国土を血で染める様なことが起こらないようにと、切に願った。曾祖父の継体大王の時代から凡そ百年の時を経て中央集権国家としての大和政権の形が漸く整い始め、大和政権はその最高責任者として上宮皇子を戴いたのだった。

十二月の朔日《ついたち》に、これからの政権に冠位の十二階を導入すると発表した上宮は、後日、冠位を授ける者達の名簿を携えて大后に面会した。その名簿を真剣な面持ちで見ていた大后の視線が、名簿から上宮に移った。

「ここに書かれた者達がこの国で初めての、公に大王直属の部下となり、豪族の長ではなく国から権限を与えられた国の色々な役割を果たす役人というものになる者達ですか。この役割は世襲でなく、一代限りとなるのですね」

今迄長い間続いてきた氏姓制度について、世襲の弊害や豪氏族の抵抗を思ってか、感慨深そうに言った。大后にとっても敏達大王に嫁して以来、長い間待ち望んだ時が今やっと目の前に来ているとの実感を噛みしめている様子が窺《うかが》えた。上宮も畏まって、

「はっ。この様に決めさせて頂きました。今回は未だ少人数でございますが、これならば豪族達の反対も少ないかと思います。この件は、既に大臣との合意も致しております」

「そなたはもう大臣と対等に意見が言いあえるようになってきましたか」

「いえ、まだまだでございます」

「これは謙虚なこと。ここに書かれている者全てについて、大臣が心底賛成したとは思えませんが……。もしこれが大臣の了解が得られた名簿だとすれば、これはそなたなりに大臣を説得した

成果と言えましょう。これは来《きた》る朝賀の式典で伝えるのですね。堂々と発表して下さい」

大后は、太子となってからも以前と少しも変わらず大臣や自分を尊重する上宮に、兄の用明大王のありし日を思い出した。

「謙虚なのは良いことですが、相手によっては時として仇となりますよ。そこは分かっていますね」

用明大王もそうだったが、生まれた時から物心つくまで臣下として育った上宮太子には、まだ具わり切っていない王としての威厳をしっかり具えるようにとの、大后からの忠告だった。

「大后様、大臣が来られました」

古くから大后に仕える近江納女が、部屋の外からよく通る声で伝えた。

「早かったですね。もう少しそなたと話したかったが。まあ、良いでしょう。通しなさい」

「畏まりました」

暫くして、大臣は息を整えながら大后と上宮太子の待つ部屋に近付いてきた。何時もはゆっくりとした足取りで堂々と歩く蘇我大臣だったが、大后の館では常に急ぎ足となり、息使いも荒くなる。大后の前でも極度に緊張しなくなっていた大臣だったが、娘の刀自己と上宮の間に生まれた山背王子《やましろのおうじ》が日嗣《ひつぎ》の皇子《みこ》となるのだと知らされてからは、以前より大后の前で緊張するようになっていた。

大臣は、竹田皇子の元に出来た初孫と、大王を約束されていた義理の息子竹田皇子を失った時の落胆と悲しみを、孫として二番目に生まれた山背王子への期待に替えていた。上宮が大王となり、山背が日嗣の皇子となって、いずれは大王と呼ばれる日までは、どんなことが有っても大后から嫌われる訳にはいかない。大后は上宮が大王となった後も、生きている限り現王権の中では一番実権を持ち続ける人物だと馬子は感じていた。

大臣らしい足音が部屋の前で止まったと同時に近江納女が、

「大臣がおみえになりました」

中にいた大后と上宮は顔を見合わせて少し笑っていた。笑いながら大后は、

「お入りなさい。うふふっ」

「失礼いたします。何か可笑しい事でもございましたか」

大臣は楽しそうに微笑んでいる二人に向かって、今日の話はもっと真剣な話の筈だと言わんばかりに、怪訝そうな顔で聞いた。

大后は大臣に席に座るように手で示しながら、

「いいえ、何でもありません」

大后は真顔に戻って、

「さて、二人に来て貰ったのは他でもありません。来たる朝賀の式典において、上宮が国の大王となる事に関して、和（私）が上宮を太子とした時から考えていた新しい元号を共に発表しようと思っていることを告げるためです」

「おおおぉ。そ、それは、素晴らしき事にございます」

現在の倭国で年を呼ぶ名とした法興は、国の王の時代を現す元号ではなかった。大臣は上宮が

王と成るのに相応しい王の時代を示す新しい元号の制度を導入するという大后の言葉に感激した。上宮の方は、予想もしなかった大后の話に唯々驚いて何も言えずにいた。

「元号は、そなたも知っている通り法興寺の建設を始める時に、法興と名付けました。仏教を本格的に導入する時代を示したものです。今は、我国が新しい制度を用いて新しい国家を築く時です。上宮が新しき国の王になる時には新しき元号に替える方が良いと思いました。新しき国家の門出と上宮への期待も込めて、最も相応しい元号を考えました」

大臣は待ち切れずに聞いた。

「それで、その新しき元号は何と、何と名付けられたのですか」

「まあ急かさずに。この国の新たな夜明けとも言うべきことです。大臣のその様な顔を見ていると、朝賀の時まで和一人の胸に秘めておきたくなります」

「大后様、そんなことを仰せにならずお教えくださいませ」

大臣は早く知りたいと懇願した。上宮は二人のやりとりを黙って聞いていた。

「上宮様も、お聞きになりたいでしょう。そうでございましょう、ね」

上宮に大臣は友の様に声を掛けた。

「大臣、控えなさい。今から、大変重要な事柄を二人に告げるのです。心して、聞きなさい」

上宮太子と蘇我馬子大臣は立ち上がり、平伏した。二人の衣ずれが収まり、辺りが静寂を取り戻した。

大后は一度大きく息を吸い込んでから徐《おもむろ》に、言葉を発した。

「鳳凰《ほうおう》、元号を鳳凰とします」

大后の身体から発せられた歳を重ねた今も変わらず美しい声音《こわね》が、上宮太子と蘇我大臣の居る空間に舞い降りた。

上宮は無意識に小さな声で、

「ほうおうはあの伝説の鳳凰……」

その小さな声を捕えた大后は、

「そうです。古くから伝わる瑞鳥といわれている、あの鳳凰です」

上宮は大后から告げられた元号が、自らの想像を遥かに超えた威厳あるものだと思った。これから上宮達が造り上げていくことになる時代に掛ける大后の期待がどれ程大きいかを見せられる思いがして、上宮は身を一層引き締めずにはいられなかった。

大臣は大后の上宮達への思いの強さに驚愕した。大后が竹田皇子へ掛けた期待も含めて、炊屋姫のこの国への熱い想いと将来への展望を見せつけられたと感じ、胸の内で深謀遠慮とはこのようなことをいうのだなと改めて大后の偉大さに敬服していた。

鳳凰は相像上の瑞鳥《ずいちょう》で麒麟《きりん》、霊亀、龍と共に四瑞と呼ばれている。身体の前半身は主に麟で嘴は鶏、顎は燕《つばめ》の様で首は長く背は亀に似ている。後半身はほぼ鹿であり背は亀に似て長い尾は魚の様に途中で二つに分かれている。羽は孔雀の様な五色の紋が見られ、声は気高く梧桐《ごどう》に棲み、竹の実を食べ、清らかで旨い水を飲む。鳳凰は、聖徳の天子の治世の兆として現れるとされる。

厳粛な雰囲気の中で大后は話を続けた。

「そして、明くる年の朝賀の式典において上宮太子の大王就任を告げると共に、和の大王代行の任を終了することを宣言する。さらに、上宮の嫡子である山背王子《やましろのおうじ》は、上宮が大王と成るによって山背皇子《やましろのみこ》となる。山背皇子を日嗣の皇子に推挙します」

上宮は大后の数々の申し渡しに驚きながらも、

「はぁっ。受け賜りました」

と答えていた。大后は続けて、

「大臣、式典の一切の取り仕切りをそなたに命ずる。先日、太子からの申し出によって作らせた大楯《おおたて》、靫《ゆき》（矢入れ）、多くの色旗幡《はた》で、新宮の小墾田を新しき門出に相応しく美しく飾るように。

その宮を装飾する責任者は、秦氏に申しつけるよう。旗幡も色彩豊かにより一層美しいものにするように、秦氏に申し付けておいて下さい」

「ははぁー。畏まりました」

そう言いながら、大臣はより一層額《ぬか》ずいた。

大后からの決定事項が伝えられた後、上宮は少し残るように言われ、大臣は先に帰された。大臣は、山背が大王になれば我が身が大王の外祖父となれることが誇らしく天にも昇る心地で、満面の笑みを隠さず帰途を急いだ。

馬子は大后から、この事は年が明けて朝賀の式典まで決して誰にも話さぬように釘を刺されていた。苦労を共にし、今まで馬子の全てを支え続けてくれた太棲納にだけは話したいと思う気持ちを何とか抑えた。

大后は上宮に、

「今日のことは、朝賀の式典を終えた後に国史に書き込むよう斎祷昂弦に伝えてほしい。斎祷昂弦には、朝議の式典にも公式の書記として参加するよう伝えておいて下さい。今後は斎祷昂弦を公式な場で書記の長官として採用し、後継者の育成にも当たって貰いたいのです」

「斎祷昂弦には、大后様の御言葉の通りにお伝えします」

大后は、崇高な元号を聞いて恐縮したままの上宮に優しく、しかし厳《おごそ》かに言った。

「そなたは、和（私）が元号を鳳凰にした意味を理解しているであろう。そなたが思っている以上に、和はそなたに期待しているのです。しっかりとこの国の将来を託されたということを肝に銘じておきなさい。分かりましたね。和からだけでなく、この国の全ての民に代わって頼みましたよ」

「鳳凰という元号に相応しい世に少しでも近付けるよう、日々精進して参ります。大后様の強いご期待と、深いご思慮を裏切らぬ吾でありたく存じます」

「そうですか。それではもう一つそなたに叶えて貰いたい願いがある。今度にしようと思っていましたが、そう何度もそなたを驚かせるのは、和も心苦しい。この際です、願いとは桃香（橘姫）のことです」

「桃香がどうかしたのでしょうか」

「桃香をいずれは、そなたの妃として貰いたいのです」

「えっ、今我子同然に過ごしている姫を……。いえ、それはとても出来ません」

「そなたの、いえ、これからのそなた達の世を安定させるためです。和が皇女の瑠璃《るり》（菟道貝蛸《うじのかいだこの》皇女《ひめみこ》）をそなたに嫁がせて最早十年が過ぎました。瑠璃はしっかり后の役目を果たしていると、そなたは常々言っていますね。その瑠璃が桃香の願いだと、和に相談してきたのです。そしてこの願いは必ず叶えて貰いたいと言っていました」

上宮は言葉を失った。

「……」

「驚くのも無理はない。しかしこれは桃香自らのたっての願いなのです。瑠璃も初めは困惑したと言っていました。何度も聞き直し、また何日か置いて聞いても、桃香の決意は変わらなかったそうです。初めは、側にいるそなたへの憧れの様なものではないかと思っていたそうですが……」

「きっと、そうだと思います。桃香が吾をその様に見ていたことなど、今も想像だに出来ません。父親の尾張皇子に対する思いが変化したのではないでしょうか」

「瑠璃はその様な種類のものではないと言っていました。ともかく、今直ぐでは無くても良いが、このことは桃香の要望として、和も瑠璃も賛成している。未だ、公にはしませんが、桃香が十歳を迎えても気持ちが変わらなければ、必ず上宮、そなたの妃に公式に迎えて下さい」

「桃香がそうなるまでに、もう何年もございません。出来ません。未だ幼くあどけない桃香をその様に考える事など出来ません。申し訳ございませんが、このお話はお受けできません」

どうあっても受け入れられないと、上宮は固辞した。

「これは、和（私）が大王代行として上宮太子に対して最後に申し渡す事項です。今は公にしなくとも、和からそなたへの公式な命であるということを、覚えておくように。これは決定であり、最早そなたが断れる事ではありません」

上宮は暫く考えていたが、観念した。そして、大后に失礼のない方法で、もしかしたら、この大変な事態を切り抜けることが出来るかもしれない方法を思い付いた。上宮は静かな口調で、

「確かに、覚えておきます。桃香が十歳に成っても、今の気持ちが変わらないなら、吾も今お聞きした大后様からのお話を実行すると御約束致します。そして出来ますれば、大后様の現在のお気持ちをお聞かせ下さい」

大后は自らの気持ちを聞かれて、直ぐには口を開かなかった。

「今は落ち着いています。和も初めて瑠璃からこの話を聞いた時には、大変驚きました。今のそなたよりうろたえていました。この和が気を失いましたから。でも気が付いた時、瑠璃から言われたのです。

幼くして母を失い、父から離されて心細く寂しかった桃香にとって、何のわだかまりもなく引き取って育ててくれたそなたは、誰よりも頼れる男子《おのこ》だったと思います。桃香はそなたに身も心

も救われたのだと思ったのではないか。そして自分の大切な宮の名を付けて橘姫として優しく受け入れてくれた事は、幼い桃香にも感動的だったのでしょう。瑠璃は桃香が幼き子なれど、人として上宮、そなたの他者を慈しむ心や深い想いを感じたのではないかと言いました。瑠璃のその時の表情は真剣でした。和にも桃香の気持ちがやっと理解出来たのです。そなたに対する尊敬が桃香の中で、少しずつ女としての愛に変わっていったのだと。

桃香の気持ちはこれからより一層深くそなたを思う事になると思うと、和も観念しました。いいえ、覚悟したのです。ただ、未だ公にするには早いでしょう。われらが幼き子を政事の道具にしたと口さがない者に言われないようにするためにも、橘姫が十《とお》を数え自分ではっきり意思表示出来る年齢になるまでは、われら以外の誰にも気持ちを話してはならないと言いました。

そして和の今の気持ちは、もう桃香次第です。そなたに嫁すというのは、そなたと后にとっても良いだけではなく、政権にとっても良いことではないかと思います」

桃香の父尾張皇子はその名の通り尾張付近に強い勢力を持つ豪氏族を従えていた。桃香を通して上宮の強い味方に成り得ると、大后は考えていたのだ。近い将来、上宮は大王家の頂点に立ち、現在の大后と同じく王族の代表となる。上宮達の政権基盤が盤石だという事は、現在の大后が率いる王族達の繁栄も保障されると考えていた。しかし、そこまで大后の考えが及んでいるなどとは、今の上宮には思いも寄らないことだった。

「承知いたしました。その上で、吾からお願いがございます」

「何でしょう」

「これからは、桃香を斑鳩の穴穂部前皇后の所で、預からせて頂けないでしょうか」

「前皇后の元にですか。桃香は和がここで預かろうと思っていたのですよ。后候補なら、和が元に置いた方が良いのに、何故でしょう」

「斑鳩の宮の側に、飛鳥と同じ様な新しい学問所を造っております。そこで教えて頂く師に学問所で教えて頂く傍ら、前皇后の住む館に来て頂いて、娘達にも学問の手解きをして貰う心算です。そこへ桃香も通わせてやりたいと以前から考えておりました。それから、もし将来、吾に嫁いで来るとすれば、斑鳩の様々なことも知っておいた方が良いと思います」

斑鳩の学問所は、母穴穂部の以前からの願いでもあった。幼い頃から学ぶことができた者と出来なかった者とでは、その後の人生に大きな差が生まれる。先人の深い教えに触れることで、自らの悪い考えを修正し、より良く生きる術を知ることが出来ることを、上宮は知っていた。優秀な男子だけでなく出来る限り多くの者達に、学ぶ機会を持たせたいと考えていた。

飛鳥にも学舎《まなびや》はあるがそれは国の公のもので、学舎に入れる者は色々な所から推薦された優秀な男子に限られていた。各地方から推薦された優秀な者達が、切磋琢磨し学んでいる。彼等は将来大和政権を担い、活躍することを期待された者達だ。その彼等の上司と成る選ばれた王族の者達もまた、彼らより一層努力しなければならないと、上宮は思っていた。そして人材を育てるのは、学問の師だけではない。何れは人材と成る人を生み育てる人は、その者達の母である女人であったからだ。大后や穴穂部前皇后を見ていて、女人が学ぶことの大切さを上宮は深く知ったのである。

その国の何もかもが、政事を任せられた者の手に委ねられていることを、為政者は自覚しなければならないと、上宮は常々自らを戒めていた。各省庁の長官を任せられる王族や豪族達も又そうでなければならないと、心底思っていた。

「そうですね。橘姫の今後の事は全てをそなたに任せましょう。橘姫の件は、これで一旦は解決としましょう。次に山背王子のこちらへの移動はどの様に考えていますか」

「はっ。山背はその様子を見ますに、もう一年だけ、斑鳩で学ばせます。飛鳥の学問所に入って、皆と共に学べるようになるために、斑鳩で特訓をする事に致しました」

「そうでしたか。それ程、飛鳥に集う学生達は優秀なのですか。頼もしいことです。ですが、山背は日嗣の皇子となるのですから、皆と共に学ばせるのはどうでしょうか。皆が学ばぬことも、学ばねばなりませんから」

大后は帝王学とも言うべきものを学んでいた亡き竹田皇子のことを思い出した。そしてもし、山背より優秀な飛鳥の学徒が居たら、それはそれで問題になりはしないかと、大后は心配になった。上宮は、山背より優秀な人材が居ればそれが山背の励みになれば良いと思うと答えた。上宮は山背の人格を信頼していた。山背が王と成るに相応しい者であるなら、山背より優秀な者をも山背は味方に出来るだけの器量を持つべきだと、父としての上宮は思っていた。

「優秀な者達と共に学ぶことも大切です。師と一対一で学ばせる方が良いことはそうさせます。学ぶべき時を分けるようにと考えております」

「差し出たことでした。今は未だ大王の代わりとして、和の気になったこと全てを聞いておきたかったのです。和からは色々と話しましたが、そなたから何か話したいことは有りますか」

「それでは、この吾からも一つだけお願いがございます。聞いて頂けますでしょうか」

大后は頷《うなず》いた。

「これからも、未熟なこの吾に御助言頂きたく存じます。大后様は大王代行を退かれましても、今後も変わらず王族の束ねであらせられます。王となりました吾に何か言って頂けるとしたら、大后様しかおられません。どうか、この願いお聞き届けくださいませ」

上宮は不安だったのではない。新しい国造りの為には、大后の持つ王族達からの強い信頼は大変重要なものだったからだ。若く突然太子と成った上宮に対し、同じ王族の中にも反感を持つ者は未だ居るのだった。

「そなた、分かっていますか。今の様に差し出たことを、ずっと言い続けるかもしれませんよ」

「いいえ、差し出たことなどではございません。大后様から、常に的確なご意見とご指導を頂いていると感謝しております」

「殊勝《しゅしょう》なことを言いますね。分かりました。そなたの助けになるなら、これからもそなたの耳に痛いことも遠慮なく聞かせましょう」

「有難うございます」

「さあ、今日はこれ位に致しましょう。幾つものことについて、しっかり話しましたから疲れました」

「申し訳ございません。では、ゆっくりお休み下さいますように。それでは失礼いたします」

上宮は帰り際、大后の信頼する近江納女に、大后が疲れているようだからくれぐれも気を付けておいてほしいと頼んで帰った。大后は何時までも溌剌としていて若々しく見えるが、もうそれなりの年齢になっていた。

上宮は大后との話し合いを終えて、橘の宮に帰り着いて直ぐ后の菟道貝蛸皇女に、大后と重要な話をしてずいぶん疲れさせたことを話し、大后の身体に良い滋養のある食べ物を届けるように頼んだ。貝蛸皇女は、斑鳩に慣れてきた橘姫（桃香）を置いて政務に忙しい上宮の側に戻っていた。

その後、上宮は后と二人で橘姫についての大后からの申し出と、貝蛸皇女自身の今後のことを話し合った。

「それはいけません」

上宮は貝蛸皇女も橘姫と一緒に、穴穂部前皇后の所へ行きたいと言ったのに対し反対した。

「矢張り、この願いはお聞き入れ願えませんか」

「后が桃香を慈しんでいる心を分からないのではありません。でも、それでは桃香の為にも、吾の為にもなりません。吾はもう暫く太子として自由に働かせて頂こうと思っておりましたので、后と桃香と共に斑鳩の宮に本拠地を移そうと計画しておりました。斑鳩の宮の中の吾等の住まいが整ったら、桃香とこの地で暮らしていた頃の様にまた三人で暮らそうとそなたにも言っていたのです。

しかし、大后様から来年の初め朝賀の式典に於いて、大后様が大王代行を辞され吾に王を継ぐようにとの命が下されました。吾と后は来春から、新宮の小墾田において王として祭事と政事に当たらなければならなくなったのです。そこには、后も共に行って頂きます。そして、桃香とはこれから時期が来るまで、離れて暮らすことになります」

「分かりました。上宮様のおおせに従います。申し訳ございませんでした。桃香の上宮様への気持ちを聞いてから、和（私）の心は千々に乱れてしまいまして。未だに平静を取り戻していないようです。和は上宮様と歩まねばならぬ身でございました」

「吾も后も桃香の幸せを考えていることは同じです。かつて、吾も幼い日に、宮の中で働く女《ひと》に淡い恋心を抱いた事がありました。桃香の気持ちもその様なものかと最初思ったのですが、瑠璃はどう思ったのか聞かせてほしい」

「和もそう思いました。ですから、桃香に桃香の気持ちはきっとその様な淡いものだと、何度も言い聞かせたのですが。あの子は自分の気持ちは、その様なものとは全く違うと言い張って聞きませんでした。それはここから斑鳩の宮へ行って、一層強くなった様なのです。

それで、一時期は大后様に桃香の気持ちを変えて頂こうと思い、お話しもし、賛成が頂けたら上宮様に話すと、桃香に言い聞かせたのです。大后様に話せば、反対して頂けると思っていましたから。でも、桃香の強い想いは大后様のお気持ちをも動かしてしまったのです」

貝蛸皇女は申し訳なさそうに言った。桃香は、上宮の居ない斑鳩の宮で、上宮への思いを再確認したのではないかと、貝蛸皇女は推測していた。

「后にも随分大変な思いをさせてしまった。吾から桃香には、もう一度しっかり話を聞いてみようと思っていますが……。桃香の気持ちがそれでも変わらないなら、大后様の仰せでもあり吾はその意を受けなければならなくなりますが、瑠璃。瑠璃は、それで良いのですか」

「和の心はもう決まっております。桃香が大后様に真剣に自分の気持ちを話している姿に、和は感動したのです。そして、大后様は、和も考えつかなかった将来の王家の事を考えておいでの様子でした。そのことも含めて、今回の桃香のことを決めたと話して下さいました。和も今は、心から大后様の仰せに従う心算でおります。上宮様もどうか、この大后様からのお申し出をお受け下さい」

上宮は太子の正妃として、未だ子を生《な》せない貝蛸皇女の立場が哀れに思えた。もし后との間に一人でも男子が出来ていたら、大后も桃香には他に生きる道を示したのではないか。上宮の心の中で、貝蛸皇女との間に一人も子が出来なかった事がこれ程悔しく思えたことはなかった。しかし、目の前にいる后に、その事について言うのは一層憚《はばか》られた。

「分かりました。では、桃香に明後日、斑鳩の宮の穴穂部前皇后の元へ行くようになったと話そう。吾から話しましょうか」

「いいえ、それは和から言わせて下さい。和にも、桃香に色々話したいこともありますので。そうさせて下さい」

「分かりました。では、そのことは宜しくお願いします」

上宮は大后にも后にも言わなかったが、斑鳩で橘姫が同年輩の子等と過ごす内に自分への気持ちに変化が出てくれれば良いのだがとの淡い期待を秘めていた。

その年の暮れも近い頃、橘姫は貝蛸皇女に付き添われて大后の館へ行き、大后に自らの思いが叶い前皇后の館に住む事になったと、嬉しそうに報告した。斑鳩の穴穂部前皇后の館にも貝蛸皇女が、挨拶と共に諸事情を話すため付き添って行った。

斑鳩から戻った貝蛸皇女は、無事に橘姫を送り届けたと上宮に報告した。上宮に報告を済ませた貝蛸皇女の表情には、するべき仕事をし終えた安堵と一抹の寂しさが感じられた。

法興十四年（六〇四年）正月朔日《ついたち》、名実ともに新しい年の始めだ。朝賀の式典の中で、毎年行われている式次第の中程に、特別な内容が組み込まれていた。

蘇我大臣がそれまでとは立ち位置を変え、大后達が居る一段高い場所と群臣達が控えている所の丁度中間に立った。大臣は今までの礼の仕方ではなく立ったままの姿勢で、大后達へ深々と頭《こうべ》を下げた。群臣から、直接大后達の姿は見ることは出来ない。大臣は群臣達の方向へ向きを変え、力を込めて、

「大后様より、お言葉を頂戴いたします。皆その場で頭を下げ、大后様のお言葉を厳粛《げんしゅく》に受け止めよ」

大臣から厳粛にと言われたばかりだったが、常の朝賀との違いに群臣達の一部の者達は響《どよ》めきが起こった。

「静粛《せいしゅく》に。大后様のお言葉である。静粛に」

大臣は声を張り上げて、その場を静まらせた。静まった式場の奥の方から、大后の透き通る声が聞こえて来た。

「新しき国の大王に、上宮太子を指名する」

群臣が集まっている会場のそこここで、

「おおぉっ、おおぉぅ」

という驚きや、ひそひそと側の者への囁《ささや》きがあちこちから聞こえて来た。

大后から新大王と指名された上宮太子は大后の側を離れ、群臣達の面前に大王となってから初めて顔を見せた。大王となった上宮の凛々しい面持ちと全身を覆う黄金に輝く衣装が、会場にいる群臣達を静かにさせた。静けさを取り戻した会場の中で大臣は重大な発表を続けた。

「大后様はこれまで担っておられた大王代行を退かれることとなる」

群臣達から再び響《どよ》めきが起こった。大臣は今度は自然に静かになるのを待った。そして、

「では、新しき大王と成られた上宮様から、就任のお言葉を頂く。厳粛に受け止めよ」

上宮は、群臣達に向かい朗々と述べた。

「和《わ》を以《もっ》て貴《とうと》しと為《な》し、忤《さから》うこと無《な》きを宗《むね》と為す。

新しき国の方針の根幹は、和を以て何事も行なうこととする。

吾が群臣は皆、内外共に諍《いさか》いを止め、

その全ての労力を、吾と共に新しき国造りに捧げよ。

これまで大和政権に功績のある者に冠位十二階による冠位を授ける」

豪氏族達の中には夫々に驚きを口に出す者もいたが、上宮大王は動じなかった。

蘇我大臣が、上宮大王に一礼して、群臣の前に進み出て、手振りで群臣の響めきを収めながら大きな声で、

「今まで大和政権に功績のあった者達に冠位を授けて頂き、新国家体制を造る為の人材とする。それでは、冠位十二階による冠位を新大王に授与して頂きます。名を呼ばれた者は、一番前の列まで出るように」


次々と新しい重要な事項が発表されるので、朝賀の式典に参加した群臣達にとっては驚きの連続だった。群臣達が呆気に取られている中で、蘇我大臣の重々しい声が場内に響き渡った。

「大徳に任じられる者は、境部臣雄摩侶《さかいべのおみおまろ》、大伴連嚙《おおとものむらじくい》。

小徳に任じられる者は、葛城臣烏那羅《かつらぎのおみおなら》、坂本臣糠手《さかもとのおみぬかて》、巨勢臣大海《こせおみおおみ》、三輪君阿多玖《みわのきみあたく》、中臣連国《なかとみのむらじくに》、河辺臣禰与《かわべのおみねよ》、劉喘《りゅうぜん》。

大仁に任じられる者は、額田部臣比羅夫《ぬかたべのおみひらふ》、膳臣加多夫古《かしわでのおみかたぶこ》、細香華瑠《さいかける》、鞍作鳥《くらつくりのとり》、土師連裟婆《はじのむらじさば》。

小仁に任じられる者は、安曇連比螺富《あずみのむらじひらふ》、石上連兄麻呂《いそのかみのむらじあにまろ》、船首侑利《ふねのおびとゆうり》。

大礼に任ぜられる者は、忌部史畝禰《いんべしもね》、難波吉士磐金《なにわのきしいわかね》。

小礼に任ぜられる者は、秦造河勝《はたのみやっこかわかつ》。以上」

現段階では、大信以下の冠位を授けるべき人の発表はないこと。そしてこれからの国への貢献次第で誰もが、冠位を授けられ官僚と成り活躍の場が広がる権利と昇格の機会も与えられるという、大臣から大和政権の冠位の授与に対する補足説明がされた。

名を呼ばれた者達は、名を呼ばれなかった群臣達の目の前で、夫々に色の違う冠と衣を授けられた。大徳は濃紫色、小徳は淡紫色、大小仁は濃淡青、大小礼は濃淡赤であり、今日は対象者がなかったが、信は黄色、義は白、智の黒と色分けされた冠と衣の説明が付け加えられた。

名を呼ばれた全ての臣下に冠と衣が渡されたのを確認した大臣は、

「今、頂いた冠と衣服は、公式の式典に着用する物である。常の朝議には、これまで通りの出で立ちで出席するように。この次に公式の式典が開かれるのは、夏四月である。詳しい日程が決まり次第、皆に通知する」


朝賀の式典が、終わりに近付いた。大臣は居住まいを正し、群臣達に言った。

「元号を大后様の命により、鳳凰《ほうおう》と名付けることになった。依って、本年は鳳凰元年である」

鳳凰という元号を発表して、興奮したのか蘇我馬子大臣は顔面を紅潮させていた。大臣は一呼吸置いてから、

「これで今年の朝賀における重要事項の発表は終了する。猶、引き続き会場を移動し、新大王上宮様の祝いの宴を開く。皆、挙《こぞ》って参加せよ」

大王代行を辞した大后は、朝賀の式典が終わると、側にいる上宮にそっと囁いた。

「後は、頼みます」

　そう言い終えると席を立ち、粛々と自らの館へと帰って行った。

　新大王の下での、新しき国の新年の祝賀の宴《うたげ》は大いに盛り上がった。新大王となった上宮の前に、蘇我大臣に促された主だった群臣達が、引きも切らず挨拶に現れた。

　祝賀の宴が終了し、上宮達にとって長かった一日がやっと終わった。上宮は鮠兎達と馬に乗ってゆっくりと橘の宮への道を進んだ。空には幾千の星々が輝き、上宮達に夜の美しさを魅せていた。


　上宮が新大王となり、新たな国の政策が発表されたと、近江の郷にも伝えられた。砥部石火実《とべいしかみ》の後を引き継いだ石納利《いしなり》がそのことを知ったのは、本家卜部《うらべ》氏の長老である卜部嘉蕗侘《うらべかろた》が大和へ送った孫の蕗傍《ろぼう》からの書簡によってだった。卜部嘉蕗侘は蕗傍から送られてきた書簡を、嘉蕗侘の見舞いと称して時折訪れる石納利に見せたのだ。石納利は嘉蕗侘に書簡を返しながら、

「長老様は、大和のこの事態をどうお考えになっておられますか」

「石納利、そなたはどう思う」

「大和で、現政権は少し急ぎ過ぎているように感じます」

「そうじゃな。それで」

「われらは未だ動く時ではなさそうでございます」

「そうじゃな。わしとしては生きておる内に、何とか答えを出したかったのだが……。未だ、このままの状態が続きそうじゃ。もう少し時が掛かるじゃろう。この政権が大きく傾くまでにはどれ程の時が掛かろうかのう。少し動かしてみるかな。

しかしな、石納利。いずれは、この上宮様の政策が、本当の意味で必要と成る時期が来るに違いない。自分の利益しか頭にない現在の豪氏族どもには、分からないのだろうがのう。

石納利、そなたなら分かっておろう」

石納利は、分かっていると答えた。

「そうであろうとも。しっかり世の中を見て考えている者なら分かることだ。この国が今までの様な状態ではどうにもならぬことを、われらとその反対勢力の頭が一番分かっておるとは。何とも皮肉なことだ」

石納利はじっと長老を見つめていた。嘉蕗侘は続けた。

「そしてな、わしはその時期が何時になるのか、どうしても知りとうて。昨夜、久しぶりに占《うらな》ってみた」

「その様なお身体で、何という無謀な」

死んでしまうという言葉を、石納利は何とか飲み込んだ。言霊《ことだま》は恐ろしい。

「そうであった。そなたの言う通りじゃったよ。占っている途中で、意識を失《うしの》うてしまった。気持ち良くそのまま、あちらの国へ行こうとしたが、先に逝っておる石火実に戻ってくれと頼まれてしもうたのじゃ」

「父が、そう申しましたか。父様、よく言ってくれました。今、嘉蕗侘翁を失う事はわれらにとって、進むべき道標を失う様なものでございます。戻って下さり、感謝致します。これからもどうか、未熟なわれらをお導き下さい」

「大丈夫じゃ。向こうの準備が未だ整っておらんようじゃて。さあてと、生きておる限りは、そなた達を叱咤激励するによって、覚悟は良いな」

「はぁっ、どの様でも。それでは、占われた結果は分からなかったのでございますね」

「そうなのだ。途中までは確かに見えた。御言葉を聞こうとしたら気が遠くなって。しかしそこで、見たものがある。何本かの立派な柱が立っておったのだ。その内の大きな一本の柱が、突然倒れた。そこまでじゃった」

一本の大きな柱は、いったい誰なのか。石納利は知りたいと思ったが、

「分かりました。しかし、もうお止めください。お命を自ら縮められる様なことは、もう絶対に……」

嘉蕗侘は、相好を崩しながら頷いて見せた。

石納利には一男一女の子が居た。石火実が石納利に次の世の事を託し逝った時、未だ若かった石納利は正直自分一人でどうしたらいいのかと途方に暮れた。石火実が亡くなって少し経って生まれた長男は、祖父石火実の聡明さと父石納利の柔軟さを持っていると、嘉蕗侘に言われた。そして、この子が何事も無く成長すれば、必ず卜部《うらべ》氏の傍系の砥部《とべ》一族にとって道が大きく開ける

とも言われた。

嘉蕗侘に褒められる様な長男が生まれたことや、嘉蕗侘が老いて猶も意気軒昂にしていてくれることで、石納利は父に託された使命を果たさねばならない重圧が少しだけ軽くなった。一人では重過ぎるこの荷を共に担ってくれる次代の若者を育てたいと思う石納利だった。そして父とも祖父とも頼りに思う嘉蕗侘には、未だ教えてほしいことが沢山あるのだった。


「では聞くが、そなたは未だその時ではないと先ほど言ったが、唯何もせず待っている積もりではなかろう」

「嘉蕗侘翁に名を付けて頂いた長男石徹《いしゆき》を薫陶しながら自らも学び、地方へも人を遣って育てることもし、大和周辺へも目を配っております」

「それはそれで良いが、石徹がもう少し成長した時には大和の蕗傍《ろぼう》の元へ出すがよい」

「ですが、我が子石徹は大和の学舎で学ばせて貰えるでしょうか」

「砥部石火実の孫としてでは無理かも知れんな。優秀であればある程、警戒するだろう。大和は石徹が石火実の孫と知った上で、受け入れる懐の深さを持ってはいまい。石徹を馬子が一番恐れていた石火実の係累で無くすればよいのじゃ」

「しかしその様なことが出来ますでしょうか。大和は我等をあれ以来ずっと見張っています。われらの動きは、大和には筒抜けでしょう」

「このわしに、良い考えがある」

そう言いながら、嘉蕗佗は石納利に近付けるだけ近付き、何やらこそこそと耳打ちした。そして、

「今、言ったことは、それまでは誰にも話すでないぞ。もう少し先じゃ。今は石徹《いしゆき》をそなたのある限りの知識で薫陶しておくのじゃ。分かっておる、もう無謀なことはせんから、心配するでない。しかしもし、わしに何かあっても蕗傍《ろぼう》がおる。蕗傍はわしが言うのもなんじゃが、秀でた才の持ち主じゃ。大和ではそれと気付かれぬように、賢く小出しにしておる。馬子に目を付けられては動きにくいからのう」

内緒の話を終えた嘉蕗佗《かろた》は、石納利《いしなり》から身を離しながら大きな声で、

「そう言えば宝王女様が嫁がれると聞いたが、その相手が用明大王の御孫とは真か」

「はぁっ、つい先日われも聞いたばかりで、聞いた時は驚きました。大后様から申し渡されたことですので、受けぬ訳にはいかないだろうと、宝王女様側の者が言っておりました」

「大后様の方からの申し入れだ。大后様は、王族の要《かなめ》として、こちらのことも少しは考えているのだろう。これは良き縁となろう。宝王女様にとって、この縁組は早いという事はない。これはこちらにとって、良い展開となろう。必ずな」

嘉蕗佗は確信をもっていたのだろうが、石納利には未だその先は読めなかった。宝王女の父は押坂彦人皇子の子の茅淳王《ちぬおう》であり、母は大后炊屋姫の同母弟である桜井皇子の子の吉備姫である。宝王女の父は息長氏系で、母は蘇我氏系であった。

十、十七条の憲法

上宮が大王と成った大和政権は、初めての国の総合的な方向性を示す法の準備を進めていた。五経博士の覚哿《かくか》達は、倭国の在り方に関する法の素案を上宮から受け取って、法の完成に力を注いでいた。そして漸《ようや》く彼らは、概ね骨子を纏め上げ、上宮に見せ、仕上げに向けて最終の段階に入った。上宮も大王と成って尚更忙しい国事の合間を縫って、懸命に国家の法を作成している場に顔を出していた。

法を纏め上げる長の覚哿から、ほぼ完成に近いものを見せられた上宮は、

「覚哿師、慧慈師、よくここまでのものを纏め上げてくださいました」

すると五経博士の長の覚哿が、

「御認め頂き、感謝申し上げます。それでは、上宮様。大王として国の有り様を、ここにいる者にお示し下さい。この法の初めの御言葉を頂戴いたしたく存じます」

上宮大王は、しっかりと頷き深呼吸した後、

「では鮪兎、例の物を」

葛城鮪兎が、大きく巻かれた紙を、皆が向き合って座る卓上に丁寧に広げた。そこには、上宮大王の新しい国造りへの熱い思いが込められた文言が書き留められていた。

新国家における法

一曰、以和為貴
無忤為宗
人皆有党
亦少達者
是以或不順君父
乍違于隣里
然上和下睦
諧於論事
則事理自通
何事不成

二曰、篤敬三宝
三宝者仏法僧也
則四生之終帰
万国之極宗
何世何人

一《いち》に曰《いわ》く、和《わ》を以《も》って貴《とうと》しとなし
忤《さから》うこと無《な》きを宗《むね》と為《す》
人皆党《ひとみなたむら》有《あ》り
亦《また》、達者《さとれるもの》少《すく》なし
是《ここ》を以《も》って或《ある》いは君父《くんぷ》に順《したがわ》ず
乍《ある》いは隣里《りんり》に違《たが》う
然《しか》るに上和《かみやわら》ぎ下睦《しもむつ》びて
事《こと》を論《あげつら》うに諧《かな》えば
即《すなわ》ち事理《じり》自《おのずか》ら通《つう》ず
何事《なにごと》か成《な》らざらん

二《に》に曰《いわ》く、
篤《あつ》く三宝《さんぽう》を敬《うやま》え
三宝《さんぽう》とは仏法僧《ぶっぽうそう》なり
即《すなわ》ち四生《ししょう》の終帰《しゅうき》にして
万国《ばんこく》の極宗《ごくしゅう》なり
何《いずれ》の世《よ》何《いずれ》の人《ひと》か

非貴是法
人鮮尤悪
能教従之
其不帰三宝
何以直枉

三曰、承詔必謹
君則天之
臣則地之
天覆地載
四時順行
万気得通
地欲覆天
則致壊耳
是以君言臣承
上行下靡
故承詔必慎
不謹自敗

この法《ほう》を貴《たっと》ばざらん
人《ひと》として尤《はなは》だ悪《あく》なるは鮮《すくな》し
能《よ》く教《おし》うれば之《こ》れに従《したが》う
其《そ》れ三宝《さんぼう》に帰《き》せずんば
何《なに》を以《も》ちてか枉《まが》れるを直《ただ》さん

三《さん》に曰《いわ》く、
詔《みことのり》を承《うけたま》りては必《かなら》ず謹《つつし》め
君《きみ》を則《すなわ》ち天《てん》とし
臣《しん》を則《すなわ》ち地《ち》とす
天《てん》は覆《おお》い、地《ち》は載《の》せ
四時順行《しじじゅんこう》して
万気通《ばんきかよ》うことを得《う》る
地《ち》、天《てん》を覆《おお》わんとせば
則《すなわ》ち壊《こわ》れを致《いた》すのみ
是《ここ》を以《も》って、君言《きみい》うとき臣承《しんうけたまわ》る
上行《かみおこ》なえば下靡《しもなび》く
故《ゆえ》に詔《みことのり》を承《う》けては必《かなら》ず慎《つつし》め
謹《つつし》まざれば自《おの》ずから敗《やぶ》れん

その場に居た者達がその書を見終わり顔を上げると、

「吾は、この国の在り方をこの様にしていきたいとの思いを、自ら一条に表した。二条には、我が国において、万国が国教としている仏教をどう位置付けるかを、仏教の師である慧慈の意見を聞いて示した。三条は、覚哿師が常に説いて下さっているところの、王と臣下の在り方の最も重要な事柄を述べている。覚哿師、師が教えて下さった様々な事への吾の理解は、間違っていないでしょうか」

聞かれた覚哿は、

「大王がお考えになっておられる、今後のこの国の在り方を見事に表された文でございます」

覚哿は素直に答えた。国の在り方を言うのであれば、美しく整った文体で無くとも良い、寧ろ荒削りな文は上宮自身が作成者だということを示していた。国を率いる大王の思いを込めた訓示の文を、覚哿が修正して飾った文章に直すことは憚《はばか》られた。このままの方が率直であり人の心に響くと思った。

「これは国の訓示として、これ以後の我が国の基本方針として残す物。出来れば美しい文で整えたかったのですが……。もし吾の表現したいことが、師によって美しい文で書き換えて頂けるなら、お願いしたいのです」

「いいえ、このまま、このままが宜しゅうございます」

覚哿は、上宮に幼い頃から人としてどうあるべきかを説き教えてきた師であった。上宮が示したこの国のこれからの在り方は、覚哿の指導が上宮の中で美しく結実したものであると覚哿は感動していた。しかし覚哿は胸の内を露わにしない人であった。傍目にも、常に心を動かさない人として映っていて、覚哿自身も冷静な儒者としての態度を常に保っていた。

最終段階の打ち合わせという事で、蘇我大臣も同席していた。今まで一言も発しなかった馬子だったが、口髭を触っていた手を突然止めて、

「申し訳ございませんが、少々お教え頂きたい箇所があるのでございますが……。大王、慧慈師にお聞きしても宜しいでしょうか」

馬子から大王と言われ、未だ大王と呼ばれ慣れていない上宮は一瞬戸惑い間を置いたが、慧慈に向って、

「慧慈師、大臣から質問が有るようです。答えてあげて下さい」

「分かりました。大臣、何なりとお聞きください」

「この二に曰《いわ》くにおいて、仏法僧とございますがその仏とは教主、法とは教理でしたら、僧とはどの様に理解すれば良いのですか」

「仏教で申しますところの僧の定義は、比丘《びく》（男子僧）、比丘尼《びくに》（尼僧）に止《とど》まらず、在家の三帰依五戒《さんきえごかい》を守る者も含めます。つまり、僧とは教主の説いた教理を正しく実践し、人々を正しい道に導く人のことです。又その集団を指しております」

鮠兎は慧慈の説明を聞きながら、生前の来目皇子と共に慧慈から受けた維摩経の講義を思い出した。

「その三帰依五戒を皆に説明し、守らせねばなりませんな」

　馬子は独り言のように言って黙った。

　三帰依は仏法僧に帰依することで、五戒とは殺さない、盗まない、淫らな性関係をしない、嘘はつかない、深酒はしないという五つの戒を守ることだという事は、馬子も含め少なからず仏教を学んだ者なら知っていることだ。しかし今まで何の縛りも受けず仏教とは無縁に近かった国中の豪氏族の中には、この様に厳しい戒律を守ることが出来ない者が必ず出て来るだろうと馬子は思った。国教として仏教を国中に広めるには、多くの比丘、比丘尼の育成と各地に寺を建てることも必要不可欠だった。国の大蔵を預かる馬子にとって、また一つ大きな課題が増えたと深刻な顔をして黙った時、上宮から、

「大臣、質問はその箇所だけですか」

「いいえ、もう一つだけ。四生《ししょう》という言葉の意味を教えて下さい」

「それは、吾が答えましょう。慧慈師、宜しいですか」

　慧慈は微笑んで、どうぞと答えた。

「四生は、法華経の中に書かれているものです。この世の生きとし生けるものを生まれ方によって分けていて、胎生《たいせい》、卵生《らんせい》、湿生《しっせい》、化生《けしょう》を四生といいます。

　胎生は、主に人など胎児として生まれ乳を飲んで育つ動物。卵生は、鳥など卵からかえって育つ生き物。湿生は、植物等が湿潤な場所に育つので、植物全般を示す。そして化生は、胎生、卵生、湿生のどれにもあてはまらず、自然から突然姿形を現すもので、天人や天女の様な、どの様

に生まれて来たか説明のしようがない。そのため化生は化身とも言う。この四生を以って生きとし生けるもの全てという意味だと、慧慈師より先日教えて頂きました」

馬子は、自分が知らない内に仏教の理解においても飛躍的な成長を見せている上宮に感心し驚いた。深い意味を持った仏教の一つ一つの言葉にも感動して、馬子は呟いた。

「四生とは、生きとし生けるもの全てでございますか……。これらの教えが四生の根本の拠り所であり、万国の極宗、究極の教えというのですか……」

上宮は少しの間目を閉じ、静かに心の中で二条を復誦した。

（篤く三法を敬え、三法とは神の道、儒の教え、仏の法と言うこともできる。即ち四生の終帰、万国の極宗なり。何れの世、何れの人か、この法を貴ばざらん）

そして、

「覚哿師。この三項を初めとして、後の十四項を合わせ十七項目の訓示とします。この三項に従って、後の十四項をもう一度見直し、作成をし直すところが有れば、お願いしたい」

「承知いたしました。では、明後日の内には必ず完成させて参ります」

覚哿は待機していた弟子達と共に、国法の完成を急ぐため作業所に戻った。慧慈は少し前からこの法の作成で激務が続き、体調を崩していたので、上宮の指示でこの日は早めに帰った。上宮が、四生の説明を買って出たのも慧慈の身体を心配しての事だ。

覚哿達が帰った後に、馬子は上宮に話したいことがあると言って残っていた。

「大臣、少し早いですが夕餉にいたしませんか。吾も国の法の作成に根を詰めておりましたので、やっと今一息つけるかと思うと、腹が減ってきました」

上宮の誘いに馬子は快く同意した。夕餉を済ませた後、上宮は馬子と二人になった。

「大臣、これから又、色々大変なことをお願いすることになります。吾に至らぬところがありましたら、何でも言って下さい」

「上宮様、いえ、大王。大王に至らぬところなど、有る筈《はず》もございません。大王とは、その様なお方でございます。この国の全てのことは、大王がお決めになる様になるのです」

大王とは、孤独で過酷な存在であるという言葉が、上宮の脳裏を過《よ》ぎった。

「ところで、吾との内密な話とは一体何でしょうか」

「お願いと言いますか、われの我がままと言いますか。色々とございまして、取り留めのないものです。流石に皆の前では言い難かったのです。こうして二人での時間を作って頂きました」

上宮に対し、常にはっきりものを言ってきた馬子にしては歯切れの悪い言い方だと、上宮は思った。

「どうぞ、鮠兎も覚哿師達が最終段階の法を完成させるまでの間、覚哿師達と行動を共にして貰っています。法が出来上がるまでは、常に深夜までの議論が続くでしょう。大臣は今日、発表した国の法について、どう思われましたか。率直な意見を聞かせて下さい」

正にその事を話したかったと、今まで恐縮していた馬子は水を得た魚の様に話し出した。

「初めてしっかり拝見いたしましたが、即座に理解するには大変難しいものであるとの印象です。相当な学識を持った者でないと、文そのものを理解することも出来ません。あの様に、難しい文は、地方から出て来たばかりの者達がいかに優秀であっても、直ぐには分からないのではないでしょうか。これから、あの法をどの様に広められるお心算《つもり》ですか」

「これから学び始める者達には、先ず初めにこの法を心に沁み込ませよ、と教えます。そして、各師からその読み方、意味、そして彼の文に込めた吾の思いを説明していただき、理解させる。又、大和の者達には言うまでも無く、遠方の豪氏族にも大和の学舎《まなびや》で学んでいる子弟なりそこの出身者なりが居る筈ですから、彼らにも二部ずつ書き写させようと思っています。その者達が法の事をも含め学び終えて郷へ帰る時、一部を郷へ持ち帰り郷の者に渡し、もう一部を常に携帯して忘れぬ様にさせるのです。

勿論、地方へ赴く役人達には、各々この法を持たせ任地での挨拶の時には必ず、この法を説明させる。そのようにして国の中に、この法を広めようと思っています。他にも良い手立てが有れば、いつでも聞きましょう」

「分かりました。今日、改めてお見せ頂きましたこの国の法は、多くの学門書からの引用がございました。大王はそれらの書を全て暗誦し、理解されたのですか」

馬子は直ぐにどの部分がどこに書かれていたか、最早思い出すのに苦労する自分から見て、上宮が超人の様に感じられ、愚問と知りつつ質問してしまった。

「まさか、吾は超人ではありません。覚哿師や慧慈師は覚えておいでかも知れませんね。吾は、その部分が、何の書の何処に書かれているかとか、どの様な意味かは分かります。しかし全てを暗記する意味などないと思っております。吾はその道の師ではありませんから。善き書に出会い、その中で何を学ばねばならないか。師も教えて下さいますが、自分で読み、考え、学んだことをどう政事《まつりごと》等に活かすかが、むしろ吾にとっては大切なのだと思っています。

大臣は吾より先にそれらを学び実践し、われらの見本となる生き方を随分見せて下さったではないですか。これからも吾は学舎の若者達と共に大いに学び、大いに実践していく心算《つもり》です。大臣はこれからも色々とご意見を聞かせて下さい。吾は若者だけに期待しているのではありません。今まで大和政権に貢献してきてくれた豪氏族やこれから付き合うことになる地方の国の人々にも、今までの経験を活かしてこれからも活躍してほしいと思っているのです」

「承知いたしました。その様な深いお考えをお持ちだと分かり安心いたしました。われも生きる限り学び、われの出来る限りの仕事をさせて頂きましょう。幾つになっても、新しきことを知ることは楽しゅうございます故。

実はその学びの件でお願いがあるのです。大王が受けておられる慧慈《えじ》師の講義をわれも共に受けさせて頂けないでしょうか。慧慈師も大和の言葉に慣れてこられたようですから……」

大臣は少し遠慮がちに言った。

「それは嬉しきことです。是非一緒に。慧慈師も歓迎されると思います」

「有り難いことです。では、恵彌《えみ》史《し》も共に受けさせて頂いても宜しいですか。そろそろ恵彌史にも仏の教えの真髄とやらを、少しでも分からせてやりたいのです。

慧総《えそう》師と直弟子の僧侶方は、学僧達が増えたこともあって、彼等を教え育てねばなりません。

これまでより益々忙しくなられて、われらが詳しいお教えを乞うことが難しくなってきましたので」

「分かりました。では恵彌史も一緒に。そうだ、では山背も共に聞かせましょう。初めは難しいかも知れませんから、難しいと思った箇所などは慧慈師の弟子の弦彗《げんすい》に教わると良い。そうしましょう。

それから、僧侶の教育のことですが、これは寺司の善徳氏に任せきりで、しかもその報告は常に大臣に上がる様ですね。これからは、寺司として善徳氏に報告すべき事案がある場合は国の政事の場にも出席して貰って下さい。国の予算にも、寺院の建立や僧侶の育成に掛かる費用を組み入れていこうと思っていますから。

大臣が言うように、僧になりたいと志願する者も増えました。この国には、正しく教えを広める僧侶がまだまだ多くは居ませんから、そちらの方の人材育成にも本腰を入れなければなりませんん」

上宮はどうすれば良いか、想いを巡らせた。

「今まで仏教など取り入れないと反対していた豪氏族達も挙《こぞ》って寺を建てるようになりました。仏教が我国にも本格的に根付き始めた証しでしょう。しかし、そうなりますと今度は、正しく仏教を流布《ひろ》める僧侶の数が足りません。大王がご指摘のように僧侶の教育も急がねばなりません。唯、僧侶になろうとする者を育て上げ一角《ひとかど》の僧侶にするには、それなりの師匠がいても長い時が掛かるでしょう。そしてその財源をどう捻出するのか、大王のお考えを伺いたいのです」

上宮も馬子も、財源の確保に頭を悩ませていたのだ。前へ進もうとすると、目の前に立ちはだかる幾つもの壁が見えてくる。しかしその問題という多くの壁に穴をあけるか、乗り越えるかしなければ前には進めない。馬子は政策の優先順位を考える為に、上宮が一番に実施したいと思っている事案を聞いた。上宮は、

「今度の遣隋使船をもう一艘増やしてでも、僧侶として学びたいという志ある者を少しでも多く隋へ送りたいと思いますが、どうにかなりますか」

「どうにか致したいところでございますが、今からもう一艘はとても無理ではないでしょうか。確かに、一艘に乗船出来る人数には限界がございます。現在の二艘では、未来の国を担う者達や学僧も多くは送れないかも知れませんが、矢張り急には無理でございましょう。大陸へ渡る為の船は一艘の建造にも多額の費用と時間が掛かります故。

遣隋使の準備は、船の用意だけでなく、使者としての遣隋使や、隋で学ばせて頂く人材、そして隋への貢ぎ物等も含めもう何年も前から準備して来ております。色々な状況から、早急にもう一艘増やすことは、申し訳ないことでございますが今回は諦めて下さい。ですが、今回の隋への使者が、隋との交流を円滑に進行することに成功すれば、今後何度も学生や学僧を受け入れてもらえるのではないでしょうか」

「そうですね。先ずは、今回準備をしている遣隋使をどう成功させるか、それが大切です。それには、その前に国の確かな形を整え、大国の隋に、せめてどの様な国かと興味を持たせられるものにしなければなりません。そうでなければ、今後隣国に影響を与えられなくなり、今まで以上

に対外的にも価値を認められなくなるでしょうから。

国造りには、何をするにも優秀な人材が必要ですね。人材の育成には時間が掛かるというのに、これまで何をしてきたのでしょうか。隣国の高句麗や百済、新羅等と我国と何が違っていたのでしょうか」

「それは大王が今、悩まれることではございますまい。過去に何があったかは、大王もよくご存じのはずです。我国は対外的には、良くも悪くも大陸とは海に阻まれており、攻め込まれることは無かったものの、人々や文化も大陸から直接は中々入ってきませんでした。何もかも、大陸の文化からは遠い所に我国はございます。中原を治める国からは幾つもの国々を経て入って参ったのです。

その上、国内では長い間多くの小国が犇《ひし》めき合って、戦いを繰り返しておりました。それがやっと纏《まと》まったのは、つい最近ではありませんか。騒乱続きだった我国も漸く一つに纏めることが出来、一国として前進することが出来るまでになったのです。今、やっとそうなったのでございます」

馬子は感慨深げに言った。そして、一呼吸置いてから馬子は神妙な顔で、

「意外に思われるかもしれませんが、われは、一の『和を以って貴しとなす。忤《さからう》こと無きを宗とせよ』には、感動したのでございます。

和は和らぎ、仲良く協力し合う心。戦い疎外し合うこと無く、話し合いにて纏まろうとする気持ち。和とは実に心地よい言葉の響きを伴っております」

先程まで、疲れていた様に見えていた大臣だったが、普段髭を蓄えて豪傑にも思える顔から想像も出来ない優しい柔和な面持ちに今はなっていた。しかもこの日の馬子は非常に多弁だった。

「又、二に曰くでは、益々万国の極宗、究極の教えと言われる仏教をしっかり学びたいとの思いに駆られました。亡き父稲目が聞けば、心から歓喜の涙を流したことでしょう」

そう言った馬子は、自分自身も大粒の涙を流していた。明日は必ず父の墓前に行って報告しようと馬子は思った。

「われは先程、大王の素晴らしい国家理念を拝聴致し、感動しております。

過去、豪氏族達の反対に押し切られて、政権が仏教を全面的に導入出来なかったということがありました。過去の失敗を憂い、それを取り戻そうとしても過去に戻ることなど出来ません。過去に戻りやり直せたところで、同じ人が違う道を選べるかどうか。われは、同じことの繰り返しではないかと思うのです。

過去は過去として受け入れるしかございません。過去に起こった出来事をしっかり調べて検討し、今後に活かす政事をなされば良いのです。大王は既に今まで太子としても、そうしてこられたではありませんか。大王は前だけを向かれて、昨日より今日を、今日よりは明日をお考えになり、御進み下さい。われらもその後を遅れぬように続きます故」

馬子はこの日初めて、大王となってからの上宮を認めた。思いの丈《たけ》を述べ満足したのか、馬子は三に曰くには全く触れることなく、辞して帰った。

一人になった上宮は、馬子達の今までの苦労や思いを深く受け止めていた緊張から解き放たれて、大きく背伸びをした。

大陸の新しい文化が、この時の国の中心である大和に受け入れられる状況に至るには、多くの先人の知恵と努力があったに違いないと、上宮は自らが生まれる前の国内事情に思いを馳せた。

倭国は欽明大王の父の継体大王が大和入りを果たした後、百済国と四県割譲問題が起こったにもかかわらず、百済との問題をすみやかに解決できなかった。その原因は、九州で勢力を誇っていた筑紫の磐井王と戦わなければならない状況が続いたからだった。

倭国の大和王権は、その後、やっとのことで九州筑紫の磐井王との戦いに勝利して、漸く騒乱の時期を終え、纏まった一国としての歩みを始めた。豪氏族の単なる連合体から中央集権国家への移行である。

豪氏族達は大和王権に従う形を取りながらも独自の軍や方針を持ち、王に唯従うだけの臣下ではなかった。近隣の国々は既に中央集権を果たした王が、ほぼその権力を手中に収め、国の長として君臨し、その国々の舵を握っていた。しかし、倭国は大王を中心に据えてはいるが、群臣の合議によってものごとは決まる。大王の提案にも反対意見を述べる力を持った群臣の大連《おおむらじ》や大臣《おおおみ》達がいて、大王が単独で政事上の決定を出来ないようにしていた。それは大王が独裁によって暴走するのを防ぐ力にもなるが、弱い王権では豪氏族を統率することが出来ない。中央集権を目指す今後は、豪氏族達に意見は述べさせても、王の意見に反対させないだけの強い権力を持たなくてはならないのだと、上宮は思っていた。

馬子は、上宮大王が新しい制度で進もうとする時に、今までの様に必ず阻む勢力が出てくるから、反対する勢力に対して策を講じなければ、と考えた。上宮が引き継ぐことになった大和政権を、大臣の自分が確実に支えると決意を新たにし、二度と父稲目の時の様な状態に戻してはならないと思った。上宮大王がこれからの大和政権の方針を発表する以上は、上宮を守る者達が心を一つにしておく必要があるのだ。

馬子は、後継ぎにしようと心の中で決めていた恵彌史を伴って、父稲目の眠る場所へ行った。馬子は、後ろに居た恵彌史を自分と同じ位置に来させて、恵彌史に自分と同じ様に頭を下げるよう指示した。そして長い間、何かを一生懸命祈っていた。恵彌史は下を向いて目を閉じていたが、その時間は大変長く感じられた。我慢出来ずに目を開けると、馬子は大粒の涙を流していた。

恵彌史は驚いて、

「父様、如何なさいました。何故泣いておられるのですか」

「ああ、すまん。驚かせてしまったな。だが、心配することは無い。あまりに嬉しくて、涙が出てしまっただけだ」

「嬉しくて泣かれるとは、相当喜ばしいことがあったのですね」

「おお、そうだ。直ぐ、そなたもこの父が何故こんなに嬉しいのか、その訳が分かるだろう」

馬子は小柄な自分に似ず、立派な体躯に成長した恵彌史を誇らしげに見ながら言った。

「はあ、左様でございますか」

恵彌史は、その場で深く聞かない方が良いと思ったのか、曖昧に答えた。殆ど言葉を発せずに長い時を稲目の眠る場所で過ごした馬子と恵彌史は、その後何処へも寄らずに島の庄へ戻った。

館に戻った馬子は、一番の側近である太棲納《たすな》と配下の細致《さいち》を呼んだ。

「恵彌史、これからはそなたを蘇我大臣家の頭領として薫陶していく。大王の治世を守ることが、我が大臣家を守ることにもなると心得よ。それこそを肝に銘じ大臣の任を果たすのだ」

今まで、馬子は周りの者から後を継ぐのは恵彌史だろうと言われても曖昧にしていた。この日初めてはっきりと、恵彌史は馬子から自分の後継者だと、馬子が信頼してきた者達の前で言われた。

「はっ、畏まりました」

恵彌史は神妙に答えた。

「太棲納、細致、頼むぞ。今後は、恵彌史を以前よりもっと多く公の場に連れていく。細致、恵彌史を補佐し大和政権を守り抜け」

細致は今後の蘇我氏を統率していく若い後継者を自分に任せてくれた馬子に、感無量だった。

馬子は続けた。

「恵彌史は未だ外では発言せず、帰り来て太棲納と細致に、その日に誰が何を言いどんな行動したかを必ず話して聞かせるのだ。そして、その者達の言動の是非について、また内容をどう判断したかを太棲納と細致の両名に話すのだ。出来る限りわれも同席するが、その場にわれがいない場合は、恵彌史、そなたが二人の意見を最後まで聞き、今後の役に立てるのだ。良いな」

「はっ、分かりました。では、父様。われから一つお聞きしたいことがございます。宜しいでしょうか」

馬子は太棲納と細致を下がらせて恵彌史と二人だけになって改めて恵彌史の質問を聞いた。

「そなたが聞きたい事とは何か、言うてみよ」

「大臣は、これから国の中でどの様な位置を占め、どの様なことを担うべきでありましょうか」

「ほほう、いきなり核心を突いた質問だな。今までわれはそなたに、大臣とはどの様な存在かを、詳しく話して聞かせたことはなかったな。しかし、大臣家の者ならば普段のわれの言動で、そのようなことは聞かずとも感じておらねばならんことだ。そんな事では、次の大臣をそなたに任せることが我が一族にとって良いことと言えなくなってしまう。

今までそなたは、何を見聞《みき》きしてきたのか」

恵彌史そのものではなく、馬子自身が恵彌史の本質を見極められていなかったのかと、馬子は落胆しそうになって思わず恵彌史を怒った。恵彌史は驚いて、

「そ、そうではありません。われが常に不思議に思っていることをお話しても宜しいでしょうか」

「ほう、不思議とはどの様なことだ」

馬子は、今度は怪訝な顔で聞き返した。

「父様が、大后様に対する接し方と、上宮様に対する接し方が全く違って見えるのです。われには父様が、大后様には余りにも謙《へりくだ》り過ぎていますし、上宮様には時には失礼と言いますか、言い過ぎの様に感じられる時があるのです。そして、大后様唯お一人を恐れておられるのは、われからすれば不思議なことなのです。大后様は父様が恐れる様なお方ですか。確かに威厳はお有りですが、それよりも優しく聡明な方という印象が強いのです。

われが知る大臣とは臣下であり、お仕えするのは飽く迄も大王。ところが現在のこの国は違っています。父様にとって大后様は王である上宮様より権力を持たれるが故に、恐れるお方なのでしょうか。それでは、大王も大臣も大后様の臣下の様です。この様な状態は、可笑しな関係に見えます。父様は直接お聞きになっておられないかもしれませんが、陰でその様に話す者もおります。この様な事について、父様はどの様にお考えなのですか」

馬子は自分の息子に、普段大臣という者がどうあるべきかについて、確実に理解させておくべきだと思った。

「そなたに今から、この蘇我大臣家が大和政権にとって如何なるものかということを言っておく。だが、この話をそなたは生涯その胸に仕舞い込み、誰にも言うでない。唯一人、そなたの後を継ぐ者に確かに語り伝えるのみだと心得よ」

馬子からの、大臣の家訓の口伝が今まさに行なわれようとしていた。覚悟を決めるためなのか、恵彌史はほんの少し間を置いて返事した。

「分かりました。お聞かせ下さい」

馬子は、父稲目の時代からの蘇我氏が乗り越えて来た苦難の過去と、現在の大后を頂点とした大王家と共に歩んで来た険しい道、そして望みを叶えた現在の栄光への歳月を語った。最後にその時代を乗り越えた大臣として、大臣を継ぐ候補の恵彌史に、

「この様な訳で、大后様は大きな犠牲を払いながらも、現在の大和王権の基礎をお造り下さったお方だ。誰も大后様のなさったことを越えられない。それはこれからも変わらないだろう。そして現大王の上宮様は大后様が認めた唯一人の方だ。上宮様でなければ、今後の倭国の総指揮者としてこの国の大いなる発展を導いていくことは出来ない。

言わばわれは大臣として、そのお二人の仲を取り持ち、強固にしてきた存在だ。又、一方では、王家と豪族達の間にも入り、出来る限り問題を解決してきたのだ。

大臣は、王の意志に逆らわず、しかし王が豪族達の意見から大いに外れた所に行かぬように、上手く導いて差し上げねばならんのだ。しかもその様に王に意見を申し上げて聞いて頂くには、王からの絶大なる信任を得た存在でなければならない」

恵彌史は、蘇我大臣家の歴史にも驚いていたが、これから自分を待っている大臣という地位が己の考えもつかない程の重要な立場であったのだと心底驚愕し、顔面蒼白となった。

「恵彌史、そなたには無理かな。他人を心底信じることも難しいが、人から信任されることはさらに難しい。先ずは、自分から信じてほしいと思う人のことを信じ、己の出来る限りの事をせ

よ。誰も見ていない所でも、その努力を怠るな。必ず信任して頂ける者になるのだと、心底念じるのだ。大王と共に、この国を、命を懸けて守ると誓いを立てるのだ。必ず、意は通じる」

「われは上宮様の信任を得なければならぬのですか」

恵彌史は自分と上宮の相性が良いとは感じたことが無かった。努力をして越えられる壁とそうでないものがある。父は上宮と相容れない事態が多かったように思う。果たして、上宮が心から父を信頼しているのかと、微かに疑いを持っている恵彌史だった。馬子もうすうす恵彌史がそう感じていることは分かっていた。

「そなたが直接、上宮様にお仕えするようになれば、そうせねばなるまい。そなたの歳を考えれば、王家の二代に渡って、お仕えするのだろうな。だが、今は上宮様のことはわれに任せて、そなたは、いずれお仕えすることになる山背皇子《やましろのみこ》様の常にお側近くに居て、皇子様をよく観察することだ。上宮様の後を継がれるのは山背皇子様だから、山背皇子様が上宮様に信任を得られるようにそなたは心掛けるのだ」

「心掛けます。では、われは大后様にはどうすれば良いのでしょうか」

「大后様はそなたが容易に相手を出来る様な方ではない。もしわれが大后様より先に逝く様なことがある時は、そなたは大后様の仰せに従っておけば良い。その頃には上宮様が大后様との間に入って、しっかりとそなた達を指揮して下さるだろうから」

「しかし大后様は、父様よりお若く、これから先も王族を纏めていかれるのは、あの方ではないのですか」

「まあ、当面はそうだろう。だが、上宮様が大王に成られて、后は菟道貝蛸皇女様《うじのかいだこのひめみこ》となった。大后様は少しずつそのお立場を、大王の后に譲っていかれるだろう。大后様に関しては、今は何も考えずともよい。われに付いておれば、その内顔を覚えて頂いてお声を掛けて頂けるだろう。それまで待っておれ」

「分かりました。長年、大后様に仕えてこられた大臣の仰せに逆らう心算はございません。それでも、敢えて伺います。菟道貝蛸皇女様は、大后様の様に王族を従えることがお出来になりましょうか」

「恐れ多いことを口にするな。大后様や王族に関することには触れるでない。二度と言うな。そなたも今直ぐ、蘇我一族を率いることは出来ないだろう。だが、そなたがそうせねばならないとの自覚がありさえすれば、いずれは一族を統率出来るようになる。菟道貝蛸皇女様のその御覚悟は強いと、われは思っている。大后様のご指導も既に受けておられる。そなたが心配するまでも無いことだ。

さあて、今日はこれ位にしておこう。今度からは、そなたも朝議の前の集まりに、われと共に出るのだ。これからは、そなたがわれの後を継ぐ者であると周りにも分からせることも大切だからな」

「分かりました」

恵彌史は、父が今の自分をどう評価しているのかほぼ分かった気がした。まだまだ未熟であると、父は思っている。確かに、父は祖父と共に混乱の時代を生きて来た。その父からみれば、自分は未熟者かもしれないが、これでも周りの者と比べると、何倍も頑張ってきた心算《つもり》だ。これからも努力していく心算でいたが、努力では越えられない壁をどう乗り越えるのかという問の答えはまだ出ていなかった。

幼い頃から恵彌史は、誰よりも自分が父から気に入られていることを知っていた。だから、今日まで、蘇我一族の後継ぎが自分だと言われなくても、必ず父が他の誰でも無く恵彌史を後継者だと決めていると信じていた。周りの者達も、そう思っていると分かっていたから、恵彌史は誰の前でも、その期待に応えるための努力を惜しまなかったのだ。しかしこの日、恵彌史の心に自分に何かが足りないと父が感じているのではないか、という疑念が生まれ自問した。

馬子はこの日の会話で、まだ二十歳にもなっていない恵彌史なら仕方がないのかも知れないと思いながらも、少々指導が行き届いていなかったと反省した。今後、大王や王族とどの様に関わりを持つと良いかを確実に教えねば、恵彌史の将来どころか大和政権の存続にも関わってくると気付いた。馬子は恵彌史の指導を確かなものにしようと決心した。

国の初めての法が、上宮達の目の前に並べられていた。

「やっと、出来あがったのだな。これからは、この法で以って国を建て、国の民を守る。確固たる法を持った国家の誕生だ」

「では、この法を大后様にお見せして、了承を得なければ……」

大臣は興奮して、以前の様に皆の前で上宮に言った。この国の大王は上宮であり、大后は了承をする立場ではもうなかった。今まで上宮が太子として大后に仕えていた立場であったとしても、既に大王になった上宮に言うべき言葉ではなかった。一同、その大臣の大王を軽んじたともとれる失言に対し言葉を失った。しかし、しんと静まり返った部屋の中で、その静寂を破った者がいた。

「大王、大臣とご一緒に大后様にいつお目に掛かりに行かれますか」

そう言ったのは、境部臣摩理勢《さかいべのおみまりせ》だった。上宮は、大臣から発せられた了承という言葉を自然な形で省いて、それをさらりと受け流して何事も無かったかのように対応した摩理勢の成長を喜んだ。

「大臣、明日では如何ですか」

「はっ、良いですね。そう致しましょう」

摩理勢は誰も傷つけることなく、大臣の失言を難なく乗り越えさせた。馬子も、上宮と同じように、以前の摩理勢とは違うと感じていたようだった。

次の日、上宮は馬子と共に大后の館を訪ねた。

「大后様、大王が大臣と共に御着きになられました」

「では、あの奥の部屋に御通ししなさい」

「畏まりました」

その奥の部屋は特別な部屋だった。大后が近江納女に言ったその奥の部屋はほぼ十年使われたことが無く、館で仕える者達も、もうここは大后が身罷るまで、何事も無く空しくただ有るだけに終わると思っていた。

大后は今までとは違って、上宮達よりも先にその部屋に入って待っていた。上宮が入って来ると、

「大王。さあ、こちらへ」

常に自分が座る筈の席を示して勧めた。

「いいえ、それはなりません。そこは、大后様が御座りになるべき処です」

上宮は、どんな時にも通された事のない部屋での、大后の何時に無い態度に心底戸惑っていた。

「いいえ、大王。この国で、大王より上位に坐す者がいてはなりません。これよりは、この義母も当然そうであるべきです。どうか、こちらへ」

大后の謙《へりくだ》った態度は清々しく、上宮だけでなく馬子の背筋をもしゃんとさせていた。上宮は一度辞退したが、大后にもう一度促されて上位の席に着いた。大后は二位の席に座り、大臣は少し離れて席に着いた。

「国としての方針と決めたものを、持って参りました。ご覧くださいますか」

「勿論です。早く見たいものです」

「では、この部屋の中に、葛城鮠兎が入ることをお許し頂けますか」

大后に、駄目だと言われるかもしれないと思った上宮は、改めて聞いてみた。

「葛城鮠兎、許しましょう」

彼が王家の血を引く者と以前から知っていて、大后はそう答えた。

「鮠兎、持って入れ」

葛城鮠兎は、新法が書かれた分厚い紙の束を大事そうに持って入って来た。

「御苦労、ここに置いて出ていなさい」

大臣が鮠兎に声を掛けた。鮠兎がそれに素直に従って部屋を出ようとすると大后は、

「そなたもここに居なさい。大王、良いですね」

「大后様が良いと仰せなら、吾に異存はありません」

上宮は瞬時に、大后が鮠兎に居るように言ったのは、それなりの訳が有るのだと感じそう答えた。

「初めてなので、目を通します」

大后はそう言うと、一人書面に目を落とし真剣に読み耽《ふけ》っていた。三人は、大后が読み終えるまで、夫々に大后が法を読んだ後の一言目に何を言うのかに思いを巡らせていた。大后が読み終えた紙を動かす音の他は何ひとつ聞こえない静かな部屋の中で、時が過ぎていった。

少し経って、大后は最後の項目を読み終えた後、大きく息を吸い込み、その息を静かにゆっくりと吐き終えた。

「これは、決定ですか」

上宮に顔を向けて、やや硬い表情で聞いた。

「決定の心算《つもり》です。このまま、発布しようと思っておりますが。何か問題なところが有りますか」

「この一から三の条項には、深く感銘を受けました。まあ、四の条項までは良いとしても、この五曰く以降については……、いきなり厳し過ぎると感じる。

葛城鮠兎、そなたは豪族の一員としてこの条項をどう感じたか教えてくれますか」

鮠兎は戸惑った。大后からの直接の質問に答えて良いのかどうかと、上宮の方を見た。

「鮠兎、黙っていては大后様に失礼だぞ。速やかにお答えせよ」

上宮は、大后が質問をした意図を察して、鮠兎に応じるように言った。

「はっ。大后様、直ぐにお答え出来ず、失礼いたしました」

「和（私）の質問が良くなかった。そなたは葛城氏へ入ったとはいえ、大王と共にずっと歩んで来た。今更豪族の気持ちになってと言われても、分かるはずも無かったですね」

「いいえ、われが直ぐにお答え出来なかったのは、この法を作成した際われもお手伝いをさせて頂いていたからです。その時に、今の大后様からのご質問と同じ事をお聞きになった方が居られました」

「ほう、それは大臣ですね。それで、そなたは何と答えたのですか」

「その通りでございます。その時われは、今まで当たり前の様に行なわれてきた悪いと思われる慣習を正し、今、国を正しい方向に導くのだと示す時ではないでしょうか、と申し上げました」

「悪い慣習と申したか。しかし、彼等はそれを悪いことだという自覚は無いであろう。何となく許されてきた日常であった。弱い王権だったのかも知れぬが……」

大后は感慨深げにそう言った。

「今まで大目に見られてきた事が、これからは許されなくなるのだという事だけでなく、多くの群臣を従わせる強い権力を持った王権が誕生したことも示すことが出来ましょう。

群臣の多くは、今までの既得権益が失われることに危機感を持ち、新しい法に反対するかも知れません。大后様が仰せになったように、初めは少し厳し過ぎるかも知れません。ですが、豪族の長達自らが身を正してこそ、民からの信頼を得ることが出来るのです。今までの悪しき慣習を捨てて、少しずつでも正しく生きる素晴らしさを教えたいと思われる大王に、どうかご賛同くださ い」

「群臣の内、如何ほどの者達がそなたの様に思うであろうか。だが、そなたの言うことも分かります。現状のままでは、いつまで経っても、海の向こうで栄える国々に追いつく事が出来ない。多少の抵抗はあっても、強い王権を持って中央集権の国家建設へ歩み出すのは、今この時をおいて他には無い。

大臣も覚悟を決めなさい。そなたは未だ、迷っているのではないですか」

「大后様の仰せのとおりです。われは未だに、覚悟が出来ていません。この法を発表してしまえば、殆どの豪氏族が、王権に何らかの反感を抱くと分かっています。しかもこれからは、もっと抑えられていくと知った豪氏族達の不平不満が、どの様な形で表れてくるのか心配になります」

馬子は、大后が自分と同じ様に、この法の現政権を脅かしかねない危険性を感じていると思い、自分の本音を述べた。

「大王、この法を表に出した時、豪氏族の反応に対して、どう対処するのか。策はあるのですか」

「今はございません。この新しい法を発表してみなければ、どの様な反応が出てくるのか実際分からないからです。容認されていたとはいえ、これまでの悪い慣習は日常となり、管理する者達の中には善悪を分ける認識すら薄いのが現状です。

　だからこそ、何が悪く、どうすれば国を守り運営していく者として正しいのかを説く必要がございます。又、悪心や弱い心を正すために、四書五経だけでなく仏教の精神も用いたいと思っております。

　小国の集まりであった頃には、夫々の国によって決まりごとがありました。しかしそれを今回は一つに纏め、倭国一国として守るべき法は一つ。この国の者はこうあるべきという姿を統一し、新しい形の国を造り、そこに暮らす人もまた夫々に良き生き方が出来るように教え導いていこうと考えています。

　この法を示すことは、新しき国造りの始まりです。吾の責任において、問題が生ずれば必ず一つずつ丁寧に解決の道を探ります」

「そうですか。大王がそこまで覚悟しているなら、分かりました。唯、これらの法を発布した後に出てくる問題を解決し、不平不満を解消するのは簡単なことではありません。時には、力で抑え込む必要も出てきます。それも承知の上ですね」

「分かっております。数々のご心配をお掛けして申し訳ございません」

「最後に、もう一つだけ聞いておきたい事がありますす」

大后は、この国の将来の不安要素を出来る限り取り除いておきたかった。

「この法や先の冠位十二階を、どのようにして国中に広める心算《つもり》ですか。具体的にもう決めているなら、教えてほしいのです」

「新しき法と冠位につきましては、大和から地方へ人を送り、彼らに広めさせる準備をしています。現在、大和で学んでいる者達の中から、基本の知識を持ち国造りに誠実に取り組む意志のある者を選び、地方へ行かせて地方の者達にも教えられるよう教育しています。またこれからも多くの若者達を、しっかり教育していく所存です」

「誠実な人柄は、幼い頃から培われるもの。それはどう指導していく心算ですか」

「それが一番の問題であり、難しいことです。吾は仏の教えが、その難しい問題の解決の糸口になると思ったのです」

「仏の教えには、それ程の力があると思っているのですか。和（私）には未だ、仏の教えがどの様なことか分かっていませんが、大王がそう考えておられるなら、それも一つの方法かもしれませんね。何でも自分が納得のいくまでしてみることです。

それからここには、具体的に罰則は掲げられていませんね。それはこの法が基本理念であるからなのでしょうね……」

大后は、終りの言葉を独り言のように言って、

「有難う。大王、この様に国の基本理念をしっかり考えた上で形にしてくれたのですね。皆に代わって、礼を言います。国の大王は激務の日々が続きます。くれぐれも身体に気を付けて下さい」

何人もの大王を見送ってきた大后は、これから国の舵取りの中心となる上宮に身体を厭うようにと、気遣いの言葉を掛けた。

「有難うございます。御心配をお掛けせぬように致します。では、これにて御暇《おいとま》いたします」

上宮は鮑兎を伴って大后の館を出た。大臣は大后に他の話があると言って残った。

「大臣、他の話とは何でしょうか。和（私）はもう今日は疲れました。難しい話なら、今度にして下さい」

「いえいえ、難しい話ではございません。冠位十二階の時に男子の着衣について決めましたが、大后様や皇后様が公式の場で御召しになる物を秦氏に作らせました。秦氏から、出来あがった物をお見せしたいと連絡がありましたので、近々その為にお時間を頂きたいのです」

「そうですか。では、皇后や前皇后にも連絡をせねばならないであろうから、五日後ではどうか」

「はぁっ、畏まりました。では、こちらから他の方々には、お知らせいたします。少し広い場所が必要ですが、どこにお集まり頂きましょうか」

「そうですね。ここで良いでしょう。

それより、和（私）が気になっているのは、酢香手姫の事。上宮は未だ和（私）に王族の事は任せたいと言っていた。そこで、今回の上宮の王権においても、斎宮は酢香手姫に続けて貰うことにしました」

「それは、もうそろそろ他の皇女様にお願いできないでしょうか。大后様、酢香手姫皇女様以外に、斎宮に相応しい方はおられませんでしょうか。このままでは、これからも長い間、葛城氏が王権の重要な役割を占めてしまうということになって、他の豪氏族から葛城氏が何か言われないとも限りません。又その事が豪氏族間のいさかいの種になってしまうのではないかとの懸念を致しております」

「そう言うそなたが、葛城氏に権力の座が移りはしないかと、一番思っているのではないですか」

「は、はあぁ……。大后様、その様なことは決してございません」

「葛城氏は、大臣には成り得ない。そうではないですか」

「いえ、ああ、その様なことではございません。その様なことを心配しているのではないのです。大后様なら、よくご存知でしょう。精神的にも非常に負担を強いられるところの斎宮の任は、この様に長く続けて大丈夫なのでしょうか。もし、酢香手姫皇女様の身に何か起こる様なことが有れば、上宮様の王権に傷が付くのではないでしょうか」

「大臣、控えなさい。斎宮の全てに関してそなたが何か言える立場で無いこと、承知していないとは言わせません。以前のそなたなら、その様なこと口にしなかったのに。もうこれ以上、斎宮の事に関して、何も言ってはなりません。これは王家の事。臣下が口を差し挟む余地などないのです。

今後そなたが何も言わなくても良い様に、一言付け加えておきます。上宮にとって異母妹でもある酢香手姫は、必ずこの任を恙《つつが》なくやり抜くことでしょう。皇女は、用明大王が就任された時に既に覚悟が出来ているのです。今は、この国の斎宮に相応しいのは酢香手姫皇女をおいて他にはいません。

寧《むし》ろそなたが、本当に気にしているのは当麻皇子《たぎまのみこ》が大王軍の大将となり、葛城鮠兎が大王の最も信頼する側近でいることではないのですか。そこに大臣と大臣の後継が入り込む余地が狭められていると、感じ始めたのですね」

「真に、その通りにございます。われが大臣でいる間は、まだ無理矢理にでも物申しますが、次の代には、大王との距離が遠くなるように思います」

「それは仕方のないことではありませんか。何時までも、今と同じ時代は続きません。王権が強く成らなければ、中央に権力を集中出来ないのです。しかも、その様になるように、そなたも力を注いで、現在の体制を造り出したのでしょう」

「そうでございますが、われ自身が上宮様のお考えになっておられる、新しい時代に戸惑っております。大王を中心とした新しい体制を熱望していたわれにとっても、余りにも驚きの多い変化が起きようとしております。

大后様は、時代の変化を何の抵抗も無く受け入れることが、お出来になりますか」

「和（私）とて、何の抵抗も恐れもなく過ごしている訳ではない。しかし今、時代を前に進めようと、懸命に考え働いている若い者達に、われ等がしてやれることは力強く後押ししてやることではないですか。何かを始める前から、反対ばかりして彼等の前に立ちふさがる様な言動は控えるべきでしょう。彼等の前に立ちはだかる障害を、われ等が出来る限り取り除き、上宮達を応援していると群臣にも知らしめるのです。そなたがもう若くなく、これからの政事に力が発揮できないというなら、引退しますか」

「われが引きさがって、恵彌史に継がせるには未だ早ようございます。確かに歳を取りました。われは父の後を継ぎ、大臣のお役目を頂戴して早や三十年を過ぎました。しかし現在の様に、難しい舵取りをせねばならぬ時はございませんでした」

「だからこそ、長きにわたり大臣を務め、豪氏族の反対があってもこの時を乗り越える力がそなたには備わっているのです。上宮が如何に優秀な大王であっても、未だ一人で豪氏族を従わせるだけの力量は備わっていない。ですが、上宮なら必ず近い将来、これまでに無い強い王権を築いてゆくのは間違いないでしょう。

そうなるまでは、しっかり支えてやって下さい」

大后は優しい声で、馬子に語りかけた。

「われの心は揺らいでおりました。しかし、随分長きにわたって政権の中枢を担って参ったわれは、新しき上宮様の王権に於いて前進の妨げではないのかとの思いが、時々頭を過《よ》ぎるのです」

「上宮達の考える事や行動が、この国の将来にとって良いものであると分かっているのですね。

しかしそうだと分かっていても、そなたにとってはやっと気持ち穏やかに過ごせる今の環境に、荒波が立つ様な新たな方針は、はっきり言って迷惑だということですか」

これから起こる群臣達の不平や不満の矢面に立たされることから逃げ腰の馬子に失望した大后の脳裏に、悲しげな竹田皇子の最期の姿が浮かんだ。馬子は、大后の普段見せない悲しげな表情を見た瞬間、ふと我に返った。

「お許しください。愚痴でございました。ここで立ち止まっていては、何のために今まで多くの犠牲を強いて来たのか。先に逝った方々に、申し訳ない事をするところでした。われは愚かにも後悔の念を残す事になりかねませんでした。

これから先は、二度と弱音を吐くような真似は致しません。大后様、どうか浅はかな発言をお許しください」

「まだそなたには頑張ってもらわねばならないのです」

大后は失望したことから少しずつ気持ちを立ち直らせて、

「漸く、強い王権を育てる基礎の段階は終わり、これからやっと大きく展開させる時です。若い者達を、そなた達の知恵と経験で、まだまだこれからも導いてやってほしいのです。お願いできますね」

最終的には優しく言った。

「畏まりました。仰せの通りに」

大后にここまで言われて、馬子は覚悟を決めた。

今まで何があっても前へ前へと進み困難を乗り越えて来た馬子だった。その馬子が、大后に愚痴をこぼしてしまう程、上宮達が始めようとしている新しい国家の建設は大変難しいことへの挑戦だったのだ。馬子に歳を取って気弱になるなと言った大后も、自分自身の中で年齢を感じていた。

鳳凰元年（六〇四年）夏、四月朔日《ついたち》に初めて国家の理念と方針が掲げられた十七箇条の法が発表された。新しい宮の小墾田《おわりだ》に、大和政権に従う多くの群臣が集められた。集まった群臣の目の前に示された何枚もの大きな板には、整然とした文字が書き連ねられていた。

「一に曰く、和を以って貴《とうと》しと為し、忤《さから》うこと無きを宗とす。人皆党《たむら》あり、亦達者《さとれるもの》少なし。……」

と、次々と読み上げられていく中で、前面に並ぶ群臣の表情や動きを静かに見守る者達がいた。彼等は、この法が発布された時の群臣達の反応を見ることで、これから彼等がどの様にこの法と向き合うのかを探る一つの手掛かりになると注意深く一人一人を観察していた。

また珠玉の言葉が鏤《ちりば》められた国家の理念や理想を、どれ程の群臣が理解出来たのか。その事を検証しなくては、例えどの様に立派な法を国家が示そうとも、現実に皆で同じ思いを持って国家を運営してはいけないのだ。

上宮が思い描く理想の国家の精神を、この法の発布によって示した。上宮は次に、次代を担う若者達に、飛鳥と斑鳩の学舎で十七条の法についての理解を深める為の講義を始めさせた。世の中の悪い慣習を見直し、多くの人が住み良い世にするためには、若い内に善い心を育てる教育をすることが第一だった。それは、大后からも指摘があった、この法を守り広める為にも、必要な教育であった。

新しい学びの場に集まった、青年というより未だ少年と言った方が良い者達は、師から難しい十七条の法の意味について詳しく説明を受けた。

師は、次代を担う者達に熱意を込めて語った。

「一、和の心を以ってことにあたり、忤《さから》うこと、つまり諍《いさか》いを起こすことがないように生きることを心得よ。人は皆夫々に思うところも違うため同じ事を大切にする者達が、集団となって他の集団に対抗しようとする。その集団の持つ力によって、自分達の利益だけを考えて、他を顧みず自分達の意見を押し通すことがある。自分達以外の者達の利害や気持ちも考えて、行動する者は非常に少ないのが現実である。

しかしこの様な状態では、より良い国造りはおろか国の統一さえ非常に難しい。国の政策の議論をする時は、上下の関係を気にすることなく意見を戦わせる。しかし協調すべきところはお互いに譲り合い、決定したことには文句は言わずに皆で心を合わせて事を進めるようにすれば、国政の難しき事案も速やかに前に進む」

師は、ここまでの事で何か分からない事が有るか聞いた。一人の少年が、

「今、師が言われた事は、道理だと思います。でも今までも、その様にした方が良いことは知っておりました。しかし、今まで正しきことをせず、我が利益を追求してきた者達が、言われただけで善い法に従ってこれからは生きよう、という風に心変わりするでしょうか」

「成程、それは良い指摘です。その方法は、二に曰くにございますので、次の二条を解釈しながら答えます。では、二条に移ります」

師は良い質問が出たと思った。

「二に曰くでは、何によって曲がった心を正すことが出来るだろうか、ということに答えようとしています。それには、今までの神の道、儒教やその他のあらゆる教えに加えてもう一つの善い方法として、仏教を用いると説いている。

仏の教えは、この世の中において生きとし生けるもの全ての最後のよりどころであり、究極の教えである。人は非常に悪い者は少ない。悪い所を正し、導き教えれば、正しい道に戻る者も多い。

この様な理由で、仏と、仏の法と、そして仏法の真髄をわれ等に教えてくれる正しい心を持った僧侶、それらを総称して三宝と言うが、これ等をしっかり敬うことが大切である」

学んでいる中の一人が、

「仏教が素晴らしい教えだということは聞いてはおりますが、どの様に素晴らしいものなのか。又、その教えの中で何を説いておられるのか、深く知る人は少ないと思います。未だ教えて下さる僧侶も数少ないと思います。どのようにして、われ等は仏教の教えを聞いて理解し己の生きる糧《かて》としたら良いのでしょうか」

「仏教の解釈は大変難しいと聞いています。仏教については、現在慧慈師を中心に難解な部分を出来る限り分かり易くしようとして下さっていると聞いています。もう少し時間が掛かるようですが、既に大王が慧慈師から習われた仏の教えの初めの御経の発句経等については、慧慈師の弟子の弦彗師に講義して頂きます。発句経の中には、人として生きる上での基本が説き明かされているということです」


師は次々と条文を詳しく説明した。

憲法十七条の中にある三条と四条には、王の命令は必ず謹んでそれに従うことと、君臣として礼を以って接する様にと徹底して説いている。

五条は、賄賂を得ることが横行している中央や地方の官吏達に、向けられた訓示である。多くの民からの訴えを、賄賂の有無や多少によって左右されず、公平に裁くことを心掛けるように戒めている。

続いて、六条においては、もし官吏達が五条の訓示を真に心掛けないならば、国家自体が成り立たなくなり国家は滅亡に至るであろうと述べている。何故ならば、賄賂に依って善悪を歪ませ、本当に悪いと知りながら悪を懲らしめずに放置するならば、その国家には悪が蔓延し無法地帯となる。人民《たみ》はそんな無法の国では、安心して暮らすことなど出来ない。そうなると、国家としての形を保つことは出来ず、大乱が起こることになるであろう。

七条。人には夫々に担う任務があり、その任を遂行するに当たっては、職務の内容を忠実に行ない、職権を乱用してはならない。国家の官吏は、常に賢明な人物に依ってその任を担うならば、人々も安心して生活でき国家の運営も円滑に進めることが出来る。もし、その任を私利私欲で動く者が担当すれば、たちまち人々の心は荒れ国家運営にも支障が出てくる。官吏は国家の代表だということを一時《ひととき》も忘れてはならない。

八条。官吏達は朝早くに出仕し、夕方遅くなってもしっかり仕事をし終えない限り帰ってはならない。仕事は多くあり、一日中真剣に取り組んでいても全て終えることが難しいものである。故に、遅くに出仕していたのでは到底仕事をし終えることが出来ないし、仕事をし終えることもしないで早く退出などしてはならない。

九条。官吏は仕事において真心を以って行なうべし。人として生きるうえでも勿論だが、官吏として問題を解決する時には、誠意を以ってことに当たらなければ問題の本質を見誤るであろう。官吏の心掛けの根本は、他者の為に尽くそうという純粋な気持ちを終始忘れないことである。

十条。他者と意見が違うと言って、心に恨みを抱いてはいけないし、顔に憤りを出して怒ってはいけない。人は夫々に違う考えや意見を持っているものだ。他人と意見が合わない時は、自分の意見ばかりが良いと思わず、違う意見の者と何故違う意見なのかを話し合うこと。実施は皆で決めて同意した上で初めて行動に移せ。

われ等は皆凡夫であり、自分だけが常に皆より優れているということは無いと知るべきで、他者にも優れた所があると認めることも大切である。また、自分が正しいと思っても自分勝手に決めてしまわずに、自分にも過ちがないかどうか深く考えること。そしてその上で、自分の考えが素晴らしいものだと思っても自ら得意に成らずに、その意見を説明して皆にも共に納得してもらうようにしなさい。

官吏が受け持つ仕事は一人で出来るものではないので、他者を認め受け入れる度量を持つことを心掛けなければ、共に働く者達の協力を得られはしない。皆と意見を合わせて、行動しなさい。

十一条。官吏を統括する上官は、彼等の功績や過失をしっかり見極めよ。功績のある者には必ずそれに見合う報奨を与え、過失を犯したり怠けて仕事を疎《おろそ》かにしたりした者にはそれなりの罰を加えるべし。近頃においては、この賞罰が適正かつ明確に行なわれていないとの報告もあるため、これ以後は心して賞罰の明確化をせよ。

十二条。地方に赴き夫々の国を司ることと成った国宰《くにのみこともち》や、今までは世襲的に諸国を私有してきた国造《こくぞう》達は、今後は今までの様に公に決められた税以上の徴収を人民《たみ》から私的にしてはならない。また、人民《たみ》には私的なことで労働などをさせてはならない。国宰や国造達は国から命じられて遣わされている役所の官吏に過ぎないのだ。

十三条。官吏の職種は多岐にわたる。今、自分が担当していない仕事でも、いつ自分が担当することに成るかも知れないのだから、普段から自分が受け持っていない職種にも興味を持つことが肝要だ。公務は全て国家の運営にとって必要なものだから、どれか一つが滞っても支障が生じる。その職務を担当している者が、病になることもあるし遠くに赴いていてその場に居ない場合もある。その様な時には、お互いに協力し合って、公務に支障をきたさぬように、常に協力体制が取れるようにしておきなさい。官吏達は、国家と人民《たみ》の為に公務を滞らせてはならない。

十四条。官僚社会において和を妨《さまた》げる原因は嫉妬《しっと》である。優れた他者に対して、嫉《そね》み、妬《ねた》み、憎む気持ちを持ってしまうと、常に心穏やかでなくなり、嫉《そね》まれた他者も同じ様に相手を憎むようになるのは当然で、お互いに陥れる様な関係性を作って仕舞うだろう。

こんなことでは、例え五百年もの年月を掛け国内から賢者といわれるような人が出てきても、千年の間を待ってやっと聖人といわれる様な人が現れても、官吏達が嫉妬心で溢れている状態の中では活躍出来ないだろう。

国を治める上においてだけでなく、人々が協力して仕事をしていく上でも、この嫉妬心を捨てて、人の長所を長所と認めるような寛容の心を以って、相和して何事も行なうこと。

十五条。臣たる者は私心や自己の利害を捨てて、ひたすら公の為に尽くせ。自分の身内や一族の利害を優先して、他者の利益を排斥すると必ずそこには恨みの心が生まれる。その様な状態で、仕事をしても互いにいがみ合うだけで協調し協力し合って良い仕事をすることなど出来る訳がない。自分の利益を優先しようとすれば、制度に背き法を犯すことにも繋がることを心せよ。一条において「上和《かみやわら》ぎ下睦《しもむつ》びて云々…」と述べているのは、この様な場合の為にも言っているのだ。

十六条は、民を公（屯倉の造営や官舎の増築、道路の工事等）に使用する場合の基本についてである。民を使用する時は時期を考慮せよというのは、古《いにしえ》からの良い教訓である。民を使用する時は夫々の仕事を休んでいる主に冬の時期が良い。民が本業に取り組んでいる春から秋までの時期は、五穀や養蚕に使う桑などの育成や収穫の季節であり、民は皆忙しい。その様な時には、民を賦役等で使ってはならない。その様に民が忙しくしている時期に、民を他の仕事に向わせてしまったら、本業まで疎《おろそ》かになってしまうからだ。食べる物や衣は民の手によって作られることを忘れてはならない。

十七条。国家を左右する様な重大事においては、独りで判断し決定してはならない。必ず皆で、その事に関して議論した上で決定すべきだ。ただし些細なことは、必ずしも皆集まって議論しなくてもよい。論議を尽くさず急いで答えを出してしまうと、判断を間違える場合もあるので注意深く問題点を探し、例え決定した後でも問題が起これば検討し直すことも必要だ」

国主からの臣下に対する守るべき十七条に及ぶ法は、この時から大和政権の基本的精神として国内の各地にも少しずつ広められていった。

「窮屈な時世になりました。息子達が官吏に登用して頂けると喜んでおったのですが、親からみても左程優秀だと思えぬ我が子の将来は期待できません。武術の面では一流かと思うのですが、もう少し良い処遇を望めぬでしょうか」

無理をして何とか飛鳥の学舎《まなびや》に息子達を入りこませた大伴友敏《おおともともさと》は、一族の長老である喜田譜《きたふ》に相談した。

「今までの世なら、賄賂という手立ても使えた。今度の大王は今までのやり方を、根底から変えようとしている。この度、発布された法に、はっきりそうしては成らぬと明言されておる。だが、武術の面で一流だというなら、根性があるのだから学問にももう少し頑張ることも出来るのではないか。それでも駄目なら、武術だけは誰にも負けぬようにすれば何とかなるのではないか」

「いいえ、これからは文武両道でなければ、生き残れないようです。学舎における者達も幾つかの組に分けられておりまして、一番目の組は文武両面で特に優れている者達で、二番目の組は、学問は特に優れ武術の方はまあまあ秀でている者という具合です」

「それで、そなたの子息は、何番目の組に居るのじゃ」

「五つの組がございまして、息子は三番目の組に居ります」

「まあ、子息には人の倍真面目に学ぶように伝えよ。せめて二番目の組には入れるように頑張れとな。我が一族では優秀であったが、学舎では三番目になるのか。そう言えば、和珥《わに》氏を頼って近江から来た素晴らしく優秀な者がいると耳にしたが、それ、名は何と言ったか」

「小野妹子という者でございましょう。我が息子も、彼の事は帰り来る度に話しております。飛鳥の学舎で最も優秀な者だと言っておりました」

「文武両道なのか。預かった和珥氏も誇らしかろう。我が氏にもその様な人材が隠れておらぬかのう。

ああ、そうだった。我が氏にも筑紫に居たではないか。筑紫の大伴の所領を任されている友慶《ともよし》はそなたの弟であったな。確か友慶が先年頼まれて預かった子は、相当優秀だと聞いている。何処から預かったのか、そなたは知っているか」

「いいえ、存じません。友慶が筑紫に行きましてから、大和政権内で制度が様々に変化しておりまして、それへの対応で友慶の処の事まで掌握しきれておりません」

「そなたは次期一族の長と成るべき者だぞ。弟の処の事でさえ把握しきれずにいるなどと。出来の悪い倅の事を今更心配していても始まらん。それより一族の将来のことを考えよ」

「長老、一族の将来を考えるからこそ、息子に少しでも良い地位をと思い、飛鳥の学舎に入れて頂いたのです。長老には、昔の誼《よしみ》で蘇我大臣に大伴の将来を担う我が息子が、どうにか中央の官吏として生き残れるよう話して頂けないかと言っているのです。駄目ですか。他にどうすれば良いのか、分からないのです。何とかなりませんか」

友敏は情けない顔をして、喜田譜に懇願した。

「分かった。大臣には、話してみる。だが、そなたの倅にももっと真剣に学問に取り組む様に言っておくのだ。そうだ、大臣の処へ行く前に、大伴氏の長老のお一人である矢栖崗《やすおか》氏ならば直接大王に進言できる方じゃが。返って厳しく諭されるか」

「はあぁ、矢栖崗氏はいけません。昔から、正々堂々が口癖で自らにも他者にも厳しい方です。その上現在は、大王に誠心誠意お仕えしておいでです。嘗ての様に、一族の繁栄の為に色々と尽力してくれる方が少なくなりました。豪氏族も今までの様にしていたのでは、所領も全て奪われてしまうのではないかと、日々心穏やかではありません」

「まあ、そなたの心配も分からぬではないが、変わりゆくのが世の常であろう。変わりゆく世に、どの様に関わり、どの様に処していくか。その事もまた学問で学べるのではないか。倅にばかり学問せよと言わずに、そなたも共に学んではどうなのだ。幾つになっても、学ぶことは大切だろう。そう言えば、そなたは倅と同じ年頃に大いに学んでいたのか」

「はあぁ。学問より、武術の方が性に合っておりました。あの頃は、武術が優れておれば、学問がそれほど出来なくても身を立てていけました。しかしこれからは、良い国造りの為に学問が必要になると思います。一族の為にも、国造りの中で働かせて頂くには、矢張り息子にはしっかり学問させるしかありません。われもこれから息子にばかり言わずに、自分も学んでいかねばなりませんなぁ」

「そうだ。そなたが、その様に子息に諄々《じゅんじゅん》と説いて聞かせたらどうだ。そうしたことは今までにしていたのか」

「そうでございますね。何だか気恥かしくて、息子に面と向かって話したことなどございませんでした。早々に一度息子に話をしてみます」

「そうか、そなたがその様に言うなら、もう少し子息に頑張って貰ってから、その結果を見た後、我も何かしてやれることが有ればしよう。未だ何処に配属されるということではないのだから、頑張る時間は残っているのだろう。親子共々やれるところまでやってみなさい」

「はぁ、長老。話を聞いて頂いてありがとうございました。心がすっきり致しました」

「そなたは、我が一族の将来を担う者だ。自分の足元だけでなく、広い視野で何事にも当たらねばならんぞ。筑紫の弟友慶とも頻繁に連絡を取り合うのだ」

「はっ。心得ました。ご心配ばかりかけて、申し訳ない。必ず、弟には大和の様子や今回の体制の変化など、これからは頻繁に知らせ、あちらの様子も知らせて貰うように致します」

「おお、そうしてくれるか。そなたも大変だが、自分に負けずにやり通すのだ。きっと、その日々の行ないは、自らの宝と成る。困った時は、また話しに来なさい」

　友敏兄弟は、父母を早くに亡くした。一族の長老達の大伴喜田譜《おおともきたふ》や大伴矢栖崗《おおともやすおか》達に、世話になり育ってきた。子を持つ様な年齢になっても、兄の友敏は優しい大伴喜田譜に何かあると直ぐに報告に来た。それとは違い弟の友慶は、自分からは殆ど便りも寄越さないのだった。喜田譜にとってはどちらも可愛い息子の様な存在だったが、矢張り何かと顔を見せる友敏に情が深くなりがちであった。

鳳凰元年（六〇四年）は、上宮が大后の炊屋姫と大臣の蘇我馬子の後ろ盾を得て、倭国を初めて一国として纏め、大陸の中心国や近隣の半島諸国に、理想を掲げた国家であることを示した年であった。しかし、新政権から次々と発表される新しい制度は、旧来の豪氏族にとっては戸惑いが多くなかなか理解されず、承服できないと思う者や、自分達が将来どうなるのか不安を抱く者もいた。

蘇我氏は何代にもわたって政権に入り込み、大臣の地位に登り詰め、単独で権力と財力を現在の王家に注ぎ込んだ。そして蘇我氏の血統が強い現在の大和政権は、大和周辺だけでなく全国内に強い影響力を及ぼし支配権を行使出来るようになった。

こうなる前には、朝議で各豪氏族の意見を聞き話し合いで決めるというやり方で、大王の意向が必ずしも通るとは限らず、急を要する場合でも即断即決が出来ず、好機を逃す時も多かった。

上宮は太子と成る以前から、この国は中央集権国家となって、強い王の下に権力を一つに纏める政権運営に変えていかなければならないと確信していた。国は、もう王を中心とした国家の建設が為されなければ、周りの進歩した国々にやがては攻め滅ぼされてしまう時代になったと解かっていたからだ。

しかし今までにあらゆる国で強い権力を持った王権の王は独裁者に成り、全てを支配し、人民《たみ》を強く虐《しいた》げてきた事実にも思いが及んだ。どうすれば、国を一つに纏め、中央集権でありながら、王が独裁者と成らずに国として繁栄の道を進むことが可能になるのか。蘇我氏によって大王と成った上宮は、理想の国家建設を確かなものにするため、自らが作った十七条の法を、自分が誰よりもしっかり実践し守ると誓った。

そして、大臣や臣連《おみむらじ》も含め国を導く者達と国を運営する官吏達一人ひとりに、善き人となり何事にも誠実に向き合う、人の見本となることを強く要請したのだった。

馬子は、今回の新しい制度が地方でどの様に受け止められているかを細致《さいち》とその部下達に探らせた。その細致が戻った。

「大臣、ご報告申し上げます。

新王による新しい制度はなかなか受け入れがたいと思う者が多くいると感じられました。人材の登用においては、地方豪族の中でも傍系の人々からの不満が多くありました。本家なら、普段から少々の蓄えがあり、幼い頃から子弟を師に付けて学ばせることも可能です。ですが、地方豪族のしかも傍系の者に至っては、一家の生活もままならない状態ですから、子弟に少々優秀な者がいても、飛鳥の学舎へ入る為の、事前の学びの為に師の元へ行くことなどとても出来ることではないと、嘆いております。それに関係した冠位十二階の恩恵は到底自分達が受けられるものではないと諦めている者も多くおります」

「そうか、十七条の法はどうだ」

「はっ、法十七条におきましては高尚な文で難解であり、地方の豪族達の間には、この法の理解が出来ない者達も多くいるように感じました。

しかしそれでも、これ等の新しい政策への反応で、豪氏族の方々の新政府に対する反乱に結びつくような気配は今のところ感じられませんでした。強固な大和政権の新王の評判は、何故か悪いものではありません。大和政権の屯倉があります処の豪氏族達やその国の民の新政権への評判は、良好でした」

「おお、そうか。上宮様も喜ばれるだろう。又、学ぶ気持ちは大いにあるが基礎が出来ていない地方の者達が居るとお知りになれば、その者達に対し何らかの救済措置を取られるだろう。上宮様は、そういうお方だ。

　飛鳥の学舎に呼ぶ前に、地方で基本を教える学舎の様な物を造れると良いな。

　明日にでも、大王に相談しに行こう。細致、そなたの報告によって、また新たな手を打つことが出来そうだ。しかしまだ安心はできない。これからも、十分に豪氏族や世の人々の動向を調べ報告してくれ。これから長い時間の調査になりそうだ。しっかりと頼んだぞ」

「はぁっ、畏まりました」

「東国まで足を運び、あちこちで詳しく話を聞いてきたのだ。屈強なそなたにしては、疲れた顔をしている。急がせたな、御苦労だった。北と西国の方は、大王の使いが調べると聞いている。少しゆっくり休むと良い。さっき頼んだ務めは、休んでからで良いから」

　何時も矢継ぎ早に仕事を指示する馬子だったが、細致の報告したことに満足したのか今日はやけに機嫌が良く、久しぶりに馬子は細致を労った。労いの言葉を掛けて貰った細致は嬉しかった。

新しい政策を次々に打ち出し、その最終段階として憲法十七条を発表し終えた上宮は、新政策を地方の豪氏族にも理解させるために、中央政権から主要な地へ通達の為の使者を派遣した。馬子からの報告を受けると共に、上宮は、地方の豪氏族の新政策に対する反応を、地方へ出向き帰って来た使者達から直接聞き取った。又、阿耀未達に命じて、新政策を告げた大和からの使者が帰った後の豪氏族達の状況についても探らせた。新しい政策への反応を調べさせた結果の報告は、おおむね納得のいくものだった。

一番良い反応の所は、大和政権の屯倉が置かれていて、直接中央からの使者達が丁寧に政策や憲法十七条について説明をしたと思われる地域だった。意外にも新しい政策の殆《ほとん》どを順次受け入れていくという友好的な答えだった。昔からの王権と繋がりが強く、友好関係が保たれていた地域であったので、これからも協力体制を維持した方が自分達にとっても有益だと判断したのだ。

屯倉が設置された地方は屯倉を抱えている以上、何時でも調査される場所でもあり、そのお陰で古くから中央政権から文化の流入も自然にあった。荒れた土地を開墾して田畑とする、灌漑用水を引く、道路を整備するなど、生活の向上に役立つ知識を得る為にも文字や学問が共に伝わった。その結果、屯倉の設置されている地方から推薦されてきた者は、飛鳥や斑鳩の学舎で学ぶ資格を獲得した者が多かった。人材も早くから育ち、大和政権を担うべき若者達も多く育っていた。人材が多く育っていると、自ずと大和政権の政策への理解も深まり、何故今十二階位制や憲法十七条が出来たかの理解もし易い。若者は国内外の情勢を考え、自分達も新しい国にはこの新制度が必要不可欠だと、新しい制度が分からない長老達にも進んで話した。話された長老達は、以前と変わらず大和政権との深い繋がりを持ち続ける為にも、若者達が容認した新制度に、反発するのではなく理解しようとした。

次に多かったのは、新政策で実際どの様に自分達の生活が変わるのか理解できないという豪氏族達だった。彼等は、新しい政策の意味も意図も分からずにいた。それは海外との繋がりの必要性など考えたことも無かったからだった。今後懇切丁寧に制度の説明をしていく必要が感じられた。

ここでも中央から大和政権の政策を地方が理解し実践できる様に、指導できる官吏達の必要性が出て来た。中央で育成されている人材の資質も技量も、全国に広く派遣させるには未だ未だの段階だった。人材の育成は急がなければならないが、一朝一夕に出来ることではなかった。

大和政権が治める国は、やっと一国としての産声を上げたばかりで解決しなければならない問題は山積していた。大和政権の中枢を担う上宮達は、急ぎながらも確実に一つずつ問題を解決した。例をあげれば、一つには宮門への出入りの仕方の変更であり、二つには画師集団を政権の配下にしたことである。

初めは朝廷の宮門に出入りする時は、門の手前で両手両膝を地に付け頭を下げたまま、門をくぐる。門をくぐり終えた後は、立って頭を下げ地面を見ながら前に進む。下がる時は、左右の端に別れ、立って歩き決して朝堂院に向かって背を真後ろに向かわせないようにせよ、という通達を出した。

今まで、朝廷内での動き方は、門内に入れば必ずずっと両手両膝を地に付けたままの恰好で、つまり動物の様に四《よ》つん這《ば》いになったままの姿で宮内を進むというもので、倭国では昔からこの方法が取られていたが、これを門の出入りだけに限定した。大和政権初めての遣隋使が帰国して以来、倭国では古いしきたりを外国に合わせて変更してきたが、門の出入りだけは完全には変更できていなかった。

他の国ではその当時既に、宮門の前で立ったまま礼をして、門の仕切りは踏まないようにして立って歩いて門を入るというやり方が普通に行われていた。倭国では、深く国王を崇拝する様な礼儀の在り方だった故か、他国とは随分違う独自のやり方を踏襲していたのだった。しかしこれからは、諸外国との外交を考えれば、その古《いにしえ》からの倭国のやり方を今まで通りに続けていくことは、難しい状況になったのだ。ただ、若い者達は直ぐにでも新しい方法を受け入れられるが、歳を重ねた者達は古いやり方に慣れておりその上恐れ多く失礼だと言って、なかなか新しい方法を受け入れなかった。

新しい息吹は、今まで何の装飾も施して来なかった建築物の内装にも及んだ。大和政権は、宮や寺院の壁画、石室壁画、また各国の使者達を迎え入れる那津官家や難波館等の装飾をする画師《えし》の集団を、国指定の工人として新たに迎え入れることを決めた。この画師達は絵仏師とも言われる画師集団であり、その集団の名は夫々に、黄文《きぶみ》（書）画師《のえし》、山背《やましろ》画師、簀秦《すはた》画師、河内《かわち》画師、楢《なら》画師等と呼ばれていた。大和政権は、画師の集団を倭漢人《やまとのあやひと》の技術者団の一つとして認定し、国直属の配下に組み入れた。

鳳凰二年（六〇五年）春三月末に、上宮は法興寺の本尊となる銅《あかがね》と繡《ぬいもの》の仏像造りの全般を任せている鞍作《くらつくりの》止利《とり》（鳥とも）を訪ねた。

鞍作止利はもう随分以前から、倭国が高句麗から招いた仏師の元で修業し、仏像造りの第一人者となっていた。しかし今回造る事を決めた丈六の銅仏の座像は初めて挑戦するもので、今までの小さな仏像の作り方とは違うため難儀な作業の連続だった。今回の仏像の造り方に関しては、鞍作止利も一から教わり直さなければならない点が多かった。そして止利が自らも直接作業してみせながら、弟子達へ仏像造りの指導もするということになった。今までにない困難な仏像造りは試行錯誤の後、今やっと鞍作止利を総合責任者として具体的に取り掛かった。

繡《ぬいもの》の仏像は、織物に刺繡で縫い取りをした物で繡帳《しゅうちょう》とも呼ばれる。この監修も鞍作止利が任されていた。繡の方も普通の布を織る様な訳にはいかず、機織りの道具に工夫をすることから始めた。その後は熟練の織り手が、少しずつだが順調に織っていった。

葛が原に造られた大きい建物の中で、懸命に作業していた鞍作止利は、大王自らが見学に来たことなど露知らず、いつもの様に滴る汗を拭きながら働いていた。止利は、葛城鮠兎から何度も声を掛けられ、やっと気が付いたようで、

「葛城鮑兎様、何か御用でございますか」

「ああ、忙しい所、済まないが、大王が見に来られているのだ。少し現場を見せて貰えるだろうか」

「申し訳ございません。それでは用意致しますので、少しお待ち頂けますか。今、難しい場所を作業しているところで、もう直ぐそこが終えられそうですので」

「そうか、こちらも何も知らせずに来たのだから。分かった。大王には、そう話してお待ち頂くから、どうか続けて下さい」


暫くして、難しい個所の処理を終えた鞍作止利は上宮と鮑兎の面前に現れた。

「お待たせして、申し訳ございません。どうぞ、こちらへお入り下さい」

上宮達は、先月、高句麗僧の慧慈を伴って見に来たばかりだったが、察しの良い鞍作止利は何も聞かず上宮と鮑兎を、作業の場へ案内した。

「あまり近付かれると、危のうございます。こちらから、ご覧ください」

そう言って、止利は仏像を造るための木組みの外から作業している者達が見える場所へ案内した。そこは何時も止利自身が、作業の全般を指揮するための場所だ。

「あの土の人形《ひとがた》の頭上から出ている棒は何なのだ」

上宮は、製作途中とは言え仏像の頭から上に突き出ている棒状の物に興味を抱いた。

「はっ、あれは鉄心と申しまして、仏像の中心となる物でございます」

「そうか、あの鉄心という物は大きな像を造る為に必要な物なのだな。これも、今までの仏像造りにはなかったことなのだな。あの鉄心の周りを覆っているのは、小さな仏を造る時にも用いる鋳物土《いものつち》なのか」

「仰せの通り、鋳物土にございます。基本は小型の仏像と同じく蠟型鋳造《ろうがたちゅうぞう》の技法で造ります。ですが、高さ八尺の座像でございますから、現在、大王が目にされている部分は、中型《なかご》と申します。この中型を元に、外型《そとがた》を整え、その後色々な工程を経て、中型と外型の間に作った隙間に銅を流し込み、銅が冷えるのを待って外型を外します。その様な過程を終えてやっと銅の仏像の原型を造ることが出来るのですが、未だそれで終わりではありません」

「そなたが、今までに造った仏像の何倍もの大きさだ。造り方の新たな工夫も必要であったであろう。又、工程も複雑となり、工人達に教えながらの製作には、時も要するに違いない。時間が掛かっても、納得のいく物を造ってほしい。これからも、しっかり頼む」

　上宮は、何度もの失敗を乗り越えて前へ進んでいる鞍作止利を信頼していた。止利もそんな上宮に応えることが喜びだった。

「はっ、有難う存じます。大王に、御理解頂けて本当にわれ等は果報者でございます」

「いや、いや、吾こそ感謝している。そなたがいなければ、この様な仏像造りなど我が国には未だ難しいことであった」

「われ等は嬉しゅうございます。大王がこうして見に来て下さる度に、工人達の士気も上がるのです。お忙しいとは存じますが、時々は又お出で下さい」

未だに噴き出る汗を拭いながら鞍作止利は相好を崩した。上宮は、その清々しい止利の言葉や姿にこれが真の仏師という者かと、

「分かった。そなたには、恐れ入る。今日は、急に来て申し訳なかった。しかし、急ぎ知らせたいことがあって、どうしてもそなたに会って、直接吾から聞かせたかったのだ」

困難に負けず懸命に頑張る誠実な人柄だと感じる者だからこそ、その喜ぶ顔が直接見たいと上宮は今日ここに来たのだった。

「鞍作首止利師《くらつくりのおびととり》、近くに静かに語れる場所はありますか」

鮠兎は、止利を役職の呼び方で話しかけた。

「では、あちらへどうぞ」

鞍作止利は、作業場から少し離れた小屋へ二人を案内した。小屋の中には、仏師の道具が整然と並べられていて、その道具の一つ一つの手入れも、十分行き届いていた。小屋の東、西と南には風通しの為の板窓が作られていたが、この日は春の終わりで夏の様な日差しになり小屋の中は少し蒸していた。

「あそこの、木陰で話そう。丁度、座れる所もある」

未だ、皆も夏の衣に替えていない時期だった。やっと汗が引いた鞍作止利も、

「それで宜しければ、我に異存はございません」

上宮が大きな木の切り株に腰を下ろすと直ぐ側に鮠兎が座り、止利は上宮の正面に位置する場所へ片膝を地に付けて腰を落とした。

「今朝、山城の秦河勝から連絡があった。少し前に、若狭の港に着いていた高句麗の使節団が、一昨日山城に無事到着したのだ。その使節団は、嬰陽王《えいようおう》から黄金三百両を預かって来ているそうだ」

「で、では、高句麗の嬰陽王様が仏像の為の黄金を使節団に託して下さったのですか」

「そうだ。嬰陽王が揃えて下さったのだ。これで、我等が熱望していた仏像を黄金で輝かせるという夢が叶うな」

「ああ、何と有り難い、有り難いことでございます。高句麗の王様にも、心から感謝致します。有難うございました」

「良かった。初めての試みに四苦八苦しながらも頑張っているそなたに、早く良き知らせをと思ったのだ。こんなに喜んでくれて、本当に直接知らせに来て良かった。高句麗の王からの黄金は、そなたが必要になるまで、今までの物と合わせて国の蔵で確かに預かっておこう」

「われ自身も、仏像の出来上がる時が待ち遠しゅうございます。今日からまた一層、勤めに励ませて頂きます」

「頑張るのは良いが、身体を厭《いと》え。そなたはこれからも、この国の仏師の長として、第一線でも後進の指導者としても励んでもらわねばならないのだから。その事も、重ねて頼む」

「ははぁ、謹んで」

鳳凰二年（六〇五年）四月朔日、上宮は群臣を集め、法興寺の立派な仏像が無事に完成するように請願をした。上宮はその席で、高句麗の嬰陽王から金三百両が齎《もたら》されと伝えた。これで漸く、あらゆる所で集めた黄金の四百余両と高句麗からの三百両とを合わせて七百余両となり、法興寺に安置するための大きな銅仏の全身を黄金で覆うことが可能となった。

飛鳥では大路の整備や次なる大都の建設が進められ、法興寺付近に造られた人材育成の場である学問所において、いずれは大和政権での活躍を期待されている優秀な若者達が学んでいた。最初こそ多くの問題が起こった斑鳩の郷での宮や学問所などの建設も、今は順調に進んでいた。

少しずつ、確実に中央集権国家へと歩み始めた倭国だったが、文化の進んだ大陸の国家にはまだまだ学ぶことが多く、上宮達が理想とする国造りは始まったばかりだった。

『飛鳥から遥かなる未来のために（白虎・前編）』完

（白虎・後編）に続く

【巻末説明：『日本書紀』等の記述と大きく異なる点について】

『飛鳥から遥かなる未来のために』シリーズ第三巻（朱雀・後編）の巻末説明において、『日本書紀』等が必ずしも正しい歴史を描いているものではないことを述べました。そしてシリーズ第一巻から第三巻までの物語で『日本書紀』等の記述と大きく異なることを書いている点について、私なりにその根拠や洞察の理由を示しました。

今回の第四巻（白虎・前編）でも『日本書紀』等の記述と大きく異なるところがありますが、各種資料や歴史研究の新知見などをもとに精査し熟慮して書いたものです。その論拠を示すことも可能ですが、物語の展開上、物語の完結時（シリーズ第六巻を予定）に第四巻から第六巻までの事柄についてまとめて記述する予定です。

私の古代史探索がどのようなものになるのか、物語を読みながら見守っていただければ幸いです。

【参考文献等】

（著者等の五十音順）

浅田芳朗著『図説　播磨国風土記への招待』　柏書房　一九八一年
芦田耕一・原豊二著『出雲文化圏と東アジア』　勉誠出版　二〇一〇年
甘粕健著『市民の考古学5　倭国大乱と日本海』　同成社　二〇〇八年
新城俊昭著『琉球・沖縄の歴史と文化　高等学校・書き込み教科書』　編集工房東洋企画　二〇一二年
石井公成WEBサイト『聖徳太子研究の最前線（二〇一〇年六月一二日・一五日）』　二〇一四年一〇月二三日参照
石井公成著『聖徳太子　実像と伝説の間』　春秋社　二〇一六年
石川昌史編『學鐙　第96巻　第12号』　丸善　一九九九年
石野博信著『弥生興亡　女王・卑弥呼の登場』　文英堂　二〇一〇年
一然著・金思訳『三国遺事』　明石書店　一九九七年
伊藤博校注『万葉集　「新編国歌大観」準拠版（上・下）』　角川学芸出版　一九八五年
伊藤博校注『万葉集（上巻）』　角川グループパブリッシング　二〇〇七年
伊波普猷著『古琉球』　岩波新書　二〇〇〇年

上田正昭著『帰化人』　中央公論社　一九九四年
上田正昭著『古代日本の女帝』　講談社　一九九六年
上田正昭著『古代の日本と東アジアの新研究』　藤原書店　二〇一五年
上田正昭著『聖徳太子』　平凡社　一九七八年
上田正昭著『日本古代史をいかに学ぶか』　新潮社　二〇一四年
上田正昭編『風土記（風土記の世界）』　社会思想社　一九七五年
上田正昭著『私の日本古代史（上・下）』　新潮社　二〇一二年
上田正昭ほか著『東アジアの古代文化　創刊五〇号記念特大号』　大和書房　一九八七年
上野誠著『万葉体感紀行　飛鳥・藤原・平城の三都物語』　小学館　二〇〇四年
上原和著『斑鳩の白い道の上に』　朝日新聞社　一九七五年
上原和著『法隆寺を歩く』　岩波書店　二〇〇九年
梅原猛著『聖徳太子』　集英社　一九九三年
上井久義著『日本古代の親族と祭祀』　人文書院　一九八八年
愛媛国語国文学会編『愛媛国文研究　第15号』　愛媛国語国文学会　一九六五年
榎村寛之著『伊勢斎宮の歴史と文化』　塙書房　二〇〇九年
榎村寛之著『伊勢神宮と古代王権』　筑摩書房　二〇一二年
王勇著『中国史のなかの日本像』　農山漁村文化協会　二〇〇〇年
大橋信弥著『古代豪族と渡来人』　吉川弘文館　二〇〇四年

大橋信弥著『日本古代国家の成立と息長氏』　吉川弘文館　一九八四年
大和岩雄著『日本神話論』　大和書房　二〇一五年
大和岩雄著『秦氏の研究』　大和書房　二〇〇四年
岡本八重子編『古寺を巡る（四天王寺）』　小学館　二〇〇七年
小川光三撮影・西村公朝ほか文・安田瑛胤特別寄稿『魅惑の仏像　薬師三尊』　毎日新聞社
二〇〇一年
沖森卓也・矢嶋泉・佐藤信著『出雲風土記』　山川出版社　二〇〇五年
小田富士雄・西谷正・中敬澈・東潮著『伽耶と古代東アジア』　朝日新聞西部本社　一九九三年
景浦勉著『伊予の歴史（上）改訂四版』　愛媛文化双書刊行会　一九九六年
加藤謙吉著『大和政権と古代氏族』　吉川弘文館　一九九一年
加藤咄堂著『味読精読十七条憲法』　書肆心水　二〇〇九年
角林文雄著『任那滅亡と古代日本』　学生社　一九八九年
金谷治訳注『論語』　岩波書店　一九六三年
北川和男編『學鐙　第９４巻　第５号』　丸善　一九九七年
北川和男編『學鐙　第９５巻　第４号・第５号』　丸善　一九九八年
金達寿著『見直される古代の日本と朝鮮』　大和書房　一九九四年
九州歴史資料館編『大宰府政庁跡』　吉川弘文館　二〇〇二年
京丹後市史資料編さん委員会編『京丹後市の伝承・方言』　京丹後市役所　二〇一二年

京都府竹野郡弥栄町編『丹後と古代製鉄』 京都府竹野郡弥栄町役場 一九九一年
京都府竹野郡弥栄町役場編『古代製鉄と日本海文化』 京都府竹野郡弥栄町役場 一九九三年
金富軾著・林英樹訳『三国史記（中） 百済本紀』 三一書房 一九七五年
黒板勝美／國史大系編修會編『國史大系 第十二巻 扶桑略記／帝王編年記』 吉川弘文館 一九六五年
黒崎直著『飛鳥の宮と寺』 山川出版社 二〇〇七年
小島憲之・直木孝次郎ほか校注・訳『新編日本古典文学全集3・4 日本書紀②・③』 小学館 二〇〇二年・二〇〇六年
古代学研究所編『東アジアの古代文化（105号）』 大和書房 二〇〇〇年
後藤蔵四郎著『出雲國風土記考證』 大岡山書店 一九二六年
小林昌二編『古代王権と交流3 越と古代の北陸』 名著出版 一九九六年
駒田利治著『伊勢神宮に仕える皇女・斎宮跡』 新泉社 二〇〇九年
斎藤貞宜著『桑山古墳私考』 手写本 一八九三年
斎藤忠著『古都扶余と百済文化』 第一書房 二〇〇六年
佐伯有清著『日本古代氏族の研究』 吉川弘文館 一九八五年
酒井龍一・荒木浩司・相原嘉之・東野治之著『飛鳥と斑鳩 道で結ばれた宮と寺』 ナカニシヤ出版 二〇一三年
坂本太郎・平野邦雄監修『日本古代氏族人名辞典』 吉川弘文館 一九九〇年

佐藤仁威・中江忠宏著『もっと知りたい伝えたい　丹後の魅力（改訂版）』
全国まちづくりサポートセンター　二〇一〇年
司馬遷著・市川宏・杉本達夫訳『史記1　覇者の条件』　徳間書店　一九七七年
司馬遷著・小竹文夫・小竹武夫訳『史記8　列伝（四）』　筑摩書房　一九九九年
司馬遼太郎『この国のかたち　五』　文藝春秋　二〇一一年
上代文献を読む会編『風土記逸文注釈』　翰林書房　二〇〇一年
白石太一郎著『近畿の古墳と古代史』　学生社　二〇〇七年
白石太一郎編『日本の時代史1　倭国誕生』　吉川弘文館　二〇〇二年
白洲正子著『かくれ里』　講談社　二〇〇二年
鈴木靖民編『日本の時代史2　倭国と東アジア』　吉川弘文館　二〇〇二年
前近代女性史研究会編『家・社会・女性　古代から中世へ』　吉川弘文館　一九九八年
高田良信著『法隆寺の歴史と信仰』　法隆寺（小学館）　一九九六年
瀧音能之編『出雲世界と古代の山陰』　名著出版　一九九五年
瀧藤尊教・田村晃祐・早島鏡正訳『聖徳太子　法華義疏（抄）・十七条憲法』
竹田晃編『中国の古典17　後漢書（巻八十五・東夷列伝）』　学習研究社　一九八五年
田中天著『鉄の文化史』　海鳥社　二〇〇七年
谷川健一著『四天王寺の鷹』　河出書房新社　二〇〇六年
谷川健一著『大嘗祭の成立』　冨山房インターナショナル　二〇〇八年

田村圓澄著『筑紫の古代史』　学生社　一九九二年
丹後町古代の里資料館編『丹後町の歴史と文化』　丹後町古代の里資料館　一九九四年
鄭詔文編『日本のなかの朝鮮文化（第三十号）』　朝鮮文化社　一九七六年
陳舜臣著『小説十八史略（一～六）』　講談社　一九九二年
陳舜臣著『諸葛孔明（上・下）』　中央公論社　一九九三年
坪倉利正著『丹後文化圏』　丹後古代文化研究所　一九九九年
帝国書院編集部著『地図で訪ねる歴史の舞台　日本』　帝国書院　二〇〇三年
道教學會編『東方宗教　115号』　法蔵館　二〇一〇年
直木孝次郎著『日本の歴史2・古代国家の成立』　中央公論社　一九六五年
中嶋利雄・原田久美子編『日本民衆の歴史　地域編10　丹後に生きる』　三省堂　一九八七年
中野イツ著『斎宮物語』　明和町教育委員会　一九八一年
中村元・早島鏡正訳『聖徳太子　勝鬘経義疏・維摩経義疏（抄）』　中央公論新社　二〇〇七年
奈良国立博物館編『第六十三回正倉院展目録』　仏教美術協会　二〇一一年
西村汎子著『古代・中世の家族と女性』　吉川弘文館　二〇〇二年
日本野鳥の会編『野鳥観察ハンディ図鑑　新・山野の鳥』　日本野鳥の会　二〇〇三年
日本野鳥の会編『野鳥観察ハンディ図鑑　新・水辺の鳥』　日本野鳥の会　二〇〇四年
野崎康弘著『今こそ必要！　あなたの食養生と経絡養生』　漢方の野崎薬局　二〇一二年
橋本澄夫著『日本の古代遺跡43　石川』　保育社　一九九〇年

畑井弘著『物部氏の伝承』　三一書房　一九九八年
羽曳野市役所秘書室編『羽曳野の文化遺産』　羽曳野市役所秘書室　一九九八年
福永武彦訳『日本国民文学全集　第一巻　古事記』　河出書房　一九五六年
福永光司著『荘子　古代中国の実存主義』　中央公論社　一九七八年
福永光司著『道教と古代日本』　人文書院　一九八七年
福永光司・上田正昭・上山春平著『道教と古代の天皇制』　徳間書店　一九七八年
佛書刊行會編纂『大日本佛教全書　112　聖德太子傳叢書（上宮聖德太子傳補闕記）』
佛書刊行會　一九一二年
佛書刊行會編纂『大日本佛教全書　118　寺誌叢書（元興寺縁起　佛本傳來記）』
佛書刊行會　一九一三年
防府郷土史料保存會編『英雲公華浦御住居内手控　桑山古墳私考』
防府郷土史料保存會　一九四一年
外園豊基著『最新日本史図表（新版）』　第一学習社　二〇一四年
外間守善著『沖縄の歴史と文化』　中央公論社　一九八六年
松木武彦著『未盗掘古墳と天皇陵古墳』　小学館　二〇一三年
松前健・白川静ほか著『古代日本人の信仰と祭祀』　大和書房　一九九七年
松本浩一著『中国人の宗教・道教とは何か』　ＰＨＰ研究所　一九九六年
黛弘道編『蘇我氏と古代国家』　吉川弘文館　一九九一年

森公章編『日本の時代史3・倭国から日本へ』　吉川弘文館　二〇〇二年
森浩一編『古代の日本海諸地域　―その文化と交流―』　小学館　一九八四年
安岡正篤著『日本精神通義』　エモーチオ21　一九九三年
山尾幸久著『古代の日朝関係』　塙書房　一九八九年
山田一男著『郷土史　ふるさと中関そして防府』　中関の歴史を学ぶ会　二〇一一年
暁教育図書編『古代王朝の女性』　暁教育図書　一九八二年
吉岡康暢著『人類史叢書9　日本海域の土器・陶磁（古代編）』　六興出版　一九九一年
吉野裕訳『風土記』　平凡社　二〇一一年
吉村武彦著『蘇我氏の古代』　岩波書店　二〇一五年
若月義小著『冠位制の成立と官人組織』　吉川弘文館　一九九八年
和鋼博物館編『和鋼博物館　総合案内』　和鋼博物館　二〇〇七年

◆著者プロフィール
朝皇　龍古（あさみ　りゅうこ）
1952年生まれ。古代歴史研究家、小説家。
研究分野：東アジアの中の古代日本
著書：古代歴史小説
『遥かなる未来のために（青龍）』
『飛鳥から遥かなる未来のために（朱雀・前編）』
『飛鳥から遥かなる未来のために（朱雀・後編）』

飛鳥から遥かなる未来のために
（白虎・前編）

2017年4月5日　初版第1刷発行

著　者　　朝皇　龍古

発行所　　ブイツーソリューション
〒466-0848 名古屋市昭和区長戸町4-40
電話 052-799-7391　Fax 052-799-7984

発売元　　星雲社
〒112 - 0005 東京都文京区水道1-3-30
電話 03-3868-3275　Fax 03-3868-6588

印刷所　　藤原印刷

万一、落丁乱丁のある場合は送料当社負担でお取替えいたします。
ブイツーソリューション宛にお送りください。

ISBN978-4-434-23111-7